凝眸

NING MOU

梁长峨/著

时代出版传媒股份有限公司
安徽文艺出版社

图书在版编目（CIP）数据

凝眸/梁长峨著. —合肥：安徽文艺出版社，2024.1
ISBN 978-7-5396-7787-3

Ⅰ. ①凝… Ⅱ. ①梁… Ⅲ. ①散文集－中国－当代
Ⅳ. ①I267

中国国家版本馆 CIP 数据核字(2023)第 106785 号

出 版 人：姚　巍
责任编辑：王婧婧　　　　　　装帧设计：徐　睿

....

出版发行：安徽文艺出版社　　www.awpub.com
地　　址：合肥市翡翠路 1118 号　邮政编码：230071
营 销 部：(0551)63533889
印　　制：安徽新华印刷股份有限公司　　(0551)65859551

....

开本：710×1010　1/16　印张 19.25　字数：280 千字
版次：2024 年 1 月第 1 版
印次：2024 年 1 月第 1 次印刷
定价：68.00 元

....

（如发现印装质量问题，影响阅读，请与出版社联系调换）

版权所有，侵权必究

目录 MU LU

散文卷

卷首语 / 003

彩色的音符

男人的海，女人的湖 / 004

沙溪月 / 009

春的疾驰 / 012

芭堤雅的雨 / 014

藏在深闺 / 017

大海 / 020

秋 / 023

苍洱魂 / 025

邛海月 / 028

巢湖日出 / 031

淮河夕照 / 034

漓江月色 / 037

碧水青峰一百里 / 041

神秘的天池 / 045

贞静的镜泊湖 / 049

滇池泛舟 / 052

趵突泉水天下无 / 055

牡丹魂 / 058

索溪峪夜色 / 060

象池夜月 / 062

张家界的夜声 / 066

草原落照 / 068

草原月出 / 070

生命的辞章

枕河人家 / 074

温一壶月光下酒 / 078

静静地向上生长 / 082

又到月圆时 / 087

致儿书 / 090

忘不了那如豆的灯光 / 093

胡杨 / 095

拜谒沈从文墓 / 098

春来要寻花伴侣 / 101

霜重色愈浓 / 104

绿叶赋 / 108

它，欣然飘落了 / 110

铺路石 / 112

绝望乃为虚妄 / 115

淮源沉思 / 117

逆流撑舟 / 119

当你回忆往事时 / 121

驶向天外的海 / 123

心灵的旋律

乐哉，天涯孤行 / 125

忠贞的母鸽 / 127

透过历史的烟尘 / 131

祝愿都当好人 / 137

在北去的列车上 / 140

狼最贼了 / 144

奔篁岭 / 147

随笔卷

神性之手的触摸 / 153

站在桥这头凝眸 / 157

袅绕着灵魂的香气 / 161

如水文章不染尘 / 167

故乡，永远画不了句号 / 170

用心煮出的香茗 / 175

岁月泛着馨香 / 178

序《草根日记》 / 181

读《湖边散记》 / 183

晨曦初露 / 186

一半是寒水，一半是暖阳 / 189

人在高处 / 196

一卷"薇语"慰风尘 / 198

心香一瓣 / 203

诗不可绝天地间 / 206

"他听到了另一种鼓点" / 208

说说"家庭" / 212

说诗歌 / 215

肮脏的皇冠 / 217

字须立纸上 / 222

藻耀而高翔 / 226

心灵的放飞 / 229

"芳菲菲兮袭余" / 233

沉醉山水间 / 236

一路虔诚 / 239

其妙难以与君说 / 242

谁说人去楼空？ / 246

飞凤翔龙响远音 / 250

素心若雪，斯笔如琴 / 253

苍劲浑厚，雄健恣肆 / 256

端庄杂流丽，刚健含婀娜 / 260

永远的诱惑 / 263

书法浅语 / 266

文学创作如用一根针挖一口井 / 270

散文是大可随便的 / 275

文学的场域是开放的 / 277

让每个字缝都漏着美丽的月光 / 278

求真的艺术 / 282

散文写作三题 / 285

为文最重心语 / 289

《中国散文家文库》丛书第二辑《总序》/ 291

《中国散文家文库》丛书第三辑《总序》/ 293

为了最终的辉煌 / 296

SANWEN JUAN

散文卷

卷首语

　　散文,不能让我安宁。多少年来,我一直在重重叠叠的如意和不如意之间写稿——投稿——退稿,退稿——投稿——写稿……方块字的诱惑,使我难改初衷。

　　学步之初,我用颤抖的手热情地描绘着人生、社会和自然。常常在世界进入梦乡时,只有我和散文醒着,只有我与散文对话。

　　当我以十二分的热情专注地追求艺术和心灵的统一时,我发现从自己的作品中嗅不出凝重和深远的气息。于是,我极度不安和忧虑起来。

　　当感到自己的肤浅和困乏时,我曾试着用老庄的脑袋去思索,试着去学一大串西方哲学家的深刻,可终究还是没有厚实起来。

　　所以,当我着手编这本集子时,顿觉古今名家挤满斗室,每一句话都好似一瞥白眼,斜斜地盯着我怪笑,又听见啪啪的打耳光的响声,脸上热辣辣的。好在这些不能登大雅之堂、只能权作稚语的东西,没有污人眼目的地方。

　　创作,谈何容易!凡事始者众,终者寡,最后到达"奇伟、瑰怪、非常之观"的有几人?路,很难走。人生的路崎岖,艺术的路崎岖。我至今没有找到属于自己的东西。我时常觉得自己是那么渺小,那么稚嫩。

　　不管怎样,我还是要往前走的。能找到,我往前走;不能找到,我亦往前走。死在路上,倘若能长成一棵供人乘凉的树,或化作一滴清凉润肺的甘露,足矣。

> 彩色的音符

男人的海，女人的湖

>　　这里是一片秘境。来了以后，不想走，走了以后，还想来；人没来，魂早到，人走了，魂留下。
>
> ——题记

　　当越野车把我带进巴丹吉林沙漠，无边无际的黄沌沌的世界，让我惊讶到一时无语。它摒弃一切色彩，一切装点，满眼一派金黄，金黄的明丽，金黄的炫目，金黄的雄浑，金黄的纯粹；它无比坦荡，无比博大，无比恣肆，无比雄强，同时又感到它无比敦厚和柔曼。

　　车子向沙漠深处飞快地开进，越过一座又一座沙岭，恰如汽艇在湖泊飞驰，两边激起一波又一波美丽的沙浪，后边则卷起一阵又一阵如烟的金黄的浪花，此时此刻，恍如进入迷茫的梦境。

　　到鸣沙山的脚下，大家都脱下鞋袜，赤脚爬山，细软的沙，温柔的烫，撩人的痒，舒适的柔，从脚底直传到心上、头上。

　　沙山是不容人纵情攀缘的，任谁都不能随心所欲。那温柔的、软软的、细细的、略带温热的、金闪闪的沙，不紧不慢，不慌不忙，一点一滴吸着你，拖着你……你越疯狂向上，它越把你拖在怀中厮磨，让你爬上一步，后退半步。

你气不得、急不得、快不得,你必须不急不慌、不紧不慢、心平气和,在有意与无意之间攀爬。

爬到鸣沙山的山巅,才真正认清巴丹吉林沙漠壮美的尊容。

放眼四顾,黄色沙浪如柔软、洁净、浩大的黄色丝带一直铺向天边,除了沙丘还是沙丘,除了沙山还是沙山,山与山相接,丘与丘相连,这些沙丘沙峰几似游龙,无休止地向四方绵延,又如金色海洋里翻滚着的奇丽壮美的波涛,起伏跌宕,光影分明。每座沙山和沙丘都旋转出无数自然有致、绵长柔顺、波浪般的纹理。这一道道纹理,柔美、光滑、流畅、圣洁,它勾勒着巴丹吉林沙漠舒缓而博大的轮廓。

再往远处瞭望,有驼队在缓缓而不屈地移动着,无边无际的沙漠世界只有这支驼队和这罕有的旅人在孤独地行进,让人感到巴丹吉林的荒凉和空旷。

听说驼队在这里已有三千年的历史。三千年来,它们一代一代抒写着不变的顽强,肆虐的暴风来了不变,狂暴的大雪来了不变,炙热的烈日下不变,极度的干旱中不变。它们从上古走到中古,从中古走到近代,从近代走到当下,驮着人类的文化,驮着人类的脚步,一直不停地向前走。从一代一代叮当的驼铃中,我们听到了人类文明发展的脚步声。

站在峰巅,我想到张承志的感慨:"好一片焦渴的严酷的海,好一片男人的海。"如果是夏日,这浩大的洪荒的空间,无疑是巨大的火狱。当带毒的阳光烤干空气中的所有水,射到任何地方都能起火的时候;当你一脚下去,滚烫的沙粒立刻蹿出一股辣味的热气直扑面庞的时候;当你大汗淋漓,迅即又让油汗堵住你全身所有毛孔的时候;当那极热的阳光如烤红的一根根针儿扎入你的皮肤的时候;当你热得连肌肉的每根纤维都紧张疼痛,连呼吸都感到痛苦的时候,你会怎样?这是检验男人本色的时候。男人要当鹰、当虎、当狮,要成为正午的烈日、翻滚的大海,能担起一座山去填平一汪海,敢于创造一切、毁灭一切、承受一切、迎接一切,就要敢于在这样的火狱里锻造。能经受这火狱般锻造的男人,才是真男子伟丈夫。

倘若漠风骤起,卷起漫天黄云,狂风呼啸着飞旋着与沙浪相厮打,满地翻腾起的雄肆威猛的沙涛与风相搏击,到处弥漫着桀骜不驯的气息,搅动得日月无光、天地倒悬、声震寰宇,一片混沌,那是何等奇绝之境、壮伟之景。这才是真男人生命的大呼吸、大呐喊、大抖动、大展示!这才是真男人所具有的万劫不死的命途之境与恣肆豪情。这种英挺的姿态、恢宏的气魄和大自在的舒展才是真正不屈的大地之子——我们男人——应有的蓬勃之气势、生命之绝响、行动之壮歌。

啊!沙漠、戈壁是养育男人最好的炼狱、最大的熔炉。

躺在鸣沙山的顶峰仰望,天那么高远,那么纯蓝,那么空阔,又那么神秘。两手轻轻推动沙峰,沙浪如蜡烛熔化一般,无力地、毫无声息地漫流着、泻淌着,是那么怡然、妩媚、娇柔,完全没有了与飙风搏杀时的威猛和刚烈。

从鸣沙山峰顶向下滑有一种"雪崩"奇观。沿着山顶肌肤,坐着轻轻下滑,起初发出沙沙的声音,随着下滑速度的加快、沙浪的涌动,可以听到似暴风从远处袭来发出的呼、呼、呼的声音。下滑时,用力越大滑得越快,身边激起的沙浪,似山洪奔泻一般,翻卷着向下涌动,让人飘飘然,有羽化成仙之感。耳边风声与沙子鸣响交汇一处,奏成天地间绝妙的音乐。下到半山腰时,我们奋力加速,把两臂从容伸展开来,似飞翔一般直冲而下,飞沙四溅,沙声阵阵,喜得同伴们惊呼声不断。

一趟鸣沙山的上下,心里感到无比自在,所有压抑、浮躁、污浊之气被一扫殆尽。在这里忘形地自由地走动、呼喊、伸展、奔跑,真是今生从来没有过的享受。

来到巴丹吉林沙漠,让我十分惊讶的是沙漠之湖。

水,平常的水,柔弱得可怜,它既无法塑造出让世人仰慕的金字塔和奥林匹斯宙斯神殿,也不能垒筑令万人膜拜的凯旋门和纪念碑,但它能在奇旱的沙漠中生存,能与干燥得燃出火来的沙漠为伍,谁还能说它柔弱?!

沙漠与干旱是一对同义词。在这里一望无际的除了沙浪沙山,还是沙浪沙山。可就是在这干旱、烈日、风沙、严寒中,居然还生存着一个个圣洁、柔润、明媚、碧透的湖泊,静静地默默地泰然自若地承纳着大自然带给它的几近终极的苦难。我十分不解,这些湖泊怎么能有如此持久的抗争力量,且始终不败?

岁月因沙堆聚,又随沙流散,怎么沙漠里的湖水却永不干涸?一天之内,狂风大作,黄沙蔽日,飞扬起的千堆万堆金色的浪,可以掩埋一切石窟、栈道、村庄。古人记录过:"其山流动无定,峰岫不恒,俄然深谷为陵,高崖为谷……"何等的伟力,怎样的巨变啊!从远古到当下,大沙漠不停地流动着,忽一年让沙峰沙岭陡然倾覆,夷为平地,或一年又让平地骤然崛起一座座沙峰、一道道沙岭,可它们怎么就不掩埋、不吞噬这一个个明亮纯净的湖泊呢?

相反,一场沙暴过后,这些湖泊依然那么宁静、安详、通体圣洁,依然那么端庄、妩媚、不胜娇美,还是那样闪着美丽的、清澈的、幽亮的大眼,温柔地依偎在沙山的怀中。

我怀疑沙漠与湖泊原本就是一对情人,沙为湖之骨,湖为沙之魂。湖泊用自己甘洌甜美的乳汁喂养着饥渴干涸的沙漠,沙漠用自己博大强健的身躯把湖泊紧紧地抱在怀中。它们彼此相拥而存,相偎而安,相依为命。啊!原来强悍的沙漠阳刚中也暗含着阴柔,它如征战的将军,疲累之后要躺在爱人的臂弯里放松放松一样,漫天狂舞,肆意弥漫之后,也需要躺在情人——湖泊——的身边歇息歇息,享受爱的温情。

由此我想,水是沙漠的根,干旱的沙漠正如强悍的男人也需要温情一样,需要水的滋养。我由此推断,每一片沙漠下都能掘出汩汩涌流的清泉。不然巴丹吉林沙漠为什么会分布着那么多大小不一、形态各异的湖泊?如此不同的两极之物怎么可能共存于同一世界?却原来"阴阳为炭兮,万物为铜",沙漠与沙漠之湖,亦然也。

这些湖泊有的很大,还有很多泉呢!有一个音德日图神泉,就处在一片面积一千五百多亩清澈见底的咸水湖中央。此处有块三平方米孤立突兀的礁石,石上长满杂草,下面布满一百零八个泉眼,日日汩汩流出的竟然是清澈甘甜的泉水。

　　这就奇怪了,咸水湖怎么能流出甘甜的泉水?这只能由专家去解释了。但就咸水这点说,想必巴丹吉林曾经是一片湛蓝的波浪滔天的大海。然而,看它今天温柔、贤淑、安静的样子,哪里还有当年波涛翻滚、旋涡重重的影儿?看着此时静如无风无云的天空般的湖泊,我开始怀疑,到底浊浪排空、旋涡重重、呼啸翻卷,是水的精魂,还是安然泰然、静如处子、纯清透明,是水的精魂?

　　我不明白她曾经的强悍粗野、躁动不安到哪里去了?这巴丹吉林沙漠到底给了她什么?让她毫无怨尤地安于此处,世代长存,连一点见异思迁的意思都没有。这里单调、乏味、孤独、苍凉,除了茫茫大漠,除了湖边绿草能成为她睫毛的点缀外,满眼没有一点儿绿意,更没有大红大紫,没有琴歌绕耳,没有现代大都市的繁华、灿烂、绚丽。也许她与沙漠爱的就是这里的单调、简洁、纯真、静谧、自然。

　　世间没有绝对的失,也没有绝对的得。有得必有失,有失也必有得。沙漠湖在当年一片汪洋之时,没有随大队人马流进河涌进海,而是选择了这里,生活得孤独、单调;她虽不像河流中的水,到处张扬,到处卖弄,到处角逐,生活得热闹、多彩,但避开了张牙舞爪,丑态百出,避开了计较、阴谋和纷争,避开了河的随波逐流,同流合污,避开了满身伤痕,满面倦容,避开了大腹便便,脚步滞重,甚至灰飞烟灭。沙漠湖没有欲望,没有东奔西走的脚步,但心清澈、身轻盈、眼明亮。她一年又一年,忠实地守护在这里。白天,她仰望沙漠的辽阔和天空的静远,晚上它静静地接纳围拢过来的无边的幽暗,与沙漠相依相偎、同枕共眠,多好!

　　我喜欢沙漠这样无欲无忧,以自自然然、纯洁干净的姿态静静地活着。

沙溪月

沿着七浦河边的石板小路,我缓步走到虹桥。这当口,西沉的红日,光芒射向天空,染得大半个天呈橘红色,而东边一轮圆月慢慢升起。月色和日光交织映照在虹桥的水面上,似彩色绸缎在轻轻荡漾,而倒映在水中的圆月则被水洗得湿润而鲜亮。

可我却无意驻足,移步上了得月楼。天空中的橘红色渐渐淡去了。跳得老高的满月为七浦河披上了一层漂亮的银纱。我一人静坐于窗边,望着手中冒着热气的茶杯,已盛得月光满满。而透过晃动着的树叶散漏下的月光还在我身边跳来跳去哟。移目窗外,星儿一颗一颗出现了,很快布满了天空,它们不停地眨着眼,似乎很忙,看来天空是热闹的了,可咋又没有一点儿声息呢?一轮圆月,悬挂在宇空,新鲜而明亮,恰好地烘衬着七浦河的夜景。不算宽的河对面,几星点儿的萤火悠游来去,像在这夜的空气里飘浮,那些月光不到的暗处,一点一点萤火忽明,让人感到就像钱锺书说的好似夜里微绿的小眼睛。我把目光收回到河面上,有些游船在水面上轻轻地缓缓地游荡。那从桨上滴下的水珠和双桨荡动水面的声音,犹如一组琶音,或是一连串半音阶。七浦河上的水汽在月光下形成一种乳白色,像极薄极轻极柔极华润的银色绢儿,在游船的周围旋转、缠绕、飘动。河面上大多时候是寂静的,除去稍许轻轻的桨声和鱼儿跃出水面的声响;也不见有多大的波纹,因为游船就是在荡漾,甚至说不出它在荡漾呢,因为船桨停止轻摇,它只能算是漂浮了。

　　能在这得月楼上沐着月光的清辉，喝着溢香的绿茶，听着河水静静地流淌，真是不枉人生。遗憾呢，昨梦已逝，于今只剩我独自一人，想去年，"兰舟催发，执手相看泪眼，竟无语凝噎"，看今时，独酌月光，"冷落清秋节"，不由得心中凄然，情难自已。

　　没有睡觉的青蛙和蟋蟀的叫声，把我的思绪拉了回来，我有些不舍地下了楼，迈步走向"延真道院"。此处庙宇巍峨，规模宏大，前有通向转河的池塘，塘内遍植芰荷，塘上建有石桥一座，名"香花桥"。道院内外，种有榆树数十棵，高大挺拔，绿叶如盖，树荫浓密，而河中荷花竞放，翠盖红裳，清香徐来，是纳凉和约会的佳处。我驻足于香花桥上，欣赏月下的庙宇、树木、芰荷、池塘，无比惬意。浓碧的榆树叶子，随风轻轻摆动，月光透过枝叶落到地面上、花桥边，就像月宫嫦娥故意撒下的碎银。池塘似一面超大的镜子，宇空的月亮倒映在水面，显得格外明朗。站在香花桥上，凝望宇空，"沆瀣兮，天高而气清"；俯视池塘，寂寥兮，杳然而无声。池塘周边那些圆形路灯的灯光倒映在池塘里，就像美丽的月亮倒影。人说众星捧月，而此时池塘里倒有点众月拱月的景象。此时不知天空怎么突然飘来几片薄絮般的浮云，吃力地想把月亮遮住，可月亮却抗争般穿过云片的空隙泻下皎洁的银辉。不一会儿，白云逐渐消逝而去，天空碧澄如洗，分外皎洁。

　　眼前的云来云去，云聚云散，让我的心油然一动，问世间，何事留得长存焉？芳兰好歇，鲜花易凋。如此风轻月美之夜，虽还存前踪旧迹，谁又知何时会无故望断，两无消息，终天永隔？原先的希望会变成日后的绝望，希望有时正与虚妄同呢。

　　月光如水，我隐隐闻到夜的香气弥漫在空中，柔软而温润。我漫步到西门街的一条弄堂。弄堂口有一井，井水清澈甘美，素有"天泉"美称，因能从泉中望月，又称"天泉望月"。"望月"之"望"，是"满月"之意；"望月"，即"满月""圆月"。每到八月中秋夜半时分，天上的月和水中的月恰巧正对相映，形成一井双月的奇观，此弄堂因此得名为"天泉弄"。

我抬头望着高挂在深不可测宇空的圆月，心想，自然真是造化奇绝呵。宇宙何其阔大，沙溪这个天泉又何其渺小，在茫茫宇空中飘动着的月，怎么就这等巧，于此时此地照着这眼可忽略不计的小泉呢？莫非冥冥之中有一双神秘的小手特意牵引，从而造出世间这特异的奇观？曾有传说，远古之时嫦娥与后羿相恋，后来因一些缘故嫦娥飞天奔月而去，后羿就相守于地上人间，从此两人天各一方。此时此景，让我突发奇想，这天泉或许是为嫦娥与后羿相会而造。嗯，此时此地，月白风轻，四面寂然，天井深深，井下真是情人约会的绝佳之地哟。我转而又想天上"起舞"的嫦娥真的会认为不如"在人间"吗？而在地上年复一年坚守的后羿真的能一偿"千里共婵娟"，这与嫦娥一起"弄清影"的夙愿吗？

微风，吹着滴过露珠的花儿，吹着轻微作响的树叶，吹着一条条柔软的闪着光亮的溪水。时间不早了，可我心里还没有走出得月楼、香花桥、天弄泉。默想中，我回到了客栈，上楼推窗，望着空无一人的水巷，一条长长的月光，仍然留下我不尽的怅惘。

春的疾驰

瑞雪又在窗前不停地飞舞,钟声又在桌边敲响一个熟悉的故事。心儿不由得一惊,哦,永远地、永远地失去了,我的二〇〇五!

新年和旧年在无法分割的时间长河里没有界标,可在世代繁衍的人们心里却有一道河沟。当这新年的钟声涌进耳畔之际,我的心中生出一种难言的滋味。

回首已逝的时光,看到许多未竟的夙愿遗落在去岁的途中,一脸茫然、怆然,感到手足无措,很是痛惜。一年过去了,看看紧攥的双手,空空的,什么也没有握住。时间就是这么在快乐地忙、痛苦地忙、疲倦地忙中,悄然从我掌心穿过,从我的背后溜走,没有影子,也没有声息。

时间表面上寂然无声,实际是惊心动魄地向前奔走,而且去而不返。所以,子在川上曰:逝者如斯夫,不舍昼夜!夫子的感叹可谓千古同一之叹,人类永恒之叹!

然而,我默默地告诉自己,时光去的已经去了,无论如何为之扼腕、惋惜,甚至哀求,也不会倒流,哪怕盼其仅仅回首一瞬,也没有可能。能做的唯有满怀深情地去拥抱新的岁月,珍惜新的时间行囊中的分分秒秒,用未来的美丽和丰富去填补过去的空虚和荒芜,认认真真地踏上新的旅程。

想到这些,我又释然了,好像迎接着壮丽的日出,身心沐浴在柔美的光照之中,眼前的一切都是那么鲜活,心扉灵府也同样明艳起来,感到一种彻悟的灵光出现,生命之水在汩汩流淌。

如果说人生是一部系列著作,那么一年就是这系列中的一部,而春天正是这一部中的第一章。只有把这第一章写得丰富多彩,才会有全书飞翔的线谱和动人的韵味。没有春的播种的辛劳,哪有秋的收获的从容?

是啊,刚刚踏进新年的门槛,春疾驰的蹄声,就像炸开了群的马,像野性的风暴,挟着生和育的伟大力量,席卷着不肯消退的严寒冰雪,来到了人间。转瞬,死去的花草复生,已枯的树枝复荣,久眠的虫儿苏醒,深藏的鸟儿飞鸣。

又一个轮回的时间到了。我暗暗警告自己,在春的充满馨香的怀抱中,切莫忘记自己极为有限的人生。春是人的真正的慈母,人被春光搂在怀里,就要想着以有限的人生去追慕无限的永远。千万不要沉醉于"春来江水绿如蓝",千万不要执迷于"春风无限潇湘意"。

春天虽然是慷慨的,但她忍受不了苛刻的奢望;春天虽然是温暖的,但她对迟疑观望的脚步依然冷若冰霜。春来人间,绝不是为了惹游子们心荡神飘;春光也不仅仅是几缕春风,几片朝阳,几条柳丝。她的到来,是为了唤起沉寂的生命,使万物重新生长。她不愿听发疯的赞颂,更不欣赏无边的梦想和空谈。对于她即便是浅绿鹅黄,也需要几多汗水滋补,更不消说鸟语花香、满树硕果了。没有汗水和耕耘,春天只能是仍未曝光的底片。

总不能让年年留下遗憾,岁岁重复犯错。时间就像一根银针,拖着长长的线,弯弯曲曲将我们的一生缝缀。何不从每一年每一春每一天做起,让自己的一生被缝缀得谨严、闪光而又美丽?!

"怨风怨雨两俱非,风雨不来春亦归。"春天的脚步从冬的深处走来,向夏的葱茏迈去,任谁也阻挡不了,挽留不住。在春到来时,没有及时、热情地接待她,让她匆匆而去,自己又一次落得一无所有,那又能怪谁呢?

芭堤雅的雨

芭堤雅的郊野,花光灿烂,碧草连天,大片大片青葱如盖的树林,大片大片抹红洒金的果园。有一句诗:"枝柯似不胜负荷,乃卸它的重载于喜鹊的喙内。"又有云:"池塘生春草,园柳变鸣禽。"此地可不正是!

这乃泰国的南疆,历来亦春亦夏亦秋。既像清纯美丽的少女,又像高贵年轻的妇人。永远清雅,永远艳丽,永远丰硕。

就在我贪婪欣赏这美景时,芭堤雅最亲密的朋友——雨——来了。那迷蒙,那淅沥,我说不清它是像杜甫遥指的杏花春雨呢,还是王维笔下的荒凉渭城。无尽的又薄又细的轻纱网满天空,不住地轻缓抖动,悠悠着飘下来,飘下来。那无际的烟雨,氤氲着神秘的气息,显得出奇幽静。雨中还时不时传来曼妙的歌声。喜悦更是盈我怀抱。

哎呀,陡然天地暗合,狂风大作,闪电如利爪撕破天幕。随着闪电长剑舞过,雷公敲着天鼓带着撼天动地的隆隆声紧紧跟来。一阵雷声滚过来,就如天被震塌了一角,又一阵雷声滚过来,又觉得天被震塌了一角,让人毛骨悚然,感到天地马上就要毁灭。雨似天河竖起一般向下倾泻。擎天的巨椰树被狂风刮得如长龙如巨蟒发怒狂舞,又像一个个拉满的不断发射的巨弓。一片片林一棵棵树互相扑打着,好似激烈交战、短兵相接的军队在厮杀。雨条又粗又密,雨势又急又猛,整个大地寂然无人,汪洋一片,所有道路都变成一条条小河,雨水涌流着、翻滚着,向附近的大海狂奔。这凶猛骇人、天地倒转的景象,我何曾见过!

我见过江南山野的雨。"山色空蒙雨亦奇""淡妆浓抹总相宜",一座座怪绝的山,一处处浩大的湖,九曲桥上,乌篷船上,迷迷茫茫,一片混沌。同芭堤雅的雨相比,充其量只能算小家碧玉。

我见过黄淮平原的雨。广袤无际,铺天盖地,毫无遮拦,滂沱着,席卷着,千军万阵,排挞而来,排挞而去,一览无余。虽有狂暴凶猛之势,但还是缺少芭堤雅雨的力和威。

哦,我明白,太平洋和印度洋在这里交汇,而芭堤雅又是泰国版图上的"脖子"。两大洋无论哪一个发怒,都能把这个脖子拧断,吞到腹中。想想真让人惊恐。我们算是遇到了好天气。有的人来此多少天都没见过太阳的脸呢!

随兴而来的雨,尽兴后又无影无踪了。地上积存的雨水继续向大路上狂奔,如芭堤雅美丽的刘海抛向大海。急雨过后,眼前生命的布景又更新了,满天阴云瞬间不知被太阳的光芒扫到哪儿去了,头上全是亮蓝亮蓝、纤尘未染的晴空,鸟儿鸣唱着悦耳的歌声,风儿吹送着美妙的芳馨。一时间,那无限之美无限之爱的柔波潺潺流淌于我的心海和我的血脉之中,让我原本已喑哑无声的灵魂笛管,也因这神圣的气息吹奏出了快乐的音响。

黄昏到了,西边的天空露着橘黄的亮灿灿的太阳。随后,我们入住一家极雅的宾馆。

太阳沉入海底后,天空这个夜的大园林中,到处挂着星星美丽而晶亮的果子。我立于庭院,沐着夜的天光而笑,心想人类早就习惯低头走路,哪有心思抬头去瞧这布满繁星、幽暗深邃的夜空?

一会儿不知从哪里飘来的云,遮住了闪烁的繁星,很让人扫兴。少顷,毛毛细雨悄然来了,比小猫的脚步还轻,迎着灯光看去,它比绣花女的针线还细。

这雨有点像腾格尔的歌声由低升高一般,渐渐地下大了。在夜灯的映照下能看到它打击庭院池塘显出的波纹,仿佛大珠小珠落玉盘。听那树上瓦上雨点的铿锵敲击声有如古筝被弹拨发出的清脆韵律。

此时的我,非常古怪地想起一位哲人的话:人类的声音,是死板的铃声,而人间的面孔是画廊的肖像,每个人都不例外,在铃声中飘来,又在画廊中飘去。

想想也是啊!仿佛谁说过,人活一世,就成功者说,有的有过英雄的叱咤,有的有过成功的殊荣,有的有过酒的醇香,有的有过歌的甜美,但曾几何时,岂不都似瞬时的烛光,摇曳在子夜的猎猎风中,消失在无边无际的黑暗里?

太阳每天都是新的,但我们人类有几件事是新的?同样的故事天天重复,且是同样的人在讲,又是同样的听众在听;同样的戏天天在演,且是同样的演员,同样的演技,又是同样的观众。不惮其烦,腻死人了。倒不如孤居山林,尽享缕缕月光、丝丝清风的好!

雨越发下得密了紧了,复又形成雨幕,凉凉的潮意弥漫在天空、大地、树林和我们住的院落。雨点的纤手在屋上拨动无数黑色的键。只听得雨点敲打屋上的瓦,近近远远,一路敲去,不待停歇,细细密密的节奏,如古老的琵琶,单调里含有一种柔婉和亲昵,似真似幻,极似徐光中描绘的那样,轻轻地奏,徐徐地叩,挞挞地打,沉沉地弹。听来真是兴味无穷啊!

夜渐渐深了,我从走廊缓缓踱步至室内,躺在床上,枕着翠碧苍苍相互交叠之景,在风声雨声,声声入耳中,神仙一样进入梦乡。

一夜沉睡,被太阳炫耀的光芒触醒。隔窗而望,雨敛风徐,天空纯净如洗,晶蓝晶蓝的,俯首大地,万物清亮,一尘不染,只有丘陵低谷的树林,被浓雾缠绕,蓊郁的水汽,从低处冉冉升腾,幻化多姿。远处隐约可听潺潺的流水声,林中鸟儿翩翩袅娜,舞尽天光。阳光浸渍下的万物,有种醉人的透明和醇美。

啊!又是一个艳阳天。雨呢,怕随时又会不约而至呢!

藏在深闺

在科尔沁沙漠,我满眼看到的都是金光闪闪的明沙袒露着光洁的肌肤,呈一条条美丽的鱼鳞状和波纹状。能够想象"八百里瀚海",春天昏黄的飞沙,夏天起火的烈日,秋天风的肃杀,冬天雪的狂舞种种状景。荒凉、死寂、干旱、寒冷、千里无人、草木不生。

可就在这"魔鬼和地狱"的怀抱,竟深藏着内敛、丰腴和静幽的惊世风华——大青沟。它长二十五千米,宽三百米,深七十至一百五十米。沟的外侧是连绵百里的半固定沙丘,气温干燥,少见植被,而内侧却绿树繁茂,花草齐生,冬暖夏凉。站在高高的沙丘上眺望,绿意浓浓,莽莽苍苍,被风吹拂,似一条巨大的绿缎在荡漾,又似一条巨蟒的身躯在摇动。

那是一个薄雾如水的秋日清晨,我怀着一颗惊奇、虔诚的心去膜拜这深埋在沙漠深处的旷世风光。刚到沟的入口,天空突然飘洒起细沙般的小雨。我屏息静气,眼睛紧盯向下的台阶,蹑足而行。陡折蛇行的小路两边,全是茂盛的树木和花草,越往下走,花草树木长得越葱郁越蓬勃。我渐渐觉得,干燥闷热悄然消退,清凉的气息袅袅升起,花草的丝丝馨香隐隐飘荡着、弥漫着,于唇齿之间曼妙而舞,回旋溢香。

人说:"人间四月芳菲天。"未承想已经入秋的大青沟还如春似夏,芳草连连,树木葱茏,花儿烂漫。许多花骨朵在草丛中树林里探头探脑,有的花则似长发披肩的女子把长串的花披落下来。有的青藤弯曲遒劲,四处横长或攀爬,远看犹如唐人怀素的狂草;有些粗壮苍老的藤蔓主干,状似跃动的蟒蛇,左盘右旋,呈上下飞动之态,暗含无法降服的野性和力量。整个大青沟,到处挥洒绿色,到处显现生命不可压抑的冲动。人在其中穿行,清香的气息钻入鼻孔,遍染全身。

几百年上千年的大树比比皆是。它们相拥而活,并立而长,同根共生;它们庄严磊落,相看不厌,相处不欺。所有大树,个个雄姿英发,气宇轩昂,亭亭如盖,浓浓然青碧,巍巍然高耸。大青沟一路连绵起伏直到小兴安岭,好像都在高亢、豪迈、清艳的音区里吟唱着诗与歌。

小雨在薄阳里收了性子。顺沟而行,纯净清碧的溪水,流淌着美妙琴音,犹如磬声梵音在悠悠然然地回荡。沟底溪水两岸奇花异草,千姿百态,争芳斗艳,似水洗的翡翠,一尘不染,鲜丽欲滴。拨开溪边小道,向大青沟深处走去,五角枫树不时向路人躬身致意,柞树和花曲柳更是热情迎来,还有多情的野葡萄,朴实的山里红夹道欢迎。沿着清凉的小路,不知不觉看到了淙淙上冒的众多水泉,什么镐头泉、青头泉、老虎泉……据说有上千眼泉,长年累月从地下流淌,即使是寒冷的腊月,也是潺潺缓缓流淌不停,而且水的温度始终保持在10℃左右。"泉泉泉泉泉泉泉,古往今来不计年。玉斧劈开天地髓,金钩钓出老龙涎。"正是这地下涌出的"天地髓",始终滋养着溪边小草,使它们在寒冷冬季也能青青葱葱,使冰天雪地之时沟里也暖意融融。

这里太静了,静得能听到自己轻轻的呼吸。由此我竟不由自主地想到远古洪荒时期这里出现地裂的大动静,那时大地不停地大震荡,突然一声巨响,炽热的焰浆直射宇空,一百丈、二百丈、三百丈,照彻方圆几十里乃至几百里,同时不知什么神力让土地裂开,形成长二十五千米,深一百五十米,宽三百米的地裂。然后一味地沉寂,一味地枯索,一味地空旷,千年、万年安静如睡,寂然无声,风也疾疾,日也炎炎,雨也沙沙,雪也飘飘,哪怕闪电劈过,雷声隆隆,它都无动于衷,岿然不动。在安然泰然的静养中,它吮日月之精华,吸大地之玉髓,生命悄悄地缓缓地孕育,树静静地生长,草轻轻地摇曳,花快乐地开放,泉水一点一点地外冒,溪水安安静静地流淌。它一直在沉寂着深藏着,于沧桑、质朴、神秘中,孕育出不世的惊艳和风华。人类在大青沟面前只是一粒沙尘,大青沟见证人类的诞生和成长的脚步。大概正因它在茫茫沙海之中,被遗落在地理和光阴的褶皱里,才为世人所漠视或不知。

顺着弯弯曲曲的小路,高矮稀疏不等的竹子散发着一种幽凉和清新气息。溪水清澈纯净,一眼见底,绕着竹林转了半个弯,溪水倒映着花的形、竹的影、小鸟的身姿。我突然想到一幅《墨竹图》的题句:"茅屋一间,新篁数竿,雪白纸窗,微浸绿色。此时独坐其中,一盏雨前茶,一方端砚石,一张宣州纸,一笔折枝花。朋友来至,风声竹响,愈喧愈静;家僮扫地,侍女焚香,往来竹阴中,清光映于画上,绝可怜爱。何必十二金钗,梨园百辈,须置身于清风静响中也。"

这是二百五十年前板桥先生向往的生活,他想与竹为邻,在竹下来去,研墨作画,悠悠然然,萧萧淡淡,轻度光阴。这般自然美好,但在我看来,还是不及在大青沟腹地,建一竹屋,在这幽幽绿意中停泊度日,来得更洁静、清凉、雅致和野逸。

临走了,我还再三回头,凝望奇迹般的大青沟,心中萦绕着《易传》之语:"一阴一阳谓之道。"阴阳互体,阴阳化育,阴阳对立,阴阳同根。如果说沙海是阳,大青沟就是阴,二者同根、对立又互为一体,如果没有这条近二十五千米的大青沟,添加柔软、轻盈、清凉和绿意,这无垠的沙海将是巨大的空白,这阳刚横行的沙漠将是一片死亡之海。

嗨!我们不能不信:"天地为炉兮造化为工,阴阳为炭兮万物为铜。"

大　海

小的时候,我就爱读关于大海的诗歌,爱听关于大海的乐曲。那渗透了大海庄严、豪迈呼吸的诗歌,那染着太阳的浓香和咸湿的海风的乐曲,曾一次又一次地给了我一个生动的大海、一个壮丽的世界。然而,每一次过后,我又总觉得这一切都是抽象的、虚幻的、迷茫的,所以始终不能慰藉我对大海铭心刻骨的思念。

一九八二年早春我终于见到了大海——那是我从山海关看完孟姜女庙回来的路上,汽车驶向北戴河的途中。"啊,大海!"我回头一望,浩瀚无垠,伟丽宁静,像光洁的深蓝色水晶一般。它在目力所及的远处,与淡蓝的云天相连,波涛反映着熔化的太阳,现出灼灼的火焰。在春风的轻轻吹动之下,它在抖动,形成一层层波浪,形成无数银光灿烂的笑窝,这波浪,这笑窝,又形成一种旋律,在海与天之间回荡着,使整个海面都充满着活泼和欢快。大海寂静得像个贤淑的姑娘,温和得像个慈善的母亲。

当我看完北戴河山色来到海边卧虎石时,海发生了剧变。天空的乌云被海风撕扯着,迅速而浓密地卷来,海浪在愤怒的白沫里怒吼着,拼命和狂风摔打着。我好像感觉天地即将毁灭。这海,就像一个巨大而神秘的灵魂,在汹涌,在咆哮,在翻滚!像是把大自然里所有的爱、所有的恨、所有的力量、所有的热情都聚焦在它广阔、沸腾的胸怀。波伏像深谷,浪起似高山。浪起时,昂首向天,像一个不可言状的巨大怪物,威猛无比,陡然间,一头栽下去,轰然一声,恰似裂岸的惊雷。整个大海,有无数巨浪同时昂首,同时跌落,又同时涌起。这情景、这声音组合成大自然中最伟大最雄壮的交响乐。

我站在卧虎石上,灵魂完全被大海的魔力所摄取,完全沉浸在大海的怀抱里。脉搏似和大海的脉搏连在一起,自己就好像成了大海的一部分。我在孩提时代就听说过,海,是很深很深的。假如把被称作"世界屋脊"的珠穆朗玛峰提起来倒栽进太平洋马里亚纳海沟,也只会石沉大海,杳无痕迹。海,自地老天荒的年代至今,它吸吮着寒带雪,拥抱着热带风,用高昂的歌声欢迎着千条江、万条河。经过千百万代的汇积聚合,形成宏大博深的独特风貌。我想,怪不得当年魏武帝曹操北征乌桓,来到北戴河处,慨叹"秋风萧瑟,洪波涌起。日月之行,若出其中;星汉灿烂,若出其里"。是啊,面对着吞吐日月,含孕群星,浩荡无垠的大海,又有谁能不为之动情呢?

不过,在洪波涌起,白浪滔天,激扬飙怒之际,在万顷浪峰,如山似岭,吆吆雷声面前,浮嚣和怯懦的人是不懂得它,也不敢去爱它的。他们远远地游荡在岸边,听着裂石的涛声,望着崩云的浪峰,心中充满了惊恐和战栗,辗转徘徊,见海变色,望海生畏。他们从大海中得到的,只能是被遗弃在沙滩上的贝壳。因为大海虽然富有而慷慨,可是从不随便赠给那些不懂得它和不爱它的人。大海里有富丽堂皇、栩栩如生的仙山琼阁,举首远眺,风姿绮丽,气象万千。有些如痴如醉的幻想者,也想去获取奇珍异宝,饱览美景,但他们惧怕海洋。因此,那殿堂里的奇珍异宝,对他们永远是可望而不可即的。他们只能无可奈何地哀叹:"忽闻海外有仙山,山在虚无缥缈间。"相反,那些平生爱大海,戴月乘风在涌起的洪波之中,沉浮不惊,劈波斩浪,不避艰险,不畏劳苦,不惜一次次扑湿满身衣衫,不畏一次次扑打筋骨的勇士,他们终因吸吮海风,增长了力量;搏击浪涛,锤炼了智慧。于是他们成了大海的知音,大海的贵宾。大海慷慨地把家珍赠予这些勇敢的健儿。

"轰——哗""轰——哗"。海浪的裂岸声,把我从沉思中惊醒。你瞧,那一排排巨浪,像排着横队接受检阅的雄兵,一队一队整齐地开过来了,合着涛声的节奏,发出惊天动地的呐喊。前面的一队开过去了,迅猛地淹没了礁石的傲慢,后面的一队上来了,迅速冲垮了沙滩的懒散。此时此刻,我这样想,海浪哟,一起一伏,日夜兼程,从遥远的地方奔来,它永不停息地颠簸着,从平静中奋起,在风暴中迈步,穿越崎岖的道路,进军到生命的终点,就是为着追求这雄壮而响亮的声音啊!它的壮举鼓舞着千千万万后来者紧紧地追随着它的脚步,去奋斗,去拼搏,去进击!由此我又想到,如果一个人活着,只想享福,不愿吃苦;只图平静,不思进取;只甘沉沦,不去奋争;庸庸碌碌度过一生,而没有放射出火焰般的光华——这样的人的灵魂和形体,还有什么存在于世间的意义和价值呢?

　　我伫立于海边,听大海怒涛,看连天波涌,任雪白浪花亲吻着我的脸、我的脚,我依然沉浸在海的思索之中。我赞美海,赞美它的伟丽、深邃、博大和无私,赞美它的粗犷、热烈、坚强和奋争。

秋

当人们摆脱了夏之神的追逐,在身边吹过的习习凉风中,便可听到秋的脚步。从那柔和的逐渐由黄色点缀的绿色丛中,人们便能看到秋的风姿。秋,美丽的秋,穿着淡黄衣裙,手挽着金色飘带,轻盈盈地向人间走来,走来……

一个洋溢着浓厚诗意的早晨,我沿着树木葱郁的新汴河岸漫步。大地乃至整个宇宙就像刚诞生过婴儿的母亲一样温柔、安静。空气清新醉人,饱含着香甜的生命汁液。

俄顷,瑰玮的朝霞滚动着蓬勃的诗意,恍如一大块飘扬的绸缎,浮涌在东方天际,显得非常壮阔、明亮。新汴河是迷人的。轻纱笼罩的河水温柔、清澈,像多情少女的眼睛。朝霞仿佛格外垂青这河的晨光,她似乎等不及水上轻柔的白纱散尽,就把自己的全部艳丽倾注进河中了。这时,是河上最绚丽多彩的时刻。水是浓绿的,像碧玉;霞是艳红的,像胭脂。绿水温情地拥抱着红霞,胭脂尽情地在碧玉上流丹。当我为这河上的奇观深深陶醉,一时分不清究竟是河水飞上了红霞,还是红霞落进了河中的时候,朝阳又把万道金光抛向河面了。这时风儿吹皱了水面,细浪跳跃,搅起满河碎金。

汴河两岸那广袤的平原上成熟的庄稼啊,被一阵物华丰泰的秋风掠过,起伏不平似广阔无际的海洋,又像从这一个天边卷到那一个天边的绒毯。岸边,各种树木摇曳着多彩的裙。河水,像一道碧玉静静地向东流淌。天空不时横过一排南归的雁阵……当此之时,朝霞、霜叶、修篁、雁阵、河流、原野,构成了一幅多么壮阔、静穆的天然画卷!一面是缤纷华美的含笑朝霞,一面是生命成熟的欢乐。衰朽的在认真衰朽,而生活却报告着极大的丰收。

  此刻,我突然觉得,秋,太美了,美丽似乐曲。如果说春夏秋冬是一曲四季交响乐,那么秋便是这首曲子中最动人的旋律。秋,又是醇美的酒,是经过春夏酝酿的酒。你瞧这一抹浓艳的朝晖不正是被丰收的乐酒所染醉的形象吗?!

苍洱魂

洱海的姿色在晨曦中慢慢地清晰了。没有风儿,海面像一块湖蓝色的大理石平展地铺向天边。据说,她南北长百里,东西宽十余里,薄薄的凉飕飕的晨雾像尼龙纱一般在海面上飘荡。宇空中那明亮的启明星,在鸡鸣中变得孤单了、褪色了。海边绿色丛中显映着用白色大理石建筑的渔家房屋,炊烟袅袅。海边清新的空气中有一股暗香,搅和着海腥味散开来。向远处看去,苍山十九峰,自北而南,宛如十九位仙女,比肩并望,相偎相依,好像在对镜理妆,凝视洱海,又好像在顾盼着苍山下,洱海边那终年盛开的繁花……

苍山好,洱海美。但我觉得这美好中有一种精灵在游荡着。她是苍山洱海的魂。是她让苍山洱海美丽,是她给苍山洱海增色,是她使苍山洱海永存。

我沿着洱海漫步而行。旭日跃出海面,爬上苍山,抛洒着五色霞霓。盛开的紫罗兰布满山间、田野,山茶红艳红艳的。各种树儿都在舒展着茂密的枝叶。它们都好像在向满头银发的苍山、向浩远碧绿的洱海炫耀着自己的青春年华。在这玫瑰色的境界里,我的思维不知不觉飞到那美丽动人的历史传说中去了:很久很久以前,洱海里曾现出了一条怪蟒,兴风作浪,吞食人畜,淹没田舍。洱海周围的白族人民经常遭殃。有一个青年石匠段赤城,决心为民除害。他手执利剑,身捆钢刀,纵身入海,后被巨蟒吞入腹中。他在蟒肚里滚来滚去,用钢刀将蟒刺死,自己也葬身蟒腹。白族人民为了纪念他,将蟒捞出,破开肚子,把他取出来,然后把蟒烧成灰拌入泥中,建立了一座蛇骨塔。我想,历史上,权力和地位不一定能使人传世,而品德、智慧、勇气却能使人传之不朽,永放光芒。这位青年虽然只是神话传说中的人物,但他反映了人民爱憎上的寄托。这位青年是一个极为普通的石匠,没有富可敌国的钱财和翻云覆雨的权力,但他有一颗伟大的灵魂,一种无私的精神和超常的勇气。因为这才使他成为永恒,白族人民才把他当作美好的正义的象征、无私和勇敢的象征。

"那不是'望夫云'吗?"有人说。果然,苍山玉局峰上有云朵飘动。传说一千多年前,南诏国王有一位公主,心肠好、长相美,她爱上了一个年轻的穷猎人。但父王却百般阻挠,把猎人囚在王宫内。后来得到火鹊的帮助,两人逃到玉局峰上的岩洞里结为伴侣。南诏国王大怒,立刻指派罗荃法师将年轻的穷猎人害死。从此昔日的爱人被葬入了深深的海底,公主只能一个人伴随着崇圣寺的暮鼓晨钟,眼看着青春和爱人献给她的最后一束山茶一起老去。此后玉局峰上就郁结着一朵镶着黑边的云彩。它极像一位通体缟素、身披黑纱的少妇。这就是南诏公主的灵魂啊。她是在忧伤和绝望中死去的,是一个屈死、爱极而死的冤魂。看!即便是化烟化灰,她也不忍舍弃当年的爱巢而去,尽管留下的只是空谷、冷席、寒窗。而今,罗荃法师早成了虚无,南诏辉煌的宫殿也已荡然无存。而她千余年寄居玉局峰飘忽徘徊,直至海枯石烂,地老天荒。这爱是何等坚贞!她常常拿着南海观音所赐的风瓶对着洱海吹,企求吹干海水,和爱侣重逢。这爱又是何等深沉、炽烈!这时候,风突然大了,洱海起了阵阵涛声,我觉得好像是南诏公主不甘心爱的破灭,还在期待一场欢会呢!岂不知道这是无望的期待。风渐渐地由咆哮转为呜咽,我觉得那最后的回声啊,分明是撕人心肺的叹息。唉!南诏公主——你这遗恨千古的爱的精灵!

微风轻轻地吹动我的衣襟。季春的朝阳普照着苍山十九峰,绚烂多姿,洱海滚滚向前的波涛,金光闪烁。我觉得好像是苍山在呼唤什么,洱海在呼唤什么。随着苍山洱海的呼唤,我携着一束带露的山茶,来到中和峰的白云深处。这里立一玉石新碑,上镌:一九七九年六月七日,上海七十岁高龄的业余画家扬滋汀先生,为创作《苍山十九峰》坠岩身死,遗骨埋于苍山中和峰。其未完稿,仅缺云弄、沧浪二峰。读后,我大为吃惊:这里,石栈天梯,嵯峨险峻,飞鸟难渡,猿猴莫攀。到底是什么样的精神支撑着这位年迈的老人登到此境? 难道是艺术女神深情的呼唤,抑或是长期以来对神奇苍洱的苦苦思慕,才重新唤回他年轻的体肢,重新燃起他青春的活力? 现在他虽然的的确确死了,可我又觉得他的的确确没有死。他的艺术没有死,那随着身体一起飘落的那幅以生命相许但还未完成的画,将成为艺术之林的奇葩,绘画史上的瑰宝。他的灵魂没有死,即便是电闪雷鸣,天崩地陷也不能把他从艺术殿堂里唤醒。他执着地追求美、创造美的灵魂飞升了,成为一切追求美、创造美的楷模,在艺术史上将成为永恒。甚至,他的肉体也没有死,那玉石墓碑下躺着的仿佛只是他极度疲倦后暂时休息的身躯。他没有停止对一切色彩、意境和美的追求。他或许正在做梦吧! 那空谷的翠雨、嫣红的山花、朦胧的晓月……无一不入他的梦境,动他的情思。他也许正在梦中构思所剩下的云弄、沧浪二峰如何下笔呢! 相比之下,我的沉睡的灵魂开始发颤了。死亡对于任何人都是必然的,但为殉道、殉艺而死者虽死犹生,死而永生!

苍洱哟,你以你的聪慧、美丽和多情,孕育了无数神话传说,吸引了无数执着的追求者。我爱你。然而,我更爱神游于此的那些勇敢、纯洁、高尚、执着的魂灵。我渴望如此之魂灵是我之魂灵! 祝愿如此之魂灵是世人之魂灵!

我热望,我等待,那勇敢、高尚、纯洁、执着的魂灵哟,归来兮!

邛海月

金乌坠,玉兔升,天空托出一轮银盘似的明月。说来也奇谲,西昌素称"月城"。这里的月亮看上去显得特别大、特别圆、特别亮。墨蓝高朗的苍穹,莹洁晶透的皓月,映在浩大而静静的邛海水面上,使人有如到了天上的银河世界一般。

我长期蛰居机关,且又在城里久住鸽子笼似的房屋,猛然置身这湖山旷野,乍见到放眼生辉的一泓满月和幽远博大、闪着星月光亮的湖面,心中悠然激起一种冲动,不由得吟之哦之,咏之玩之,我一时也莫名于自己为何出现如此颠倒失据、惝恍无措之态。但静心一想,这是心为境撼,失其平衡所致。子建曾言"予情悦其淑美兮,心振荡而不怡"。置身邛海月夜的我,此时的心境与子建遇洛神一样,因她的美丽,我心里非常高兴,无比欢悦,又因她的美丽,超出我的想象,蓦地相逢,使我心潮翻涌,激动不已。

我在一种似醉非醉,似梦非梦的状态中登上一叶小舟。舟儿傍着南面山脚曲曲折折地向西泛游。岸畔亭亭玉立的座座山峰,神态飘逸,倒影清晰明丽。就连那山顶的松林、山腰的庙宇也都历历在目。向远远的湖面望去,水平如镜,一派银辉,看不到尽头,舟子周围时不时蹿出像箭头似的小鱼,一蹦几丈远,这也是月下的一个小小奇观。据说这是弓鱼。它有一奇特的习性,喜欢咬住自己的尾巴形成满月弓形,使劲一弹,射出水面,以此为乐。可惜,等我刚刚明白,想再欣赏一下这个绝技时,它却不演了。

这山峰,这月色,这鱼游,使我不禁想起昔人写的《神龙赋》来:"西蜀之角,建昌之郡,有一海焉,名为邛池……瞬息可至,胜五湖之汪洋,纳众流于一隅,钟灵秀于八荒。鱼鳖随波而优游,虾蟹逐流而徜徉。……"

舟儿悠悠,不知不觉荡到了青龙寺。传说,邛海龙王的少子,相貌出众,骁勇四海闻名,只因拒绝娶马湖龙王之女为妻,违抗了父命,被锁在这里。有年清明时节,王母娘娘带着众仙姑到邛海岸游玩,一位仙姑偶然碰见了青龙。仙姑既爱慕青龙的骁勇、英俊,又同情青龙的遭遇,发誓要做青龙的妻子,常在月夜里与青龙幽会。此事后来被王母知道了。一夜,趁仙姑走到邛海南岸时,狠心的王母便用定身法把她定住了。此后,仙姑就化成了一座秀丽无比的山峰。

就在这当儿,我听见一阵悠长柔美的琴声,它好似从仙女峰传来。我悉心而听,琴声抑扬顿挫、婉转凄切,而且越来越近。那抖落了的音符,溶进了月色之中,飘散于邛海水面上,环绕于青龙寺的上空,于是,出现了琴声与邛海的合奏,乐曲与天籁的共鸣,绵长深远,悦耳和谐,久久地在山海之间回荡。倏忽间,我仿佛看到龙王的小儿子青龙醒来,仙女峰上的仙姑怀抱着龙头三弦,也飘然起来。他们走近了,先是默默相视,继而臂手相挽,走向邛海。海水浸过他们的脚踝,打湿他们的衣襟。他们仍然在忘情地嬉戏玩耍。我默默地注视他们充满幸福的眼神,耳边不由得又回想起那婉转凄切的琴声,品评着这首永恒的无字歌的内蕴。

月光洒满了邛海的水面和周围的山野。此时此境显得那么寂然、纯净、辽远、清阔。不一会儿,眼见如柔媚女郎般的微波细浪,迅即由低吟变为高吼,大有波涛拍岸之势。岸边掀起沉沙浮藻,远远望去,涌起层层浪涛。风势也随即加大了,风助水激,举起高高的浪头,如无边无际的白色鹅群奔腾而来。我乘坐的小舟在海面上晃荡,似乎有无数只白鹅在紧紧地包围着我们,向我们点头致意。这就是邛海有名的"白鹅浪"。

当我们的舟子荡回宾馆时,夜已经很深很深了。萧萧的夜风打着脸儿,让人感到一种轻微的瑟缩。月亮西斜了。我的卧室窗口恰好对着月亮、对着邛海。我倚窗望月,忽生痴情。这月亮多么像天空中的美丽仙女啊!那闪闪烁烁的群星,是她的眼睛;飘忽的白云,是她的衣裳;这邛海微波的和音是她的呼吸。她在青玉色的中天里,是那般贤淑、文静、端庄。她的眼睛比溪水还晶莹透明、流动不已。我害怕与她的眼神接触,好像听到弹弓响的小雀,惊惶乱窜,从惊乱中又得到更多的舒适快活呢。我发现她在笑,这笑里还有清香哩。不!她笑时有种比清香还能入人心脾的东西哩!或许她是在有意给我以爱的甘露吧!

我有些倦意了,倒在床上合上眼,想撇下她而寻好梦去。可是"心振荡而不怡",睡一会儿睡不下,只好又起来。过去人说,玩月而思睡必不见月,睡而思玩月必睡不着。这次我算体会到其中的玄妙了。此时的我,身处月下,身眠月下,一切悉为月华所笼罩。我的全身心都浸没在月光中,故闭着眼,而月的光气也能透过全身,几乎洞彻我意识的表里。我觉得她时时和我交融,她处处和我同在。是冥合,是俱化。陶潜诗云:"此中有真意,欲辨已忘言。"此真真是也。

巢湖日出

日出，给人的是崇高、雄伟、壮丽和妩媚之美。一轮红日从东方升起，是火的跳跃、热的飞腾、力的迸射，是生命之光的闪烁。这是我在巢湖感受到的。

那是一个春天的早晨，天还黑乎乎的，但为了看日出，我登上了去湖心姥山的游船。

晨风轻拂着人面，让人有说不出的快意。

忽然，东方天际似有似无的乳白色光亮慢慢显现出来，仿佛那昏暗的天幕边缘，被奇妙的画笔轻轻巧巧地描上了一道乳白色的边儿，并且透出了一层光润的亮色。它越来越明显，居然变成了一块逐渐扩大的弧面，慢慢地升高，向东方整个天际散去。正在人们欢看东方天际变化的时刻，又蓦然发现一株株无法数清的像是从天底下钻出来的船的桅杆。那么多，远看就像古代军队临战列阵时刀枪剑戟的排列。只是船身被湖面上散发出的水雾缠绕着，一时还看不很清楚。

湖面上轻浮的一层曙色，是黎明的通知，是朝阳的使者。黎明披着银纱般的曙色款款而来，她轻揉着初醒的睡眼，湖面便泛起点点微光。这时，一湖春水也已从昨夜宁静的梦中醒来。湖水清亮清亮的，映着人影，映着船影，那么清晰。水的清亮，让人觉得它一定是很凉的、很甜的，我真想掬起一捧来，尝它一尝。

一会儿,东方弥漫彤云,浓淡相混。有雾自湖上生,如紫燕的翅膀,缓缓向天空展开。远远的姥山,那挺拔伟岸的身躯,已看得清清楚楚了。它被东方曙色映照着,好似披了一身红纱,甚是壮观、诱人。

这时有人讲起姥山的传奇故事来,巢湖原是巢州城。一年大水,漂来一条万斤大白鱼,全城的人分食鱼肉,只有焦姓老姥一家未食。夜里,梦见白发老妇人说,白鱼是遭难的龙子,因感念老姥未食肉,特来报答,待到县衙前石狮目中出血,就是巢州城地陷之日,要赶快逃避。第二天,老姥果见石狮眼睛殷红,她一面告诉乡亲,一面拉着一双儿女向城外跑。只听一声霹雳,巢州城陷,洪水汹涌而来。正在危急时刻,忽见一个白衣少年踏浪而来,背起老姥,牵着她的儿女。说感谢老姥的好心,他要在湖心升起三座山峰。霎时,烟波浩渺的湖心果然出现三座山峰,姥山、孤山和鞋山,三山之中,姥山最为秀丽,远远看去,像一位龙钟老妇托腮凝神地向西望。

说话之间,宇宙巨人挥动着一支硕大无比的彩笔,洋洋洒洒,把朝霞抹了大半个天。刚刚冒成半圆的朝阳,极像一个重施口红的嘴唇,不知是在渴望早餐,还是表达新一天的浓情蜜意?

又一会儿,太阳出来了,有如宫灯悬山,煞是壮丽。它比原先清淡,呈金红色。其中还有一个水黄透明的内芯儿。那是太阳的蛋黄,里面孕育着一个娇嫩的生命。

这时,天上是万丈霞光,有一轮红日;湖中也是万丈霞光,有一轮红日。湖波荡漾,红日在湖心沉浮游泳,更觉袅娜多姿,妩媚可爱。

这时的湖面,简直叫人不敢相信是湖了。胭脂红、香蕉黄、苹果绿、宝石蓝、丁香紫,斑驳闪烁。不是亲临此境的人,是决然想象不到此时湖的水色是这样丰富、这样多层次的。

只顾看日出了,不知不觉船已经到了姥山脚下,正好可从另一个角度看看巢湖的景色。

春天的巢湖,湖水有点儿涨,故湖面显得尤其广阔。湖水迎着清凉的晨风,抖擞精神,翻起层层微浪。洒满云雾的天宇,像舒展开因欢欣鼓舞而涨得通红的脸膛,俯对满怀生机的人间。

春风阵阵,湖面的云雾被逐渐吹散了,朝阳欣然露出全部的笑脸,把温暖和光辉洒满湖面。这会儿,湖面的鱼儿,跳出水面;天空的鸟儿,鼓着翅膀嘎嘎叫;姥山新吐绿的柳枝儿,摆动着嫩腰起舞;山坡上的小草儿,拍着手,好像幼儿园里的一群天真的孩子,活蹦乱跳,喜笑颜开。我也同鱼儿、鸟儿、柳枝儿、小草儿一起,情不自禁地低吟高唱,怡然自得,享受着这湖面上春之晨所给予我的每一种和每一刻的美。

这时,湖面上升起片片白帆,它们显得那么轻柔,像雾似云。每一片白帆下都有一个搏击风浪的船老大,每一片白帆下都有一个恬静幸福的家庭。那浴着晨晖的白帆,随着波涛而舞,宛若彤云飘逸,彩蝶翩翩。呵,渔帆,是巢湖托着的一颗晶莹如玉的心。巢湖帆呀巢湖帆,拥抱着新鲜的生活,带来的永远是欢跳的明天!

说真的,在春天的湖中看日出,实是诗情画意和音乐感的大整合,是一种别样的美的境界。太阳天天都是新的,对于我们的眼睛,不是缺少美,而是缺少发现。试想,立于名山大海看日出,固然壮观。但立于湖畔看日出,不是同样能发现美吗?湖也有自己美的性格和表现呢。

淮河夕照

那天,我乘船从下山口到古城凤台,大为惊讶,惊讶于淮河绚丽的晚霞。

那紧挨淮河的天际现出的彩霞,照在淮河两岸的垂柳上,似镀了一层金光,显得格外壮美。随着视线的延伸,河南岸八公山麓的山色在神奇地变幻着,由苍绿变为暗蓝,再变为深紫。由于夕阳光线的照耀,那河北岸凤台城的古老房屋和楼房上面的玻璃反照闪烁得如同一片燎原大火。天上迤逦着几块白色条状的云彩,涂上一层晚霞后,宛如鲜艳夺目的彩缎,装饰着碧蓝的天空,和青山、绿水、古城一起,映衬出秋天的风光,晚景的壮美。

这时,我把眼光移到淮河的河面上。弯曲的淮河,犹如一个披着浅红色薄纱的少女,静静地斜卧在大地的胸膛上。水被霞光染成了红色。但是,它比天空的景色更壮观。每当一排排波浪向前滚动的时候,那映在波峰上的霞光,又红又亮,简直如一片片霍霍燃烧的火焰,闪烁着、滚动着,前面的消失了,后面的又闪烁着、滚动着,奔了过来。这红色的浪花,虽不像桃花、杏花能成束带回家去,但它却能成排开放,能歌善舞,富有生命力。看到这河面上漂着的一条条潋滟的橘红色的水波,随风浮动,像一条荡来荡去的彩练,我惊叹,夕阳为什么能够把淮河上晚霞的绚丽多姿、羞涩含情表现得如此闲逸!

我站在船板上,看着美丽的天空、美丽的河面,心里想,淮河啊,你不是海,你没有海的浩瀚、浪的汹涌,然而你又是海,你是海的心灵、水的精英。

你是美丽的恬静的母亲啊。当时我多么想用这淮河的水轻轻地洗去我身上的尘埃,像儿时那样哟!

"你瞧,你瞧!"站在一旁的朋友连连拍着我的肩膀。我顺着他的手势向西望去,太阳即将接近地平线了。它在向地平线下沉之前,向大地、向淮河射出很长的光焰。它好像要召回一切力量回家过夜。而在回家之前,还希望由西到东再大放一次光芒,一切东西都被映成细长的线条,连岸边牛群的恋家之情也好像散发在空中了。整个大地散出了一层花粉似的光辉,而天空则被抹上了一片玫瑰红色的晚霞。这是从没有的玫瑰红色,它比成型的玫瑰花瓣还要明艳,又带着国色天香和与生俱来的端庄气派。这天空的彩云倒映到淮河里,加之落日最后平射过来的光芒照在河面上,整条淮河好像满河流火,又似美丽的彩带在抖动。

在这流光溢彩之间,我觉得色彩、旋律、生命交织在一起,在自己心里流淌着、回荡着,有一种从未有过的纯净和充实。

这当儿,橘红色的彩云终于驮不住那轮红红的圆日,慢慢地掉落在地平线的怀抱里。立刻,无数金色的光柱呈扇形射向高空,远天的云朵也被镶上了金黄色花边,整个凤台古城和淮河的天空、水面被落日点燃了。我想,大概大地还没有用绿色的被把入睡的落日盖住,一缕一缕的光柱才把一团一团彩云送向天空,橘红、紫红、暗红,瞬息多变。不一会儿,远了、散尽了,天边最后仅余一线灰白色。整个大地、淮河两岸和水面、古城凤台慢慢升起了轻淡的蓝色的暮霭。

"天意怜幽草,人间重晚情",此刻,我望着日落,浮想联翩。觉得日落比日出更瑰丽、更庄严、更动人魂魄,它显得成熟、多思、丰富、纯净。你瞧那日落时的步态,一步三回首,恋恋着不愿歇息,以自己生命的余力和光辉,期待、呼唤和点燃明晨之朝霞。于是,我又想到人生。日落是瑰丽的、多彩的,但它只有瞬间的生命,而人的青春的光影呢?岁月不可能在人的身上长留,而人的心里的光影、精神上的光影,总是久久翱翔人间,超越时空的限制,与更多的心灵共振。我不知道那些金辉般的年华和彩云般衣饰下的心灵中是否也深藏着不同的光影；我想看到更多的心灵中的金辉和霞光，和它们在纷纭的生活中的反射。

  天，黑了下来。我乘坐的游船已进到凤台城下淮河弯道了。这时，远山，朦朦胧胧，天空，无数小星星眨着神秘的眼睛，映照在河面上，闪闪烁烁，恰似散落的碎银。古城凤台稀疏的灯火，斜在河面上，恰如无数个小火把在摇动。这时，我站在船头，望着朦胧的远山，望着那静静的河岸，望着那闪烁着灯光的古凤台，望着这游船灯光映照出水面的一片朦胧烟霭，透过这烟霭，望着那暗暗的水波漾起的缕缕明漪，心里有说不尽的安适、满足和甜蜜。我屏息静气地倾听，更觉出淮河神韵的美。此时此刻，我真想躺在淮河母亲那软软的臂弯里，望着静谧的夜空，倾听她古老的催眠曲。

漓江月色

真巧,游桂林赶上了中秋节,当然要好好赏一赏漓江月色喽!

我们吃罢晚餐,从宾馆出来的时候,西边那橘黄色的太阳已滚到碧玉簪头的后面。柔和又稍带湿气的南国秋风已送走最后一朵五彩晚霞,一轮皎洁的圆月和稀落的星星接替了太阳的余晖。此时,溶溶的月色,像一块无边无际的白纱,轻轻地披在美丽而多情的桂林城上。

一会儿,晚风带着淡淡的花香,送来悠扬、清脆的电子钟响:"当、当、当……"整整敲了七下。忽然间,全城的灯光亮了起来,橘黄的轮廓灯、银白的路灯、闪闪烁烁的霓虹灯……交相辉映,织成一幅绚丽无比的图画,有团簇的,有高悬的,也有低潜的……一层层,一列列,满山、满城、满街,形成了灯的长龙,灯的亭台,灯的山,灯的城!不!是灯的海。

我们随意而行,不知不觉来到漓江大桥的桥头。真美啊!滨江路被两排路灯照得好似一条逶迤连绵的光带,看不到尽头。路两旁分别植着四排桂花树,路灯杆立于其间,灯光洒下来,好似一片片碎金银。远远望去,这路旁两排路灯恰似两条长长的珍珠串儿,而它们反射在江面上那长长的光束,又好像是闪闪发光的大金条。微风一吹,那碧绿的漓江就像流金泻银一般。那岸上来去的汽车灯形成的一种流来流去的光束,倒映在漓江里,又像一碧清流里来回遨游相戏的夜明珠。

"下去看看吧,乘上游船,一定会是另一番景色,另一种感受!"同伴中有人这样提议。

我们登上了轻舟。江水静静地缓缓地流着。舟行其上,颇有飘飘欲仙之感。这会儿,漓江的夜雾笼罩江岸。透过薄雾看那两岸的灯光,已不是像珍珠,而有点像无数流萤在闪闪烁烁地飞舞了。正当我们陶醉在眼前这饱含诗意的静的画面时,突然,在江面的远处,有竹排和人影在晃动,还有灯火在闪烁,它的光亮不大,好像是远方天际上的一颗星星。渐渐听到桨声了。那桨水相搏之声,若琴声琤琮,颇有节奏感和音韵美。

几分钟后,竹排近了,人影看得更清楚了。呵,好多竹排、好多人哪!这当儿,灯火一盏一盏都点了起来。哎哟,数十盏灯火,就好像一片耀眼的星星撒落在江面。我的心也顿时欢跳起来。正惊叹中,这些灯火又开始游动了,一前一后,一左一右,四处穿插,像流萤飞闪。这是什么呢?大概是壮族青年男女的水上舞蹈吧。这时江岸的灯火、江面的灯火,都倒映在江里,又不断地游动着,再加上青年男女的欢声笑语,使整个漓江比神话中的天上街市还热闹。

此时此地,此情此景,我的思绪飞上了月宫。"白兔捣药秋复春,嫦娥孤栖与谁邻?"不过,儿时的我,是不喜欢嫦娥的,她升到广寒宫里,无人相伴,是自作自受,谁让她偷吃灵药的呢?可随着岁月的流逝,我又慢慢地觉得该原谅她了。想她置身碧海青天,孑然一人,多么可怜。当她长舒衣袂,点亮玉灯,望着天下欢乐的人们之时,一定深悔当初了吧!你瞧月亮里那砍不倒的桂花树,多么奇特异常。古人多有把酒问月的情怀,殊不知杯中可是盛满了清香醉人的桂花酒?看着眼前这壮族青年男女的水上舞蹈,听着岸上袅袅丝竹,欢声笑语和鞭炮声响,我又想到,这天上岂不是太凄清、太寂寥了吗?我仰卧在舟中,看见了那皓月上的暗影,那是琼楼玉宇在灯光下的投影。奇怪,我怎么看不见嫦娥且歌且舞?难道是千百年来积聚的思乡之情已折磨得她身心憔悴,久病在床?或许只有那无忧无虑的玉兔和金蝉还在月宫里捉着迷藏吧!

人大概没有不爱月的,何况在这中秋月夜,人们对月更是寄托着自己的殷殷之情。自然还是因人因地因情而起兴的了。不过在诸多吟月诗中,以月的圆缺比喻人的离合和思乡的为多。"海上生明月,天涯共此时。情人怨遥夜,竟夕起相思。"(张九龄)"床前明月光,疑是地上霜。举头望明月,低头思故乡。"(李白)而今晚置身在桂林漓江小舟上的我呢?——有一种轻微的颤动感如细水一般在心尖流淌,这是一种什么感受,我不能完全说清楚,但我却没有望月而生一丝思乡之绪,相反倒深深感到月是漓江明,夜是桂林好。

当壮族青年男女的水上舞蹈散了的时候,月亮已快浮上中天了。在晴朗、纯洁的蓝玻璃似的空中,她显得那样典雅、娴静,像被海水冲洗过的,发出粼粼的青光。这时,整个桂林城,叠彩山、伏波山、象鼻山、月牙山七星群峰,以及静静地缓缓地流动着的漓江水仿佛都渴望着她那光滑的手掌的抚摸。极目整个漓江的江面,全被月亮洒满了银辉,远看像是用碎银铺出的宽宽的平平的路,在波光的轻微抖动下,充满着迷人的梦幻感。而那漓江岸边山的背面,却依旧是墨绿的,好像不曾接受月亮的恩赐……

在这清透的月光下,一切都变得轻柔、纯洁起来。在这坦荡的月色下,在不存在私心的大自然的怀抱里,我的心流进了一个甜蜜而又温柔的梦。记得刚到桂林的那天,宾馆的服务员就告诉我阳朔的月色如何如何好,银河和星星倒映在碧蓝的江水里,简直是另一个天地。倘使你在阳朔登楼而望,在迷离难辨的夜色里,隐约可见漓江的渔火、群山和星月的倒影,耳中还能听到深夜森林里杜鹃的啼鸣。壮乡的男女青年更喜欢在这月白风清的夜晚,到树林深处或漓江江畔去对歌。他们在歌声中呼唤到知音,在歌声中结成了伴侣。他们那高亢嘹亮的歌声,在漓江上,在山野中,传到很远的地方……服务员讲得那样迷人,可惜不能两全其美呀。哪能在同一个中秋节晚上,同时看到相距一百多里的两处美景呢?然而,看到了桂林漓江的月色,我已经满足了。

时候不早了,我们登了岸。这时的圆月已高高地悬挂中天。城已经很静了。道儿两旁除了忽明忽暗的榕树阴影下对对情侣的窃窃私语,已经没有什么行人了。我们踏着月色,沿着滨江路,漫然而归。月光下,人、桂林、漓江似乎都沉入梦幻中去了。这一轮月华,半城山色,尽投江中,滟滟清波、溟蒙山影,水天同染,洁无纤尘,尽管夜已很深了,我们还是留恋不已啊!

  我在漫步而行中默默地想:桂林、漓江,你这中秋节的月色,将会永远深深地嵌印在我这北方游子记忆的画布上,也许今生今世我不能再来,但对你美丽风姿的怀念,将伴随我直至生命的尽头。

碧水青峰一百里

乘船从桂林到阳朔要行约八十公里漓江水程,人们称之为"百里画廊"。沿途,无山无水不入神,印入肝肠都是诗。船行其上,恰如走上一条由翡翠、琉璃筑成的路。美丽的漓江,怡静、安详地躺卧在万点奇峰之间,委婉、含情地深藏在玉笋瑶簪的绿色世界里。

这天清晨,太阳还没露出脸儿,我就登上了从桂林去阳朔的旅游船。这时,漓江两岸无数的山峰戴上了华丽的紫金冠,它们那翠绿色的长袍,被掩在飘忽的轻纱里,一直垂到脚下,拖在江面上。忽然,一声悠长的汽笛声,打破了神秘的宁静,群山渐渐地苏醒了,它们缓缓地收拢着身上的披纱,好一会儿,沿江的景物才慢慢地现出了它们清秀的面目……晨雾朦胧的漓江啊,真像一位羞怯的姑娘。

游船沿着蜿蜒的漓江顺流前行,两岸青山相对而出,构成惟妙惟肖的千万形态:宝塔山,远看像一艘待发的军舰,耸立在夹岸的群峰中,只要一声令下,就立即开赴战斗的前线;奇峰镇,大群苍翠的山峰峭拔挺秀,像竹笋破土,显得很有生机,像剑戟排插,又显得非常森严;斗鸡山,像两只摆好架势、跃跃欲斗的雄鸡,在朝霞映照下,更显得栩栩如生;绣山,山壁上呈现各色的彩纹,像一幅巨大的壮锦高挂在江边;螺蛳山,活像刚从水里上岸的大田螺,山石呈现一道道螺纹,可盘旋而上;鲤鱼山,整座山峰像一条浮游江面的巨大鲤鱼,有首有尾,背上还有鳍;毛笔山,拔地钻天而立,如一支巨大的毛笔,竖立江边,听说这百里漓江的壮丽画卷,就是创造桂林山水的三公主用这支巨笔描绘出来的;美女山,高峰上长满青葱的树木,窈窕俊秀,很像一位披着青发的少女,山巅上裸露的崖壁白里透红,像少女的脸庞,低峰崖壁平削,像是镜子,老是照个不完,俗称"美女照镜";净瓶山又像一个瓷瓶,卧在江边,瓶口朝北,倒映水中,青山和倒影浑然一体,恰似一个连着底座的瓷瓶。

　　这些千姿百态的山,给人的不只是本身面貌的美。你看,由于层层云雾的回环照耀,阳光就在远远的山峰、高低的云层上,涂了浓淡不等的颜色,显现出各种不同的光彩。眼前的蓝得透明,稍远处就灰得发黑,再远处便是依次地由深灰到浅灰,以至于只剩下一抹淡淡的青色的影子。有时候,在这层次分明、重叠掩映的峰峦里,突然钻出一座树木葱茏的山峰来。在这涂着各种美丽色彩的山峰中间,它是那样莽撞,竟赤条条地站在人们的面前。不过,也不要责怪它的不礼貌,那是因为太阳穿过云层,直接照在了它身上,它完全无法回避了。

　　但是,万万不可因迷恋这美景而怠慢了眼前的导游者。她们不管是谁,心胸里都贮藏着无数迷人的故事,就好像地下的一股暗泉,只要戳个小洞,就会喷溅出来。你不妨这么问一句:"这山为什么起这个名字?""这里有一个故事哩!"她们就会滔滔不绝地讲了起来。"望夫石"到了,她们就告诉我们,传说以前有夫妻两人,靠撑船为生。一次,他们从梧州替商人运货到桂林。商人很刻薄,付给他们仅够路上吃用的钱粮。当时正值寒冬水浅,上滩困难,误了些时日,好不容易才来到这个滩前,实在撑不下去了,只好把船停下,等候水涨。这时船上只剩下一斗米了,再等下去,夫妻俩加上一个婴儿就会饿死。于是丈夫爬上山顶,瞭望上游有没有船来,好借点粮食救急。可是一直等到一斗米吃完,也没有等到船。妻子久等丈夫不回,背着婴儿上山去找,发现丈夫呆呆地站在山顶,变成了石头。她一急,也化成了石头。导游员用手指着说:你们看,山顶上的那一块叫仙人石,就是丈夫,半山腰好像背着孩子的叫望夫石,就是妻子。到一个地方,我们就问一处,导游员的回答总能让我们满意。究竟从哪个年代传下来这么多故事呢?谁也说不清。

但这又有什么不好呢？这不是更能为美丽的山水增色吗？这不是更能陶冶游人的性情和帮助人们认识我们民族的历史吗？

游船在碧水青峰间穿行，不知不觉，时间已过中午了，但漓江两岸变幻无穷的景色，仍使人百看不倦。当我的目光从两岸的群峰移向脚下那悠悠的江水时，我看到的，是一幅铺展在天边的美丽的织锦，山石花草、飞鸟流云，无不织在里面。船一挨近，就像有一双无形的大手，俏皮地抖动着织锦，使得一切景物都闪烁着、跳跃着，看得人们满眼缤纷，迷离恍惚。当我合上眼睛，在心里猜想着前面将会出现的美景时，耳朵里便送来格外清晰的流水叮咚声，它时而悄声低唱、柔声细语，时而又笑语喧喧，急呼高喊。我真觉得，江水像是一位热情的主人，始终伴随着游船，送过一滩又一滩，而那些滩的名称，又是那么有意思，串起来竟可以凑成两句诗："双泉""锣鼓"闹"鸳鸯"，"鸡崽""鸭崽"上"丈滩"。

漓江的水，是出奇地清，清得像一块透明的玻璃。清到不管多么深，都可以清清楚楚地看到江底世界的一切。看到江底的卵石、石上的花纹、沙的闪光，甚至沙上小虫爬过的爪痕。那水里的山，比岸上的山更为清晰，而且因为水的流动，山也仿佛流动起来。我有时甚至产生这样的错觉：眼见着游船要撞到岩石了啊，它却轻盈地溜过去了，过后才恍然大悟，原来只是山在水中的倒影，所以船明明在水里行，却让人看到它好像在座座山峰上游。

"情一样深啊，梦一样美，如情似梦漓江水。"亲临此境，吟诵此诗，我蒙眬地进入梦境。我想，如果是烟雨漓江行，一只游船在缓慢地行驶着，远远近近，雾气蒙蒙的细雨，像从天空飘下的一层洁白的轻纱，浮罩在漓江的水面，漓江宛如一块长长的弯曲的玻璃，深嵌着两岸朦朦胧胧的奇峰倒影，这又该是一种多么美丽的景色哟。想到这里，我真想抱起漓江亲一亲呢。啊，漓江，难道真是一位多情的姑娘，猜透了我的心思，脉脉含着情？笛声响处，那一卷一卷洁白的浪花，不就是送给我这个游子的顾盼和笑意吗？

山水不能言语，却能左右人们的情绪，大自然能陶冶人的感情，也能融入人的感情。你看漓江，它是那么清，饱含着无限的深情，这两壁的山峰，是那么奇,缊藏着无边的厚意。每一寸流水、每一座青山都在给我们启示,在对我们絮语,它们告诉我们,祖国的面貌,是这样娇媚美好;祖国的胸怀,是这样恢宏广阔;祖国的活力,是这样丰富旺盛。我站在游船上,心里何曾有过一时的安定?我不是想拉开嗓子高唱吗?不是想踏着节拍吟咏吗?不是想挥动拙笔赞颂吗?然而,高歌永远不能完,吟咏永远不会止,而我这支拙笔,更无法传此山水之神于万一!美丽的漓江啊,你是激发人民热爱祖国、热爱生活、热爱艺术的最高明的老师。你简直可以把一切人都培养成爱国的志士、生活的强者、杰出的诗人、伟大的画家和优秀的歌手。

神秘的天池

　　长白山终年长白。天池冬长无夏,一年十个月冰封雪盖,两个月云遮雾笼,晴日极稀。所以,人们无论什么时候去,都不太可能碰上暖和的天气和好走的路。我上去的那天,虽然还处"雾笼"时节,但也只能沿着一条被终年飞溅的天雨冰封的路向上攀登。高山的严寒,早早地将天雨凝固在石块上。石块上撒满了一层又一层晶莹剔透的水珠,和大海里的珍珠一样洁白纯净。顺着这"珍珠"铺就的小路向上登去,前面迎来了越来越冷的潮气。越来越浓的水雾,遮住了云彩,挡住了太阳,真让人觉得好像走到了世界的边缘。

　　攀呀,登呀,在两千一百米高山群峰之间,在没有一棵树木、只有裸露的岩石的喷火口中,一汪十几平方千米的浩瀚的池水,出人意料地展现在面前。湖水碧绿,朵朵白云遮挡下的湖面又呈深蓝。碧绿与深蓝相间,像翡翠,像孔雀翎,异常美丽。

　　可惜,这魅人的景象仅仅只存在了短短的一刹那。须臾,一阵强风袭来,一阵浓雾涌起,刚刚看到的都隐藏到云雾中去了。这时风云变幻,仿佛是大自然为了偏袒我而故意安排出来的。我伫立于湖边,静观这变幻无恒的天气。一会儿云雾飞动了,几座山腰,一角湖面,半露出来。一会儿云雾又变浓起来,似乎凝固一般,静立不动,四围峰峦,中间池水,全部不见踪影,咫尺难辨。

　　这忽阴忽晴不很像宜娇宜嗔的少女脾气吗?不!这是由仙女的生活规

律所致。传说重纱严笼、雾迷湖山，都是仙女在天池中嬉戏、沐浴以云雾作厚纱遮羞的缘故。等仙女嬉戏、沐浴之后，撤去遮羞的浓重纱幛，就会云雾消散，现出天池的全部丰姿。

　　果然，天池这位美女轻轻拨开了雾幛，对我们露出了脸来。不过，她不似南国女子的热情奔放，她也许有着一颗炎夏的心，却给人一副寒霜的面。七分娇美，三分傲慢，使她产生了十分的魅力，实在让人叹为绝色。我很难想象出世上还能有凌驾于她的美。不知不觉间，我的心仿佛也跟着这仙女，沉浸在眼前这冰冷的寂静中。这时，我发现天池的水，不只有蓝绿的色美，还有纯净的质美。它美丽得像一颗动人的蓝宝石，把周围十六座奇峰的陡峭身影都收进自己的怀抱里，它平静得又像一块发亮的蓝色软缎，被天上的仙人轻轻地铺展在这人踪难至的地方。湖四周的山峰是险峻的，但若只把目光投到这广阔的湖面，又让人感到它是那么妩媚和温柔。这里四周没有房屋、舟车，嘈杂的市声、喧哗的人语，只有清甜的凉丝丝的空气，只有静穆的五色山峦。这里是如此幽美、神秘，是如此恬静。它比我想象的更美丽，更富有魅力。我感到好像整个身心都溶化进这无声的恬淡的世界里，渐渐地透明，渐渐地升华。

　　在这片被净化过的世界里，流传着一个美丽动听的神话故事：很久很久以前，有三位仙女被这清亮、神奇的池水所吸引，从天上降到池中沐浴嬉闹。浴后，三仙女中的小妹妹吞下一只仙鸟衔来的一种艳得醉人的红果而受孕，生下了白白胖胖的小生命，起名叫布库里雍顺。然后，仙女们将小生命放在叶子上，顺着天池的流水漂浮而下。从此，松花江畔才有了人类，有了炊烟，有了果木和农田。据说这小生命布库里雍顺就是满族的祖先。从那时起，人们就尊长白山为满族的发祥地。清康熙皇帝还曾到吉林，在松花江边望祭祖先，雍正十一年，在吉林小白山设"望祭殿"，乾隆也曾来遥祭天地，追祀远祖。

　　从它这静如处子的外表中，谁也想象不到它是一个巨大的火山喷发口。椭圆形的湖面，南北长四点八公里，东西宽三点三公里，湖的深度三百七十多米。据历史记载,长白山自十六世纪以来有过三次火山喷发。第一次是一五九七年八月,"有放炮之声,仰见则烟气张天,大如数楼之石,随烟折出,飞过大山后,不知去处"。第二次是一六六八年四月,下了"雨灰"。最近一次是一七四二年四月,"午时,天地忽然晦暝,时或黄赤,有同烟焰,腥臭满室,若在烘炉中,人不堪重热,四更后消止,而至朝视之,则遍野雨灰,恰似焚蛤壳者"。

这火山喷发口,不仅造就了面积十几平方公里、水深三百多米的天池,而且喷出的岩浆,组成了环绕天池四周的白头山十六峰。可以想见当年火山喷发的规模!它那如胶的稠浆四流,灼红的石头乱飞,映得满天通红,响声震荡大地、天空,该是何等壮观、骇人,又显得它的性格是何等狂暴、凶残!如今那一幕有声有色有光的活动早已过去了,现在它进入休眠状态了。不过我怀疑它在沉睡中还在做梦,做着再次喷发的梦。

而令人惊异的是天池周围十六座奇峰的色彩各不相同。有白的、黄的、红的,还有青的、灰的、黑的……黑的如炭,白的似雪,红的如血,黄的似金,简直如一幅五色缤纷的画屏立在天池的四周。它们的石质也不尽相同,有的多孔如蜂窝,有的光滑闪亮如云母,有的层层纤丝像丝棉。掂掂它们,有的重如铁块,一块小石,有时比体积大它几倍的大石还重,有的则轻似海绵,可以漂浮于水面,随水漂走。山峰岩石的形式也十分怪异:如鹰如虎,如刀如剑,如酷冷的冰山,如光秃的兽骨,棱角裸露,狰狞、阴森。这一切全由火山喷射出的熔岩燃烧的程度不同所致。

伫立于天池之畔,遥望那一座座比肩而立的奇峰才美哪。这十六座奇峰,在朝鲜境内有七个,在我国境内有九个。其中,白云峰最高,海拔两千六百九十一米,为东北第一高峰,耸立在天池边,云雾缭绕,巍峨磅礴。玉雪峰,由玉白色浮石组成,四季皆白,雪石难辨。玉雪峰在长白的火山锥体上显得耀眼夺目,离几百里远就能看见。长白山主峰又名"白头山",恐怕跟这座山峰有点关系。《长白江岗志略》中说:"峰下四时积雪高十余丈,俗名雪山。山下有冰穴数处,每见穴中炊烟如缕,或疑为仙人炼丹于此。"写得活灵活现,很有些神秘。总之,这天池周围的座座山峰,很像民间传说中荒漠、怪诞、神秘的魔界仙境。

在这儿,我从那瞬息万变的风云中感到莫测和无常,从那亘古屹立的雪峰和清澈明澄的湖水中又感到宁静与坚毅。在这儿,我领略到宇宙中最纤细的美和最宏大的美,最冰冷的美和最温柔的美,最纯净、透明的美和最阴森、神秘的美。

看着这环绕天池的十六座奇峰,我想象着这奇峰恰如拔山勇士,这天池好似瑶池仙女,勇士长年累月不即不离,忠实地守卫在仙女的身边。而这会儿环绕天池的十六座奇峰好像都活了,变成了十六位勇士,向天池中心走来,而天池仙女也从久远的沉睡中苏醒,笑得好像一朵美丽的花儿,给人以千种柔情,万般娇态。我沉醉了,沉醉于眼前这奇妙的景象里。

贞静的镜泊湖

无边的夜色静静地笼罩着大地、笼罩着镜泊湖的一切。视线中所见的只有夜空中的星星投在镜泊湖中所映射出来的点点亮光,以及远远的湖面上极稀少的渔船上闪烁的灯火。在薄薄的夜雾下,可隐约看到镜泊湖这贞静处女那多情的眼波。湖面,没有半点波浪声;湖畔,没有一声虫儿鸣。清幽、神秘、朦胧,好似童话世界。

一觉醒来,天已大明。我高兴地来到湖边,疾驰的山风,撕碎了轻纱般的晨雾,像长了翅膀的云儿,贴着湖面飞,沿着岸边飞,落进深深的山谷里去。不知太阳是什么时候醒来的,它悄悄地以橘黄紫红交织的光线照在有点娇羞的镜泊湖上,使她更加艳丽诱人。幽静的湖面依然没有半点波浪声,依然听不见虫儿鸣,也听不到鸟儿叫,只是偶尔有一只鱼鹰带着朝霞箭头似的从半空里直射到水面上来,然后又斜着翅膀向远远的湖面飞去。为何时值夏季,鸟不叫,蝉不鸣,虫也无声?莫非怕扰乱了她的清静和幽雅?

曾听谁说,这湖水是温暖的。真的吗?我好奇地踏上晃动的木排。哪里!这碧绿碧绿的湖水,是冰凉冰凉的。但让人只觉得像被母亲的手抚摸着,那样亲切,那样舒服。

我踏着木排,在湖的边沿缓缓地游荡。那像刚刚擦拭过的镜子似的湖面,一眼见底。一层绿中带点红色的细沙,匀匀称称地铺在湖底,一直铺向看不见底的湖水的深处,就像展开的崭新的金丝绒毯。水中的蝌蚪很多,有的在金丝绒毯上睡懒觉,猛一瞧,像刺绣在上面的一般;有的在水中一动不动,像凝固在那里,忽而它们集成一群一群的,把头探出水面,好像是在迎接远方的游客;有的则从倒映在湖中的树梢上、彩云间、山峰上,无拘无束、自由自在地漫游着,让人又觉得它们不是游荡于水中,而是浮游在天上。

游鱼的吸引,有时使我忘情地稳住木排,静静地在一旁观察。可当我稳住木排,朝水中探望时,忽然发现自己的脸庞立即映在镜子般明洁的水中,连眉毛都看得一清二楚。向远处看,那背阳的山峰倒映在水中,显得深苍而幽碧。而有的水面则是阳光照耀,彩云倒映。远远投目,明暗相间,色彩斑斓。我搓碎几块饼干,随手抛到湖面上,只听唰的一声,这平静、碧绿的湖面立即被打得麻麻点点,不仅把山峦的彩云倒影给搅乱了,连映在湖中的树干也被折断了,映入湖中的山峰也在摇晃,似鱼鳞在那儿闪耀着碎光。这时蝌蚪狂欢起来,一拥而上,浮出水面接食。不一会儿,湖面又恢复平静,岚影、树姿、云朵又静静地显现出来。

朝阳照耀着湖山,我下了木排,登上了汽艇,想去看林木翁郁、亭亭玉立的大孤山,小巧玲珑、宛若刺猬的小礁山,山林幽寂、峰峦起伏的道士山,形似珍珠、对峙湖中的珍珠门。汽艇在水波不兴的湖面上向前驶,就像在一面玻璃上滑行。粼粼水波,像丝绸上的细纹,光滑嫩绿。远望湖水,依然呈深褐色;近看湖面,依然是云影徘徊,峰峦倒立。而汽艇尾儿带起的层层浪花,把平静的水面劈开、推远、荡起。变幻出弯弯曲曲的花纹,铺散在汽艇的后面。大自然的创造之笔,是怎样使人惊叹呵!

特有趣儿的是,有时大鱼追逐着游船,在水面上蹿跳起来,几乎落在艇上,而远处撒欢儿的鱼儿,刺啦一声响,顶开了朵朵水花,不知去向。这都是些什么鱼儿,不好说,就是听人说镜泊湖特产"鲫鱼",个大体肥,肉嫩味美,被称为"湖鲫",驰名中外。又听说每到冬季,渔民们最爱在百里冰封的湖面上捕鱼。零下三十五摄氏度,湖面冻出一米厚的冰,在冰上钻眼下网,然后拉上来,活蹦乱跳的鱼儿自己蹦到冰上,一会儿就被冻成了冰鱼。真是有趣!

我一直不明白,洞庭波浪汹涌,太湖激浪连天,而镜泊湖这个南北长达四十五公里,最宽处六公里,最深处七十五米的我国最大的高山堰塞湖,为啥湖面这般平静安宁,颇像一位朴素自然、贞静自守的处女。神话传说这样解释:那是在王母娘娘举行的蟠桃会上,不知哪位醉酒的仙女不加小心,把王母娘娘的宝镜落在洗脸盆里。以后,又不知哪位粗心的仙女倒洗脸水时,连同宝镜一起泼进了天河。宝镜顺着瀑布,稀里哗啦滚进大湖里。自从湖水掉进那面镜子以后,变得一码平,任凭刮多大的风,也掀不起一丝波浪。说是宝镜留在湖中,镇了风,压了浪。从此,早晨,她可以给天仙当镜子理晨妆,晚上,她可以给月里嫦娥照一照自己的倩影。

滇池泛舟

暖暖的太阳西斜在美丽的滇池上,散发出一种永久的魅力。湿润的和风轻轻抚摸着人的脸颊,让人有一种说不出的舒坦。

滇池泛舟,看似一幅奇妙的山水画。木桨点水,泛起片片涟漪,叶叶舟子的涟漪相交,整个滇池像是仙女织成的绮丽的绸缎。

小舟徐徐前行,好似一把切刀,割开条条晶莹的碧玉。割而复聚,池和天融为一体,光和影交织难分。小舟急骤前行,又恰如剪刀的刃锋,剪开匹匹波荡的丝绸,剪而又合,好像是织绸人的心波,容不得有半点儿褶皱。

我们的舟子随波轻划。船头、船尾、船舷两侧,开放着一朵朵浪花。这每一朵浪花都闪射着洁白而美丽的光芒。我俯身于浪花间采撷了一朵,小心翼翼地捧在手里,看了又看,闻了又闻,如痴如醉,仿佛有一缕香魂潜入心中,幽幽的、郁郁的。

云贵高原上的天气真是爱给滇池梳妆打扮,刚才呈现在人们面前的是艳色女郎的面容,瞬间飘下细雨,使滇池就像一位蒙着透明面纱的少女,秀美中更增添了几分娇羞。水面上,雨滴如珠,像在一块长方形的玻璃板上,跳跃着无数的玉粒,给人"大珠小珠落玉盘"之感。远处白雾蒸腾,缭绕向上,分不清是雨落水中还是云出水上。这会儿,滇池上的舟子,大都像一片片相思柳的叶子,像一片片蝴蝶兰的花瓣,荡进岸边垂柳的枝条中去了。它们如同进了一个神秘的帷幕中,躺在温暖的摇篮里,甜甜地睡着了。

真不知过了多久,先是滇池的水面渐渐平静下来,随着天空云雾变淡,很快露出无垠蓝天,阳光照射下来,出现一根根光柱。这会儿,阳光下的滇池中心是宝石蓝,两边则镶着淡淡的白边。

一叶叶荡进岸边垂柳枝中的舟子又陆续漂了出来。有一叶舟子荡出时,就像喝了过甜的蜜、醇香的酒,许久才见到那桨闪动一下。远远望去,只见舟上晃动着花枝招展的色彩,就像一片不知从哪儿飘来的彩色树叶,悠然地颤动在绿水上。近了,近了,我看清了,原来是几位少女,穿桃花红丝裙子的,一手悠然自得地划着桨,一手拿着"135"照相机;穿鹅黄色上衣的女孩,半斜着身体坐在舟中,头仰向碧蓝如洗的天空,好像在享受着夕晖的慈爱;穿玫瑰色短袖衫的少女,在低头看书,又不时以书掩面,兴许正陶醉在书中那令人回肠荡气的故事里呢!还有一位穿着雪白的、镶着红边的连衣裙的姑娘,坐在船边上,把一双白白的小腿和脚,伸进绿水,随着船的移动,荡起一圈圈带有亮光的涟漪。她的怀中有一小块画板,在低头作画,不时抬起头来望一望,又低下去。这当儿,她们的舟子几乎全停了,横在了绿水中。她们好像谁也没有发觉,又好像谁都发觉了,皆因感到悠然适意才不着急、不抱怨,任那舟子悠悠,任那紫霞晕染的涟漪在舟子四周一环环地扩散。

我暗暗敬慕这几位姑娘,她们游山观水是如此文静、爽朗,书画相陪,诗梦交融,尽情地享受山水之意的征服。与那些以狂饮大嚼取代雅趣,以粗吼野行破坏幽静,以奇模怪样污染青山,以靡谣浪调亵渎秀水者相比,她们的风采实在高出一格哟!

悠悠间舟子驶到了西山脚下。由于山势笔陡,山松葱郁,山影遮盖,松影倒映,池水呈深绿色,浓浓的、稠稠的,像碧玉,又像凝脂。轻盈的滇池水,流到西山脚下沿着山根折转头向南逶迤而去。抬眼望去,近山如翡翠碧绿,远山似秧苗苍青。一阵阵乳白色的烟雾,沿着山脚袅袅升腾。空中飘飞的朵朵白云团团裹住了山峰,座座青山就像披上了轻纱、戴了絮帽的玲珑仙子,她们仿佛刚从滇池沐浴后,带着满足的心情翩翩飞回天宫。青山衔接处一块块田畈上,簇簇桑叶,片片翠竹,环绕着白墙青瓦的村寨。

当舟子行到西山南麓尽头时,滇池向西猛一甩头,直伸向莽莽的云贵高原的白云深处。我一下惊呆了。同舟的伙伴给我讲了这样一个传说:原来滇池只有几十里宽,也没有西山。古代的时候,滇池龙王有个三公主,又名红鱼姑娘,与打鱼的孩子阿舢相爱。一天,阿舢出去救受灾的百姓。小红鱼姑娘等呀等呀,等到七七四十九天。一天滇池上突然漂来一样东西,是阿舢哥的头啊!小红鱼姑娘哭啊,哭了几千声;喊啊,喊了几万声。但,哭天不应,喊地不灵,眼泪淌下,流成溪,汇成河,一齐淌进滇池里,滇池装不下,漫出来,才变成五百里长的!

小红鱼姑娘呆呆地站在滇池边,听见滇池里浪哗啦哗啦地响,好像阿舢哥在叫她:"来——吧!来——吧!"她揩揩眼泪,伤心地叫了声:"阿舢哥!"就咚地跳进滇池去了!她死后,变成一座高高的山,躺在滇池边上,脸还朝着天,头发还长长地披着,嘴也微微地张着,像在不歇气地叫:"阿舢哥!阿舢哥!阿舢哥!……"

阿舢呢,后来变成了滇池里的浪,他知道小红鱼姑娘在叫他,就用手轻轻地摸着她的头发,一遍又一遍地回答:"哗啦啦——!我——在这里——哗啦啦——!我——在这里……"

"扑啦啦——!"一阵水鸟翅膀拍打水面的声音,把我从这美好的传说中惊醒了。抬头一看,前方的水面上一些水鸟排着人字形,贴着水面,低低地向前飞去。不多时又落下来,在水面上组成整齐的方阵。待我们的舟子快要到近前时,它们又扑棱棱地飞去,落在船的前头,再组成一道横断水面的长队,像是要阻止船的行进。舟子径直向着它们开去,离得很近了,也不见它们飞。直到差不多就要撞上它们时,才见阵中有一只先起飞,霎时间,无数只随之展翅,在水面上撩起一排排晶莹闪亮的水花儿,美极啦!

暮霭渐渐低垂,远方云雾环绕的山峦模糊为一片灰色,太阳像个红灯笼,挂在舟子的正前方,滇池尽头燃烧着绚丽的晚霞,绿树掩映的村庄上炊烟四起,与山间流动的烟雾汇合在一处。滇池水面显得空旷开阔、幽雅安静,滇池中心无倒影处,似乎是一条曲折盘旋的回廊。太美了!美得让人的心都醉了,不知是进了仙境还是入了梦乡。

趵突泉水天下无

"济南泉水甲天下。"济南之美就在于泉。设若无泉,济南定会丢失了一半的美。史书记载,济南有七十二泉,其实何止呢?仅市区范围就有大大小小的泉池一百余处哟!然而,泉之最美处还在四大泉群:趵突泉泉群、黑虎泉泉群、五龙潭泉群和珍珠泉泉群。而相比之下,面积最大、泉眼最多,而且最有名、最富有特色的要数趵突泉了。所以趵突泉被人誉为四大泉群之首。

这天,我从泺源桥一下汽车,便听到潺潺的流水声。循水声南行,没一会儿就到了趵突泉公园。这里,除了泉首趵突泉,还有满井泉、金线泉、卧牛泉、白云泉、望水泉、饮虎泉等三十六处泉池。如此多的泉池,该从哪里看起呢!

杜康泉,空气中有淡淡的花香扑鼻,枝头上有甜甜的金果低垂,实是饮酒的好处所。泉里清水涓涓,与公园里的其他泉水声相和,琤琤,低吟,引吭,宛如古筝款款寄情,又如佩玉联璧和声,既像《高山流水》,又似《百鸟朝凤》。

漱玉泉呈长方形,四周是石雕栏杆,南面有溢水口。溢水口处与自然的山石相接,泉水清浅、鲜洁,漫石穿隙流出,淙淙有声,犹如美人张口"漱玉",水石相击,水花飞溅,声似击磬,悦耳动听。此泉池的南岸,黑松、油松幽青郁葱,在斜阳的照射下,显得似乎要滴下油来。

山径盘曲,青松浓郁,环境清幽。这里有一泓碧水涌出,叮咚有声,乍听好似马在奔跑,故名"马跑泉"。传说北宋将领关胜与金兵鏖战,其战马奋蹄扒地成泉,"马跑泉"也就因此而得名。当时夕阳照射这山、这水、这树,像不断飘洒碎金碎银一样闪烁耀眼的光彩。

从假山上下来,我往西北处漫步而行,来到一个别致的小院。这是我国宋代著名婉约派词人李清照的纪念堂。"阁前竹萧萧,阁下水潺潺。"这里,檐楹翠飞,四柱抱厦,丛丛翠竹,披满绿装,清泉淙淙,百啭千声。据说李清照的故居就在此处。为此,郭沫若曾写下这样的对联:"大明湖畔趵突泉边故居在垂杨深处,漱玉集中金石录里文采有后主遗风。"

穿过满目郁郁葱葱的花墙八角形洞门,再往前走不远,就到趵突泉了。书上记载,趵突泉"潜行远而蠢腾高,若水晶三峰,欲冲霄汉,而四时若雷吼也"。宋代李格非有诗赞曰:"平地忽堆三尺雪,四时常吼半空雷。"

泉太好了。若说济南没有泉就失去了一半的美,那么趵突泉公园若没有趵突泉水将失去大半的美。趵突泉池东西长约三十米,南北约二十米。我们凭栏而立,顿觉凉气袭人。俯瞰泉池,清澈见底,游鱼在水中飘忽上下,像片片落花漂流上下。往池中心看去,果然名不虚传。它不像黑龙泉源自山洞,出自虎口,平射入池,声如虎啸;也不像琵琶泉水帘层叠,落水叮咚,夜深人静,宛若丝弦弹奏,悠扬悦耳;它更不像高山瀑布,撞击卵石铿锵有声,或似千匹银柱从百丈岸上垂直跃下。

趵突泉泉为三股,平地涌出,似三朵盛开的鲜花,水柱落下,又似珍珠滚玉盘。看那三个大泉,一年四季,昼夜不停,老那么翻滚,好像地心里有吐不尽的珠玑。你若立定呆呆地看三分钟,便会觉出自然的伟大。它,永远那么纯洁,永远那么活泼,永远那么鲜明,涌、涌、涌,永不疲乏,永不退缩,只有自然才有这样的力量!据说,它的喷涌量在盛水期达到每秒一点六立方米哩!而三股喷泉四周则是水光潋滟,其水面的水,不像喷涌的水显得白而洁净,反呈一种深绿色,而且比春水更绿,绿得深沉。我想,这也许是绿色的树溶在里面的缘故吧。秋风从水面轻轻吹过,加上泉池中心上涌泉水的推动,这水面像绸缎一样,荡起层层涟漪,酷似明净的玉盘上镂空的花纹。金液一般的霞光洒下来,又像是在玉盘里撒下了一把碎金碎银,闪着粼粼的波光,甚是诱人。

池边还有小泉哩,比那大泉另有味道:有的像大鱼吐水,极轻快地上来一串水泡;有的则半天才上来一个,大,扁一点,慢慢地、有姿态地摇动着上来,碎了,瞧,又来了一个! 有的像一串明珠,走到途中又歪倒了下去,酷似一串珍珠在水里斜放着;有的却是好几串小碎珠一齐挤上来,就像一朵攒整齐的珠花,洁白透明;有的……

这样秀丽的景色是如何形成的呢? 原来市南面为千佛山诸峰,地势高陡,地层自东南向西北倾斜。由于地下水的长期溶蚀和冲刷,形成大量的地下溶洞。地面水和河水渗入地下,形成丰富的裂隙岩溶洞,并依山势由南向北流到市区地下,受到东、北、西三面火成岩的阻挡,地下水逐渐聚集起来,抬高了水位,并产生了很大的压力,当遇到地下裂隙时,即夺地而出,形成了涌泉。

记得前人作《趵突泉记》说:"夫泉之著名,在甘与冽,趵突甘而淳,清而冽……"趵突泉以水质优良著称,水温恒定在十八摄氏度左右,含菌量很少,可以直接饮用。用趵突泉水沏茶,味醇、色艳、水清。曾子固有诗赞曰:"兹荣冬茹温尝早,润泽春茶味更真。"据说,乾隆皇帝下江南时,一定要带上趵突泉泉水,供其饮用。

在趵突泉池东北面的"泺源堂",旧为吕祖庙,创建于宋代,是一座阁楼。前有抱厦,突出在趵突泉水面上空,栋梁彩绘,黄瓦红柱,它的形体,使人觉得既雄伟,又别致。抱厦柱上有元代著名文学家赵孟頫咏泉名句诗刻:"云雾润蒸华不注,波涛声震大明湖。"听说,每当秋末冬初,晴朗无风的早晨,烟雾缭绕,泺源堂如浮在白云之中,犹如仙境。

泉池南岸有水榭、漏窗、半壁廊。西南为观澜亭。亭旁一碑浸在泉水之中,上刻"趵突泉"三字,为明代书法家胡缵宗所书。另有两碑镶在亭后的西墙上,一题"观澜",一刻"第一泉"。

哦,我该去看荷柳辉映、湖水似镜的大明湖。赵孟頫不是说"波涛声震大明湖"吗? 我想亲自到那里听一听趵突泉泉水上涌翻滚的声音哩!

牡丹魂

从洛阳归来，衣服上沾了缕缕清香，心灵被淘洗得活泼鲜亮。千百年来，多少墨客骚人称誉洛阳牡丹为花王、花仙。有人说，洛阳城里有催人奋发的芳魂。

每年四月，洛阳倾城都是壮观的花的海洋，黄的、红的、蓝白、白的、黑的、紫的、粉的，一行行、一排排、一片片、一层层，五光十色，千姿百态。红牡丹艳红如霞，白牡丹洁白如玉，蓝牡丹素洁，黄牡丹妩媚，紫牡丹端庄，绿牡丹清秀。

令人叫绝的是绿牡丹，花瓣重重叠叠，色呈青绿，显得瑰丽夺目，姿色绝伦。一阵轻风吹过，暗香浮动，沁人心脾。有一种叫"欧家碧"的绿牡丹，系洛阳的古老佳品。初开时呈绿色，花瓣有一百余枚，花朵低回顾盼，美妙可爱："不用胭脂淡淡妆，碧罗衣袖舞东皇。此身许是瑶台玉，化作千重翠浪航。"

最惹人注目的是黑牡丹。一片绿叶捧托着一朵盘大的花，花瓣层层，黑中泛紫，油润明亮。旁边还有两个待放的苞。它似乎不像紫牡丹那样光彩夺目，也不似白牡丹那样娇媚动人，然而它自然呈现的那种浑厚、质朴和雍容的风姿，却远非其他牡丹可比。

那株茎高且直的花王姚黄，鹤立鸡群，独傲不俗，别具风姿。它，花朵硕大，瓣叶白里泛黄、密卷如绢，仪态万方。它，茎不弯，尖不垂，像不屈的巨人,昂首挺拔,显露出它伟大的尊严。其他花在它面前,相形见绌,逊姿失色。

有趣的是那许许多多名字起得神韵怡人,奇诡多彩,且又名实相符。花瓣间缀有浅绿色小瓣的叫"乌龙捧盛";火红颜色,瓣间微露点点黄蕊的名为"火炼金丹";粉色而泛紫晕,大瓣大朵的叫"酒醉杨妃";白中透粉兼蓝,素雅洁净的名叫"冰罩兰玉";那金丝细腻,灼灼生光的叫"烟绒紫";那冰清玉洁,可与朗月争辉的叫"夜光白"……真是名不胜举,美不胜收。

每一株牡丹都放出一种独特的芳香。雾重露深的早晨,它身上挂满莹莹的"银豆儿",它散发着一阵阵凛冽的清香;金蟾微笑的夜晚,它随着晚风吹拂吐出一股股甜甜的淳朴的香味,让人们沉入香的梦幻之中。

记得《镜花缘》中有一段武则天上苑催花的故事。说正值雪天,这位则天娘娘赏雪心欢,不觉吃醉了,趁着酒兴,竟下了这样一道御旨:"明朝游上苑,火速报春知;花须连夜发,莫待晓风催!"

结果,第二天百花发了,唯独牡丹不发。这事大大触怒了武则天,她即令兵部派人押解,将长安城里的牡丹统统贬去洛阳。没想到一夜之间,牡丹竟在洛阳昂首怒放,一时轰动天下,传为美谈。

因遭贬而流芳百世,这是历史对贬人者的报复。这个传说,自然是对封建统治者专横荒淫的鞭挞和讽刺。瞧!世间终究有不听皇帝老儿指挥的。但人们也从中看到牡丹并不只是为让权势者赏心悦目的,它有它不屈的魂灵。有一首《牡丹之歌》这样赞颂:

啊,牡丹,百花丛中最鲜艳,

啊,牡丹,众香国里最壮观……

索溪峪夜色

在湘西天子山看完天下绝景黄龙洞后,天色就很晚了。山路陡而曲,汽车不敢开动;而我要回索溪峪,只好徒步奔走。

初黑时,山色各异,朝阳的呈青色,背阴的呈黑色,好像天使背披的黑纱一般。天空中形成了一种比较明了的大理石花纹,像是一幅十分模糊的图画。

渐渐地,壮丽的景象完结了,在缩小,越来越小。夜的精灵张开黑色的羽翼,遮蔽了寰宇。空中充满着飘荡的稀薄的帷幔,它们像没有重量的白纱一样,在极端的沉寂中,无力地垂下,整个山谷都封闭了,不禁使人感到心闷。

在白雾中行走,我本想叫喊几声壮壮胆,却没料到突然从山里传来咆哮声。我分不清是虎的啸声,还是猫头鹰的哀鸣。叫声渐近,我不由得紧张起来,猜度这是什么,想着怎么办。真有虎,我可不是武松,十有八九成为虎口之食。我努力用眼看,想穿过那雾纱和黑幕,看清到底是什么。很侥幸,声音又远了。山里人曾告诉我,不要怕,虎狼不饿急是不伤人的,大概是这家伙不饿吧。尽管这样,我还是隐隐约约感到走下去说不定会碰到什么危险,可我终究还是硬着头皮走了下去。

随即,我又陷在静寂中。雾气越来越大,天色越来越黑。我虽然戴着眼镜,却几乎什么也看不见,只能依靠手中拄的拐杖试着探路,高一脚低一脚地前行着,不一会儿全身都是汗水,额上的汗滴到眼镜片上,流到眼角里,连眼也睁不开了。

走着走着,突然前面有一个巨大的物体横在路中,我顿时吓出了一身冷汗,又不能不走,只好迎上前去,原来是一个巨大的石柱,上午走过这地方时,不就见过它嘛!

这时,天极黑,除了黑色,什么也没有。这山路,右边是绝壁,左边是索溪。索溪是我唯一的伴侣。它带着一种睡眠时呼吸似的、有规则的微响,轻轻地拍着溪边的沙砾,好似专门给我的夜行伴奏似的。立刻,我想起张若虚的诗句:"江天一色无纤尘,皎皎空中孤月轮。"我焦灼的目光都聚焦到黑灰封锁的天际,翘盼着那轮皓月早点君临,可惜天公不作美,老是阴沉着脸。

又不知走了多少时辰,走了多少路程,突然,我发现一盏暗暗的灯火,远远望去,就像迷迷蒙蒙跳动的萤火。啊!终于见到一点亮光了。我知道上午经过这里时有两个小孩,大的约七岁,小的约五岁,互相追逐着,唱着我听不懂的土家族的歌儿。这深山中,只有一座孤零零的小屋,真是够孤寂的了。上午未见到他们的父母,兴许上山打柴去了吧,那么现在呢,一定回来了。

走着想着,想着走着,终于到了十里画廊。上午走过这里时,它那么绚烂多姿,但现在什么都看不清了,好像大自然特地盖上一层白纱保护着,不让人晚上偷走了似的。

象池夜月

天清气爽,习习的山风中有一股山林气息所特有的甘甜,沁人心脾。峨眉山山道上不时飘下几枚金色的落叶。山林中鸟雀们啾啾的鸣啭声,使得整座山更显清幽、寂静。此时,红日西沉,晚霞灿烂,而我们即将登临的洗象池,在半是枯红半是浅黛的天光的映照下,恍若一颗璀璨的珍珠,镶嵌在海拔两千一百米的群峰之上,显得尤为神秘、幽奇、诱人。

早就听说洗象池是峨眉山月色最好的地方。昔人吟诗曰:"普贤骑象杳何之,胜迹空余洗象池。一月映池池映月,月明池静寄幽思。"由于洗象池海拔高,大气清澈,看月亮特别圆而皎洁,加之冷彬挺拔,柯枝疏朗,无碍月色泻地。每当长空万里,遥天一碧,坐于寺前月台之上,令人肝胆澄澈。

暮色敛尽了,月亮还没出来,天地一片黝黑。我随意踏上一条蜿蜒如蛇的山间小路,四周阒无人迹,星光隐约里,唯有风动长林、草虫低吟。立刻,清寂之感,渗入毛发。

我坐在那高高的突兀的悬崖上,沐浴着松风林涛,呼吸着融入了星光的草木芬芳。上下前后,左右远近,黑蓝天幕上满是璀璨的星星。这星星不像平时看起来那么遥远、冷峻,而是跳跃和洋溢着一种温热、亲切,使人忍不住要伸出手去摸一摸。置身于这样一片恍若幻影的薄明之中,怎不使人幽思绵绵,志洁情高,忘却尘喧世嚣,获得一种心灵净化的享受!

望着这令人心荡神迷的星空,我的思绪飘然起来。大自然中,阳春的飞絮、盛夏的百花、暮秋的红叶、严冬的白雪,固然都很可爱,但这一颗颗星星在沉沉的夜色里,与黑暗斗争,放着倔强的光芒,又何尝不可爱呢?

突然,远处悬崖下有亮光一闪,像一颗小星星从夜空中掉到树林里。我忘情地凝视着,不料这亮光开始沿着崖壁移动起来,在黑暗中明灭不定地闪烁。大约过了半个小时,亮光竟升到悬崖边,原来是手电筒的光亮!这是一位贪拍夕照的摄影师,他在日落前迷了路,已在林莽和绝壁下盘桓了几个小时。

月亮快要出来了,直让人觉得它在地平线后边,从黑暗的深渊上升。一道微弱的光给山峰上的树顶镶了一条花边,好像高脚酒杯的边缘,这些映在微光中的树峰的侧影,一分钟比一分钟显得更为深黑。

月亮出来了,先是朦胧如柠檬,不久,便清亮似琥珀。它经过山口、山峡射出来,那些林木、岩石、山峰的背景,被月光烘托得分外黑、分外浓。

再过一会儿,月亮升高了,它那青烟一般的光辉到处泻下来,倾泻到悬崖断壁上、山坡上、岸角上,倾泻到像手臂一样伸展着的树枝上,或者是被裂缝侵蚀成的断岩上。而且,它那青色的光,钻进滴露的草心,扑向溅蜜的花丛。一切都分明、清晰,一切都成了活生生的。这会儿,天鹅一样的白云伏在湛蓝的天床里闭上了眼睛,温柔的月亮轻轻地在太空中穿行。哦,此时的峨眉山如风一样轻,如月一样静,如云一样柔,峨眉山睡熟了,每一棵树都在做着绿色的梦。

我沐浴着明亮而又柔和的月光,徘徊在碧海与翠林之间,又仿佛觉得峨眉山并未睡熟。不是吗?我沿着山间小路,踏着碧毯般的草地,拨开帘幕般的翠蔓,似乎听到一阵阵呼声,呜——呜——,有如深谷松涛遥遥传来,传到我的耳畔。啊!我惊异地发现:各种树木,刚才还像一群娴静的姑娘闭着美丽的眼睛,现在却被月亮煽动着,伴着翠林飘舞着绿色衣裙唱着美妙的小夜曲。我静静谛听着这交响和声。哦,它是山风,是月色的飘洒呢!

我信步走向丛林深处。月亮透过高大的树木,给我穿上斑驳的衣衫,树木不时地用它们柔嫩的手抚摸一下我的面额。就在这时,我听到一阵窸窣的细语。不,说是听到,还不如说是感觉到。在这寂静的夜里,这声音一会儿高一会儿低,像是小提琴和大提琴的协奏,又仿佛来自大自然本身。

此时此刻,空灵、静谧。人间的一切尘虑被山风月光清洗殆尽,心灵得到了解脱——一种摆脱庸情俗趣羁绊的颖悟和解脱;情思得到了升华,一种美的苏醒和升华。

站累了,我靠在一个岩壁上,仰望天穹,只见一羽鹅毛似的流云,在月娘脸庞上抚来抚去;一会儿,又有一匹尼龙纱巾似的轻云,网住了月娘的蝉鬓;一会儿,云翳散尽,又见月娘似出水明珠,如浴后白莲。我屏息静气地领略着这宏观世界中微观的变化,仿佛老僧入定一般。

这时,我突然想起一个故事。据说,有一年,康熙皇帝来到峨眉山,登临洗象池,见这里山峦叠翠、岩壑秀丽、冷杉参天、百花竞艳,很是高兴。回庙时已是黄昏。一轮皓月从林间冉冉升起,远处华严顶山影幢幢,月光透过树隙,倾泻出一片片如丝似缕的清光,真是寒光融玉,清辉浴林。于是让人摆酒于洗象池,八音齐奏,丝竹争鸣,歌声不绝,舞影婆娑。康熙酒醉之中摇头晃脑地吟起诗来。而方丈见康熙正在吟诗,心想能请皇帝为寺庙题个匾额,这庙的名声不就更大了?于是方丈整了整袈裟,走到康熙面前,跪下叩头,说:"看在这天下名山的面上,请皇上挥动御笔,替小庙题块匾额,让人瞻仰瞻仰!"而已有醉意的康熙皇帝随手写了"天花禅院"四字,真是对绝伦、洁静之地的亵渎。

夜深沉,山更幽!

我真想彻夜陪伴幽媚多姿、风雅绝伦的高山明月。可是,毕竟过于冷清了,只得起身沿着另一条小路,回往洗象池去。

回路途中,忽有云雾,缥缥缈缈,直欲向广寒宫而去。流盼左右,白云有如炊烟,袅袅升起,探身一望,竟是悬崖绝壁,莫测高深,叫人心胆俱寒。

慢行中,突有一壁危峰迎面扑来,在迷离恍惚的月华云气里,我再也辨不清寺院、高山和深谷了,唯有一片神奇美丽的梦境,一缕微妙隽永的诗魂,留在心头……

再往前,忽有一"瀑布"挂在一道青峰的壁上。青山呈深黛,而"瀑布"在月色的映照下烁烁生光,青山之上是云峰雾岭,在明月的照射下,如同雪山一般,人的视觉以外,又有一重灿烂银山,其实呢,是云,是月,是瀑布作祟。此刻,松梢流风,涛声细细,山坡上,树影游移,碎银点点。

美!象池夜月着实美!我不禁赞叹道,这是深邃丰富的美!超尘绝伦的美!

结识了幽邃如迷宫的峨眉山,虽然只在洗象池住一夜,我理解了,这云山雾水,这星光月色,这奇峰古寺,为什么会诱惑千秋墨客骚人!

站在洗象池门前的高崖上,我想,不期而遇了!象池夜月——你这风流千古、历尽沧桑的美貌女郎,如果没有你,也许,峨眉山不会留给我那么多的相思!

张家界的夜声

张家界的夜,深邃、柔和。一轮素月给粼粼闪闪的金鞭溪披上一层蝉翼般的轻纱,群山睡了,睡得那么熟,连细细的鼾声都没有。我踏着月光,沿着金鞭溪缓步至一家客栈。

蓦地,忽听窗外传来一种声音,颤巍巍,齐刷刷,让人觉得柔和而又很有节奏。在这寂然的夜里,能是什么声音呢?莫非是下雨了?我不由得伸手至窗外,但什么也没有触到。

细听,又好像水浪从很远处向这边卷来。可这里没有湖泊,也没有大的河流呀!

再细听,又好像是山上无数流泉在欢快地流淌,冲着碎石、浅坎和两旁小草发出的声音。不对!这山已经睡了,山泉也已经睡了,金鞭溪也已经睡了。

忽然,我又觉得它好似一支轻骑部队,马蹄声是那么轻快而有节奏。又"恰如赴敌之兵,衔枚疾走,不闻号令,但闻人马之行声"。

这声音到底是什么,如此美妙悦耳?它遥远,给人以迷迷蒙蒙、隐隐约约之感,让人无从分辨其是从何处而生。也许,它是大自然特地为张家界的夜色增添的轻音乐。人们不是称张家界为仙界吗?这声音或许正是神仙为张家界夜色所制的杰作呢!

正当我沉醉于这夜色而浮想联翩的时候,忽见前方上空有什么好像天河向下流淌一般朝这边推来,但它不像水那么沉,很轻,像棉絮,像白纱。

噢！是雾！白天，人们登黄狮寨峰顶只见金龟，没见雾海，兴许这是大山又特地悄悄送给游客们的吧！

那么，这声音就是雾啦！它穿着白色的羽纱，穿山越涧，飘然而下，然后在竹林中跳着轻快的舞蹈，它的羽纱带着纤纤的风声扇动着竹叶儿，给这夜送来唰唰的声音。

我静听着这夜声，它或高或低，如泣如诉，悲喜交错，哀怨相融，酷似一段奇绝的交响乐章。

那喜，许是"三姊妹峰"上"三姊妹"在唱歌跳舞吧！是的，是的，这流动着的白雾，很像三姊妹跳舞时飘着的云带、舞着的长袖、摆着的罗裙。

那喜又或许是紫草潭上"千里相会"的夫妻在窃窃私语，倾诉衷肠哪！白天遇见他们时，他们四目相对，脉脉含情，还不好意思哟！

那高高低低的悲戚哀怨呢？

噢，想起来啦！在琵琶溪右上方，突起一座石峰，远远望去，像一位女郎的剪影，发髻衣襟，惟妙惟肖。她亭亭玉立，昂首眺望。传说，丈夫出征，她由青年盼到老年，不仅望穿条条山水，也望穿了座座石壁。她的痴情感动了天神，化成望郎峰，人到山上，常常能听到望郎女唱《望郎歌》：

马桑树儿哟搭灯台，望郎望穿几多岩？

你三年不回我三年等，你十年不归我十年待，不逢春雨花不开……

莫不是望郎女在这深夜又在低唱《望郎歌》？

啊，这时，山好像醒了，蝉虫好像醒了，金鞭溪好像也醒了。山风、虫鸣、溪声组合成一种柔曼的音乐。它们好像都在为情郎情女的悲歌伴奏着。

这声音，淌在金鞭溪上，荡呀，流呀，被流水载去很远很远。

这声音，绕在群山中，转呀，飘呀，被山雾山风托着，飞去很高很高。

啊，这就是张家界神秘奇特的夜声。它被迷迷茫茫的大雾包裹着，听来让人感到是那么诱人，又是那么充实和甜蜜。此时此刻，我灵魂深处的心音自然而然地融进了这美好的一切！

草原落照

九月的草原脱去了时髦的艳装,卸下了轻盈的浅笑,显出稚嫩后的成熟、苦涩后的甜蜜、孱弱后的丰盈。远远望去,它像漂浮的大海,被夕阳照耀着,烁烁闪光,天上地下,黄澄澄,金灿灿,一片耀眼的色调。

旺盛的草儿随风微漾,大片大片的羊群忽隐忽现,让人不由得想起"敕勒川,阴山下。天似穹庐,笼盖四野,天苍苍,野茫茫,风吹草低见牛羊"的诗句来。不过,眼前的景色,却不像小时候读这诗句时想象的那么荒凉、可怕。时不时见到几匹肥大的马儿在草原上狂奔,马背上的蒙古牧人身披落霞,手持长鞭,显得十分威武。

澄清高远的长空,不时有雁阵掠过,发出声声鸣叫。还有一群一群小鸟在飞旋,从天空泻下歌声的瀑布,在人面前铺开歌的浪潮,有时翩然落下一个鸟阵后,碧霄里仍留着歌的颤音。啊,鸟儿把草原的旋律和搏动都赠给了我。我惊讶,已是深秋了,小鸟啊,你们为什么还不迁徙到南方呢?莫不是恋着草原的秋色和草原人的质朴、热情?

西下的夕阳渐渐与草原接吻了,它像大火球,在那里燃烧着,比平时见到的要大、要圆,挂在远方的天幕上,霞光显得特别瑰丽。

这飒飒的秋风,这瑰丽的夕阳,这澄清的长空,这惊寒的雁阵,这依恋的小鸟,这肥壮的羊群,与幽远、深沉的草原融为一体,浑然天成,简直是一个气魄伟大的画家的大手笔,任意勾勒涂染,而显现出秋的草原特有的雄伟和多彩的丰姿。

伫立于草原,我感到秋风是犀利的,可以洗尽积垢,秋的夕阳射出的光是明澈的,可以洞烛幽微。任阳光照射,我直觉得浑身轻松、振奋,一切烦恼忧虑都被彻底濯去。这里,没有过多污浊的泥沼,没有随处伪装的陷坑,呈现在人面前的,全是纯朴,一种人类灵性的真实和真诚。我想,秋的夕阳下的草原色调和气息,实可以洗涤现代困闷人群的灵魂。

日轮匆匆下坠,草原被秋风拂动,若飞若浮,状如潮水,势如浪涛。正在我惊异于眼前壮景时,突然,一道霞光像一把镶着彩珠的巨大宝剑,从西天边散射开去。顷刻间,霞光万道,直射天空,就像一只硕大无比的孔雀,在西天空中展开了五颜六色的尾巴,绮丽非凡。啊,多么美丽的晚霞!它使整个草原金影浮动,岚气升腾。

哦,不经意中,落日竟摔进草原底下去了。它一落,那整个天空、整个草原都似乎进入一种宁谧的境界。天空的金光变淡了,草原上的轻烟慢慢升起,渐渐进入缥缈朦胧之中了。

不知为什么,这时我忽然想起古人那关于落日、黄昏的咏唱来。他们几乎都借落日、黄昏来抒发自己的哀伤、没落和孤独。但我想,人们是不该把落日、黄昏视为一种衰落的美,并将其与自己的伤感、没落的情绪联系在一块的。日落所呈现的嫣红的晚霞、澄清的天空,给人的不同样是温柔、安慰、和平和休息?日落时的晚霞,不也正是姿色妩媚的少女风姿和音色宁静的轻音乐吗?再说,没有日落,哪来日出!日落了,接下去的又是灿烂的明天,又是壮丽的日出。

啊!我赞美日落,赞美草原上的日落。

草原月出

草原抱回一轮红日,又撒出满天繁星。

自己久住城市,人拥车挤,噪音烦心,思静若渴,而进到草原则顿感寂然静穆得竟如混沌的太古一般,甚至连天籁和地籁的微吟都能听到。所以,晚上怎么也睡不着,索性披衣而起,悄悄溜出了客舍。

哎呀,夜气清凉如水。人一出门,就被它紧紧地裹围起来。纤尘不染的天空缀满大大小小的星星,好似万千宝石,各自流放着清辉。我暗暗为自己以前居住城市,只注目艳冶的霓虹,竟全然忘了星儿的辉耀,而深深地自惭自责了。

不一会儿,那宇空的小星星隐去了,大星星的光亮变小了。造化为夜所织出的幽玄的天衣,显得更幽玄了。正不知天宇发生了何种变故,却见草原从极辽远的东方捧出一轮圆月。

第一次看见草原上一轮使人满眼生辉的圆月,我不禁吟之哦之、手之舞之、足之蹈之起来。其时其情,俨如拘谨之书生与娇媚的名姝蓦地相逢,心为境撼,情因美动,失其平衡,遂颠倒失据,惝悦无措一般。

夜风吹拂,草原像大海一般滚着层层波涛。风来,草伏像浪伏,月轮现出来了;风过,草立像浪起,又把月轮淹没。月轮像是在海浪中摇晃着,缓缓地向上升着,光亮亮、鲜灵灵、湿漉漉的,完全是一幅"海上明月共潮生"的海月共生图。

当月轮升高一些时,草原起了雾,是从草原地下冒出来的。这也许是地气吧!它轻轻飘动着,托着一轮圆月。它飘动着,也许是要用这洁净的细纱拭去月上久积的征尘;它轻托着,也许是要把月儿再送上一程。于是,那月儿流下了感动的泪,化作了整个草原清凉的露珠。

我信步走着,突见前面有一明晃晃的镜湖,心不由得飞了起来。我快步走到跟前,忽然扑啦啦、扑啦啦响起了一阵阵飞动声。我望而却步,心想,该不是一群仙女来草原正对镜梳妆吧!不禁后悔自己贸然闯入这美妙月光下宁静的湖边。

我看着那湖中圆圆的月亮,好似一个玉盘浮在水面,又像一块白璧沉在水里。那水面也蒙上了一层银色。月亮颤颤巍巍的,好似要被溶化了,我怀疑自己也会溶化其间。

不!溶化在这秋风月色中的,是我的袅袅思绪。我放慢脚步,想捕捉住它们,但它们是那样飘忽,那样朦胧,像天幕上的一片片云。

我想到草原春夜月色,到处的绿色散发着素馨,流溢的温暖、柔情拂吻着人面,使人激动、愉快,给人以炽烈而蓬勃的生机。那闪亮的露珠,缠绵而洁白的薄雾,会像一缕清风,撩动着人炽热的情丝。

严冬,皑皑天地间,草原将以雪书写出自己心地纯洁的诗句,草原一定会在严酷的美中露着不屈的微笑。

忽然,远处传来悠悠扬扬的琴声,边弹边唱。我不由得伫立静听。啊,原来是《草原之夜》:

  美丽的夜色多沉静,
  草原上只留下我的琴声,
  想给远方的姑娘写封信,
  可惜没有邮递员来传情。
  ……

呼吸是维持实体生命的,唱歌是维持心灵生命的,而在这旷寂的草原之夜里唱歌,那灵魂之渴望呼吸也就可想而知了。一定是小伙子思念远方的情人了!歌声充满着思念的凄苦和纯真的情感。我默默地想,只要是爱的心,一定会时时相通,不会受到时空限制的,岂要到冰雪消融?就算地冻天寒,姑娘也会来围着火炉伴你的琴声。

歌声停止了,而余音还在草原升腾,旋即混进那溶溶的月色里,向广袤的夜空荡去。

月,缓缓上升着,是那么静默、悄然、不事声张,毫无要人们前来伫候观仰之意。这使我想起许多。月亮有圆有缺,圆时放光,缺时还是不停地把明丽的辉光送达人间,并不因为自己的缺失而拒绝奉献。即使有时阴云密布,给她蒙上屈辱的面纱,她也不屈服,从乌云的隙缝里勇敢而不失时机地射出光来,照到人间的黑暗角落里。她坦荡磊落,披肝沥胆,越是最美好最明丽的时刻,越是让人看清楚自己的斑影,从没想过遮遮掩掩。她傲然凌空,天上群星竞彩,宇空清辉飘洒,地上一片富丽宁馨的气象,但她从不因此而拒绝熹微。在她柔丽的光线的润泽下,万物都静思般地躺在大地怀抱里,显得清秀、安谧、富有诗意,一切都变得和谐、安适、井然有序。我思索着,谁能与月比美呢?美女不能,因为其虽有美的外表,未必有美的灵魂;夏日的水不能,它给人舒适柔顺的印象,可它又诱人失足;春花也不行,在风和日丽中,它那么逗人欢欣,但稍有风霜,立刻凋零枯萎。

于是,自谓平素知月的我,此刻怅恨自己的浅薄了。过去的时辰里,我自然踏过许多月,梦过许多月,也望过许多月,但每每都是麻木地踏月、梦月、望月罢了,其实并不真的理解月、懂得月。

思悠悠,情绵绵。萧萧夜风打着我惺忪的眼,我感到轻微的瑟缩,倦而仰卧草原。两眼发酸,不是怕夜深着凉,我真想寻场好梦。我似乎醉了,身心极轻极轻,飘飘然然。空空明明的月儿,洞彻我意识的表里。我的心境与月光冥合、俱化,藏于心中的锱铢利害、爱恨荣辱,全像水沫一般消散得无影无踪。我的心变成一片清纯之境。

"挟飞仙以遨游,抱明月而长终。"恍惚间,我突然想到,今夕何夕?"天高地迥,觉宇宙之无穷;兴尽悲来,识盈虚之有数。"唉,人生过得好快啊!于是哀吾生之须臾了。我默默地计算着,自己在走过的时间里,做了些什么,今后还有多少时间,还能做些什么。该做的要赶快做啊!

回到客店,我不禁自问,自己的感情为什么瞬间有这么大的落差呢?哦,原来是凡夫俗子、红尘中人,注定了要在人世间劳顿终生。

生命的辞章

枕河人家

初到沙溪,我十分惊讶这小小的古镇竟密布着十余条小河小溪。

大约一万两千年前,沙溪一带还是一片蓝色的浅海,直到距今六七千年时,长江口外南北两侧的浅海逐渐形成沙嘴。随着陆进海退的自然变迁,此处的海岸线不断向东推移,至商周时期,慢慢形成现今的沙溪之地。于是,留下了黄泥泾、柴场泾、团溪泾、木勺浜、周泾、姚泾,而纵横东西南北的则有七浦河和横沥河……

它们像流动的水晶,潮汐共秀,不分昼夜地漾洄,几千年来似母亲一般,用自己的乳汁氤氲着这片土地生命的原初,滋养着沙溪的先民,繁衍着沙溪的后代。

这条条河溪两岸自然生长的绿树红花,像镶嵌着的美丽的花边。春天,"水尽三江棹,花缘七浦堤。自堪江路永,不比武陵迷"。岸边,鲜花争艳,碧草茵茵;水中,绿波连连,游船悠悠。秋天,河无激流,水平如镜,呈天蓝色,浮云映入水中,两岸金灯花盛开,绚烂缤纷,蔚为壮观,故在遥遥的历史中,一直有着文人骚客的沓沓屐痕。春秋之际,总引得各方文人学士,摩肩接踵,聚集沙溪,临水诗酒唱和。沙溪至今还保留着诗歌馆、洪泾往事馆,保留着文人雅士名人学者的诗文墨宝。

沙溪人祖祖辈辈都居住在这条条河溪两岸。他们许许多多人家的房屋都是临水而建。唐人杜荀鹤"人家尽枕河""水巷小桥多"很适合形容这种景象。这些房屋虽然没有现代城市华丽的姿容,却有江南水乡耐人品味的气息,清纯、古朴、精致、秀丽。每天打开临着河溪的窗户,观看潮涨潮落,甚是有趣。潮涨时,眼观惊涛拍岸,心飞魄动;潮落时,耳听水声潺潺,犹如欣赏优美的琴声。特别是夏日,透窗看到阳光洒到小溪小河上,荷花竞放,翠盖红裳,清风徐来,荷波荡漾,闻着荷香,赏着美景,真是令人心旷神怡。

在这众多交错的小河小溪的中央有一条古街,长达三里,一律用麻石铺就。人们步履平缓地行走在街上,感到别致而古朴,映入眼帘的是清一色的青砖黛瓦,从中可以窥到小镇古色古香的身影。

古街在七浦河北岸,相对的南岸还有一条古街,两岸的古宅鳞次栉比,它们比别的小溪小河两岸的民居建得更加错落有致。沿河相挨建房,已有很久的历史。经过几百年的整合,形成了集浙江宁绍文化和安徽徽州文化于一体的沙溪临水建筑的奇丽风格。

七浦河两岸居民在建房的同时,还建上别致的河棚间。它们均以木柱或石柱为支撑挑在河面上,远远看去像楼阁,似水榭,轻盈灵秀。河棚的形成是为了满足人们通舟、取水、洗涤或乘凉观景的需要。河棚的窗户有半窗、落地长窗,配有栏杆或美人靠,窗格有方格形、冰裂形、几何拼图形等,花形多样,美观大方。

外面的世界天天在变,可这里人的生活没有多少改变。富贵的风没有酥了他们的筋骨。每当大雨来临,他们竟不打伞,雨若太大了,有的男人最多把上衣脱了两手往头上一撑当伞用。也许是江南雨多,他们习惯了,或许他们觉得让雨淋淋更爽心。下雨天晒衣服,在这里是常有的事。想必是这儿天气多变,尤其是夏季,天瞬间晴雨交替,人收晒衣服,不停变换,有点儿腻,索性任老天摆布。这种情形在渔家生活中更为多见,那可能是渔民过惯风吹雨打的生活,不以为意了。看哪,一家爷俩在钉门口栅栏,栅栏矮得出奇,不防小人,也不防君子,一定是路不拾遗的民风还固守在这里。

这里的青年男女也不像城里的那般疯狂。一个大哥哥蹲在河下石板上,手拿着食伸向水面专心地喂天鹅。吃好食的天鹅,有的在水里演绎着快乐的恋歌,有的则追着缓缓移动的小船尽情戏耍。慵懒的河风轻轻吹着,有的青年就坐在河边,一面晒着暖暖的阳光,一面悠闲自得地弹着吉他。小哥哥陪着女友,沿着小溪的岸边欣赏乌泱泱的花。他们缓缓地行走,轻轻地低语,时而走下溪堤,对水自照,发出甜美的笑声。还是青春可人,他们笑起来真好看。一对小两口,一个拎着篮子,一个领着小娃子,到了卖菜地摊,一人轻声地同卖主讨着价,一人不慌不忙地把称好的菜往篮子里放。小娃子则在地摊旁播放的歌曲声中,一边跟着节奏轻轻地跳,一边又随着自己听不懂的歌词走腔跑调地唱。嗯,他们就是这样听着音乐和河水声一天天长大的呀。

　　上了岁数的人日子过得更清闲自在。有的坐在屋子里漫无目的地对外张望,倘是夏天,他们会一边拿一把扇子扇着凉,一边抬头望着天空飘动的白云,或是低头瞧着流淌的溪水;若是到了雨后放晴的傍晚,他们索性把凳子搬到门外,静静地闲坐,安然享受这静谧的时光。常常在下午,他们三五一起,摆个小桌,沏上一壶茶,或倒上几盅酒,边品着酒或茶,边吹个小牛,讲个笑话,唠个家常,真是有情有调。他们去得最多的地方是秋风亭。此亭位于七浦河上,是一个最美丽最静幽的去处。一年春、夏、秋三季,每天傍晚许多老人陆续聚集到这儿,闲坐在亭内的长条椅上,面对面天南地北、海阔天空地聊,直聊到天上的星星疲乏地眨着眼,才意犹未尽地散去。我遇见一位老人,他踽踽独行,走到洪泾桥,缓缓地坐在桥石栏最高的石墩上,背对七浦河悠悠地抽着烟。我十分担心他可能一不留神掉下河去。可老人家并不在意,只顾静静地享受着夕阳。在他看来,最高处的那个石墩就是他最稳固最舒服的坐垫,而他背后的天空就是他最牢靠最美丽的靠背。

　　在这枕河人家的门前,我从没见过谁家出现过匆匆进出的身影,也没见谁有急急慌慌拉货进货忙着挣钱的神色。似乎谁是富人谁是穷人,对他们来说并不那么重要。几个大爷太太各拎上一篮子蔬菜瓜果往地摊一摆,既没标价,也不吆喝,只是默默蹲在那儿等,等需要的人光顾。沿河的那条古街,也开着许多面积不大的门面,但装潢精美,摆着当地各色各样的特产。可我从没听见谁家主人扯着嗓子叫卖,同顾客说话一律带着耐听的吴侬软语的尾音,更没听见谁家卖东西吵得脸红脖子粗,或者拳脚相向。

枕河人家的日子是宁静的,河溪的水大多时候也是宁静的。我常常在七浦河边的古街散步,从没见到一辆汽车从中驰过,人们骑自行车也是慢悠悠地行走,也没见过有人群扎堆,更没见谁疯了一般乱喊乱跑。这里的岸畔街巷,一切都是静谧安详的,一切都是慢的。老人慢慢地散步,小狗慢慢地跑路,小鸡慢慢地啄食。散步的人不急,似乎连河里流水也不急。河里的鹅不急,鸭也不急。我经常去河边溪边行走,总见鱼儿缓缓地游,它们快乐的时候也只是轻搅出一点小水花儿,从没见他们上蹿下跳,招人眼目,显示自己的存在。那个捞草的小伙,看着让人急呀,他半天才慢腾腾地摇动一下桨,半天才慢腾腾地举一次捞子,那个捞子本身很轻的,可他"举轻若重",似乎很吃力地举起,然后又漫不经心地落下,过了很久才慢悠悠地拉上船来。至于什么时候捞满一船归去,什么时候捞完河溪里的草,他大概从没想过。他一边捞草,一边把脚丫子伸到水里,随着船儿荡漾着玩。在这悠然的地方,享受悠然的时光,才叫一个爽。

一剪闲云一溪月,一树菩提一烟霞。

来沙溪,自然不要忘了看日出。人们喜欢在海上看日出,有浩瀚之境;也喜欢在山上看日出,有高远之象。而在枕河人家的小河小溪畔看日出,也能获得神仙般惬意的享受。那澄清的河水,泛起花纹般的微波,在初升太阳的照射下闪烁着多彩的光,好像最美的少女现身,用她那温柔的眼睛,向岸上的人们轻轻地微笑。再有枕河人家的倒影,岸边红花绿树的反衬,美不胜收。

错过了日出自然遗憾,可千万别落下晚霞哟。晚霞飞金,屋角斜阳,恰似河溪底上又有一个彩色的天空。远方,夕阳下的天鹅,天边飞过的鸟儿,水中泛舟的游人,岸边锦簇的花团,枕河人家的袅袅炊烟,也美呢。

温一壶月光下酒

知道黄酒,是缘于鲁迅先生的一篇小文。先生笔下的孔乙己,嗜酒如命,没钱便偷书卖钱买酒喝,因偷,他的腿被打断了,用一只手撑着身体一点一点挪到酒店,只有买四个茴香豆、一壶酒的四文钱,即使这样也要喝。对这事儿,我一直迷惑不解,到底是草头底一个来回的回字这种豆好吃,还是黄酒好吃?因为白酒对我一向不和善,所以我对黄酒也从不敢招惹。酒这东西实在古怪,越是能喝的人,脸越不红,"好像是美人不肯显示她的颜色",而我一杯下肚,便面红耳赤,必成为在场的第一个关夫子。我觉得这实在太不应该了。

惠风和畅的阳春三月,我有缘来到无锡,入住太湖酒店。晚间席面上用的正是黄酒,是玉祁黄酒,黄澄澄的,透明、温润,有光泽,很美。喝,还未入口,热的酒气已顺势扑进鼻腔,涌进肺腑,香、醇、好爽,掠眼即入肠中啊!

玉祁黄酒是黄酒中一朵美丽耀眼的浪花。见过,尝过,感觉就是不一样。我虽不胜酒力,但也抵挡不住好客的无锡人的劝酒和黄酒的诱惑。几番浅酌小饮过后,便感肉软骨酥、血脉舒展,似有和风在腹中千回百转,又像有春潮在胸中频频涌动。一时觉得天地与我并生,万物与我为一,整个人儿有种说不出的爽气和飘逸。啊!原来喝酒也挺有意思。瞬间,我对喝酒的态度来了个大转弯,由不喝也可,到无可无不可,再到不喝不可也。

由此,我才理解为什么唐代德宗皇帝喝了黄酒会当场挥毫赋诗:"此酒只为皇家有,瑶池天宫量也无。他日摆驾回长安,朝朝醉饮三百觚。"只有喝过的人才知道,"此酒只应天上有,人间能得几回闻"!

喝了玉祁黄酒,酒杯里飘散着缕缕独特的香气,让我想到有多少人间事在黄酒里发酵,又在黄酒里沉醉。那醇香、浓郁、甘味、绵厚、柔和的黄酒,勾起我绵长久远的回忆。

黄酒以其独特的魅力,在中华民族历史上代代不衰,存在了四千多年,而白酒只有八百年左右的历史。在中国的历史文化长河中,黄酒被赋予礼的内涵、道的意蕴,人们视之为情的媒介、义的信使、文的伴侣、诗的源泉。

酒与人性天然相融,酒亲人性,酒养人性,酒显人性,酒试人性,酒引情,酒生勇,酒解愁,酒出文。

《吕氏春秋》记载:"越王之栖于会稽也,有酒投江,民饮其流而战气百倍。"这内含着礼,蕴藏着义,涌动出勇也。

屈原把酒问天,出大美之文,雅丽之辞,怪绝之念,峻急陡峭之奇想,雄拔浩瀚之思维,直抵人类和宇宙生命之深处。酒,思之信使,文之伴侣也。

"醉里从为客,诗成觉有神。"(杜甫)"俯仰各有志,得酒诗自成。"(苏轼)"一杯未尽诗已成,涌诗向天天亦惊。"(杨万里)古之文人,斗酒之后,醉墨一挥,汪洋恣肆,流出多少旷世名篇。酒,诗之源泉也。

"一箫一剑走江湖,千古情仇酒一壶,两脚踏遍尘世路,以天为盖地为庐。"一壶激起三千丈,举杯大笑,慨谈古今,对月长歌,诗剑天下,金戈铁马,气吞山河,壮怀激烈,醉里挑灯看剑,梦回吹角连营,气冲云天,洒脱莫过于此,豪迈莫过于此。酒生其豪,酒生其勇也。

吴道子作画前必酣饮大醉方可动笔,醉后为画,挥毫而就。"元四家"中的黄公望也是"酒不醉,不能画"。书圣王羲之醉时挥毫而作《兰亭序》,"遒媚劲健,绝代所无",而至酒醒时"更书数十本,终不能及之"。唐怀素酒醉泼墨,方留其神鬼皆惊的《自叙帖》。草圣张旭"每大醉,呼叫狂走,乃下笔",于是有其"挥毫落纸如云烟"的《古诗四帖》。酒显其灵,酒显其神也。

古典文学孕育出两种液体:一种是眼泪,一种就是酒。"明月楼高休独倚,酒入愁肠,化作相思泪。""愁肠已断无由醉,酒未到,先成泪,残灯明灭枕头敧,谙尽孤眠滋味。"(范仲淹)前者,离情凄凄,潸泪两行,诗人黯然思情神色尽显;后者,读后更有同涕皆伤之感。当一曲《九月九的酒》和着酒香月色在耳边响起,热雾渐渐在眼前聚集时,让人怆然而泪下,不由得欲"托明月映故里"。此乃酒生离情,酒引离情也。

吃酒过罢,走出宾馆,漫步于太湖岸畔,树林深深,夜色幽幽,眼前看到的是一幅朦胧的水墨丹青,耳畔听到的是醉人的天籁。月牙儿已经爬到柳梢,笑吟吟地在山上、岸边洒下淡淡的光。

在月下,想象中能有个小店进去再酌一番多好。它正面临街,青石铺路,后背临湖,湖里有篷船往来,门前有小酒旗,在春风里飘动,简陋古朴,韵致淡雅,几个小钱,温一碗玉祁黄酒,要上一盘孔乙己爱吃的茴香豆,临窗而坐,酒缓缓入口,豆慢慢咀嚼,春风拂面,桨声欸乃,静然悠然,喧闹的尘世远去,酒意渐来,薄醉微熏,飘飘忽忽,晃晃荡荡,该是怎样惬意!倘有三五知己小聚,一晚的时光让温馨串织,三杯两盏能生出让人无法淡忘的阆阆故事。若一次次在这样的地方这样的月下相聚,又必会沉淀下许多美丽、隽永、温馨、任岁月侵蚀也不能模糊和褪色的情感。

一路回来,柳枝轻轻摇曳,像是在抚摸月亮的脸。沐浴在清凉而神秘的月辉中,许多心事无头无尾地抛至脑后,口中还不停地回味着浓而不烈、清而不淡的玉祁黄酒。当我进入酒店时,月光透过硕大的窗户涌满房间。我不敢开灯,很怕把月光吓走;我也不愿开灯,多想与月光同住一室,同眠一床,享受月光带来的寂然、虚静和清逸。这时,也只有这时,我才更深地理解杜甫那"斫却月中桂,清光应更多"的含义,也才真正知道袁中郎屡上虎丘,为何独作《虎丘中秋夜》了。

探身窗外,急急的浮云掠过天空之后,月亮便似乎在苍穹飞驰。月光下,眼前的丘陵,远处的太湖,如丝织的银色海涛,静谧、神秘、浩远、深邃。我想起贝多芬的《月光奏鸣曲》,想起莎士比亚在《威尼斯商人》中创作的罗兰佐说道:"月光睡眠在这岸上何等美妙!让我们在这里坐下,让音乐之声轻轻注入我们耳中!"

这种思绪,又让我遐想,倘能再温上一碗玉祁黄酒慢慢啜饮,口中说着绵绵的吴侬软语,微醺而不沉醉,在白露茫茫、水光接天的太湖,"纵一苇之所如,凌万顷之茫然",浩浩乎不知其所止,飘飘乎如羽化而登仙,在澄湛柔和的月色中,在清澈透明的轻烟中,悠悠晃晃,何其乐哉!

静静地向上生长

皇藏峪的丛林中，最吸人眼球的莫过于天门寺里那棵生长了两千六百年的银杏。

它独立于寺中，干、枝远远伸向寺楼上空，有五人合抱之围。那深深的灰褐色纹理，既显出它的坚韧，又显出它的沧桑。干燥的十月，它在浓浓的秋光中，在静阔的天地间，显得那般高耸、伟岸、丰腴、静雅、安泰，有着无与伦比的美。

站在这棵古树下，我虔诚地仰望，像是在仰望一座高耸入云的历史丰碑，像是在阅读一部内容丰富的人生圣经。

此刻，仰视这丰碑，默诵这圣经，我的胸中漾起一阵又一阵波澜，魂魄被摇撼，心灵被涤荡，愧悔当中的我不由得渴求自新。

来到这棵巨树前的那一刻，我禁不住在心里吟叹：

"噫吁嚱，危乎高哉！蜀道之难，难于上青天！蚕丛及鱼凫，开国何茫然！尔来四万八千岁，不与秦塞通人烟。西当太白有鸟道，可以横绝峨眉巅。地崩山摧壮士死，然后天梯石栈相钩连。上有六龙回日之高标，下有冲波逆折之回川。黄鹤之飞尚不得过，猿猱欲度愁攀援。……但见悲鸟号古木，雄飞雌从绕林间……"

这些诗句同眼前这棵高大的古银杏没有任何联系，但不知为何我竟把这两者联想到一块。我想，大概就是因为它的古老、奇伟、壮绝，与这些诗句描写的场景相似吧！

此时，我仿佛觉得呈现于眼前的，是一幅以整个皇藏峪为背景的巨大生动的油画。也只有这样的背景，才能衬托出这棵古银杏巍巍乎高哉、兀岸乎壮绝的风姿。

在寺院里，我凝望天空，秋风吹动着树叶，心感异常，总觉得时光从这古银杏的树梢上悄然流动。

它的树龄有两千六百年。这是多么让人惊叹的漫长岁月！从现在向过去推，是我国的春秋中期，不用说孟子没出生，连孔子也没出生。两千六百年来，它见证了人世间无数的烽火狼烟、山河呼号、王朝兴起和衰落，更见证了植物世界无数种类灭种绝后，死生更替，而它却一直站立，两千六百年不倒，两千六百年不死，真的可以膜拜它为东方神树了。

"天无私覆，地无私载，日月无私照。"为什么同在一个天空下，生长在同一块土地上，接受同样的日月沐浴，结果却有天渊之别？就是因为它亘古不变，始终如一，独立着坚持着向上生长。也正是因为这，它才超越了一切草木，成就别人不可比拟的奇伟、壮绝和不朽。

"无冥冥之志者，无昭昭之明；无惛惛之事者，无赫赫之功。……目不能两视而明，耳不能两听而聪；螣蛇无足而飞，鼯鼠五技而穷。"

专于一而绝天下。永远不变地向着一个方向，必定会走得比旁人远，必定会获得了不起的成功。

为什么聪明的人类常常做不到呢？

我想起普鲁斯特在《追忆似水年华》最后一卷中讲的哲理：一方面，人们只爱那些他们尚未拥有的东西；另一方面，这样的物品绝非适可而止的东西，而是一件一件又一件，朝着他们的梦想组成的那个系列奔去。可是这个系列又注定无法像圆圈那样通过定格在最后一件物品以自行闭合。这就好

比是 边做着圆周运动,一边延伸着欲望之心不断扩张的直径,以致最后主体的目光化作一条直线,直线导致主体的死亡。也就是说,对物的贪婪,什么都想占有,会使人耗尽自己的精气而死亡,最后一事无成。

趴在地上互咬的是虫,能上九霄碧空的才是龙,所以还是少使横劲为好。我家住的东北角方向也长着两棵银杏树。可它们离地不到一米就各自向不同方向长出三个杈子,我给它们取名为三杈银杏树。每年只见它们向四周伸展,却没有见它们向上长高一寸。原因是它的力量都用在了横向,所以虽然在横向上它占取了别人的空间,可它向上生长的力量却没有了。任何物(也包括人)的力量都是有限的,此长彼消,想什么都占有,只能是妄想。与天门寺那棵伟岸高耸的银杏比,这两棵三杈银杏树,岂不悲乎?!

正在我漫思之中,突然从天宇旋转而下,刮来一阵强劲的秋风。旋即它那一个个如小小折扇般的叶片像金色的蝴蝶,随着微微的秋风,脱离了枝条,在空中轻荡,跳了一阵美丽的舞蹈后,在秋阳下闪着金色的光泽,缓缓地静静地飘落。它们全都密密麻麻、拥挤着落在银杏树干的周围,好像它们早就约定,生而相依,死不相弃。

啊!这一片一片叶儿,一生活在爱里,每年,它们用扇状的绿叶招来春的暖、夏的风,还有人的潮。它一片叶簇拥着另一片叶,一片叶牵拉着另一片叶,摇摆着、跳跃着,为枝为干摇曳起每一个沸腾的日子,与枝与干一起度过属于它们的美好时光。秋天到了,它们一片一片由碧绿深绿变成鹅黄金黄,直至飘然落地,也给世界、给银杏的枝干呈现一派静雅、纯洁、金亮之美。它们那颗颗虔诚的心,全附在树上。哦,我突然明白,那一片片落叶似一句句醒世箴言:爱活在爱里,爱也死在爱里!

一会儿,风更紧了,深秋的山风已带有稍许寒意。是啊!这棵古老的银杏又要经历新一轮的严寒袭击了。

这又算得了什么呢?苦雨,凄风,寒冬,酷暑,十年,百年,千年,任大江东去,江山易主,天地重造,它始终坚忍不拔,不屈不挠,顽强地缓慢地生长。这是让我最心醉不已的。

两千六百年!它一直在默默坚守,扎根,扎根,扎根,长干,长干,长干,不急不躁,无怨无悔,勇敢而又沉静地站在时光里,任一年又一年秋阳走远,枯荣重来,一次又一次拾起一树的葱绿。

"物类之起,必有所始;荣辱之来,必象其德。"物如此,人亦然。世界一切最美好的果实,都是由时间、苦难和汗水炮制而成的。马克思的《资本论》写了四十年,歌德的《浮士德》前后写了六十年。

板凳要坐十年冷,文章不写半句空——谁还在践行?谁还会把心沉到最深最静处,敬畏孤独,甘愿寂寞,在黑暗和苦难中摸索、积储、磨砺,英勇地承接疯狂的风摧雷击日炙?谁还会燃起雄性的火焰,誓死决绝地攀缘蛇行之路,始终物我两忘,艰难爬向虬结的经脉,融入天地大化之泽,以求结晶出耀眼的珍珠?

"不积跬步,无以至千里;不积小流,无以成江海。"这个风景亘古就有,且必将永恒。

阳光照耀,山风吹动。我向山上望去,只见一棵棵侏儒般的树不停地摇头晃脑、卖弄风姿,不知是向世人炫耀自己的高,还是讥笑我面前这棵古银杏比自己矮。

奇怪!有资本狂的不狂,没资本狂的却狂得没有边岸。

郁郁涧底松,离离山上苗。以彼径寸茎,荫此百尺条。
世胄蹑高位,英俊沉下僚。地势使之然,由来非一朝。
金张藉旧业,七叶珥汉貂。冯公岂不伟,白首不见招。

可笑!山峰上那些低矮的小树比山下的千年银杏不知矮多少,竟敢迎风炫高,这正如金张两家子弟无才无德却超过奇伟的冯唐而登上高位一样,只能贻笑天下。有所依凭而高于别人那不是真正的高度。所以,举凡只能靠背后的大树荫庇,踩着高跷来同他人比高低的人,同那"离离山上苗"毫无二致,只是"地势使之然"也。

临要下山的时候,我又一次抬头看去,那山头上一棵棵寸茎之树,依旧摇头晃脑,向山下显摆。可我再回头看看这棵古老的银杏,它默默挺立,颇像大度智慧的得道长老,谦恭厚道,沉静自如,轻轻含笑,淡然自若,不自轻,也不轻人。

尘世喧嚣不止,欲望川流不息。心怀高远的人们以这棵古老的孑遗植物之心,让肉体和心灵紧贴柔软温暖的大地,匍匐前行吧!也许你的生命,你的人生一切,会从读这棵古银杏开始!

又到月圆时

时节如流,又是中秋,又是月圆。

许是为了弥补去年那望日无月的遗憾,许是那久已遗落在岁月深处的思亲情愫又被节日点燃而弥漫升腾,倏忽间,我生出强烈意念,走出小院,去寻月望月。

长天如洗,清风徐徐。月华无声无息地漫延开来,带着一种说不出的柔美和甜润,渗进了我的心底,浸润了我的全身。此刻,心头一颤,一段锥心的往事浮了起来,涌起一阵阵无法言传的怀恋和感伤。

那是半个世纪前的一个沉沉黑夜,天上无月也无星。二叔,您躲过日本鬼子的追杀独自离家出走。父亲为您寝食难安,几近疯狂。您走时无伴、无钱,只着一身单衣呀!后来,父亲碰到一个人,他说他在上海见过您,您说您要立即动身去南洋。此后五十多年来,您留给父亲无尽的思念和漫长的等待。

杨柳依依,春暖花开,这应是人们一年中最忘情最欢乐的日子。可是父亲却终日让自己禁锢在时间的倒流里,他老是想着你们少年时笑过歌过吹着蒲公英玩过的春之时日,想着你们少年时在一起的那些不变的故事和风景。他那黯然的神态时时流露着对您的锥心思念。

六月是一部感伤的书。每当梅雨季节,父亲脸上的愁绪就像天空郁结的云层一般始终不散。雨滴不断,父亲的心绪很乱。有道是:"芭蕉树下无愁雨,只是听时人断肠。"想见您而不得,他只好把自己浸入雨声中,贪婪地吮吸着昔日和您在一起的那些飞扬的日子。

月缺了又圆,圆了又缺。父亲渐渐老了,可是他对您的思念却随着时间的流逝而变得愈加浓烈、急切。无数个血色黄昏,归鸦散落,烟树迷茫,他拄着拐杖,走到村口,向遥远的地方张望,不用说那是在等您呀,可他每一次都怅然、沮丧而回。也许他知道等您回来只能是他永久的梦,可他却在永久地等候。如今他人等老了,心盼碎了,眼看花了,腰站弯了,还是见不到他日思夜想的您。

二叔,您离家五十多年了。如此漫长的岁月您是怎样从风里雨里挨过来的?我猜想,当年您无根的漂泊,虽然外面天大地大,但您的内心一定觉得处处都不是自己的家,身处异乡一定会有着无边的孤独和落寞。那时的您对家乡一定梦萦魂牵,也许您常常在梦中走入鲁迅的《故乡》,或许与南渡后的李清照在浅盏对酌中,对沦丧金人铁蹄下的故土,发出"忘了除非醉"的喟叹,或许与蔡文姬在羯鼓声中,把思乡的愁结,点点滴滴浸泡入《胡笳十八拍》的音符。梦醒了的您,一定无数次于暮色苍茫中登高望远,以遥望当归乡,也许您内心的苦闷郁结成让人读之不愿释手的《离骚》。思乡的五线谱上永远没有休止符呀!

故乡对每个人都是永远读不厌的诗,永远唱不腻的歌,永远离不开的哲学。故土之于游子永远如磁石,是一首永恒的童谣。异乡再美也抵消不掉自己对故土的怀恋,异乡再富也挡不住自己对故乡的向往。"……晴川历历汉阳树,芳草萋萋鹦鹉洲。日暮乡关何处是?烟波江上使人愁。"唐代诗人崔颢在黄昏时分登上黄鹤楼,孤零零一个人突生被遗弃感,眼前虽晴川历历,茂树芳草,可我的家乡在哪里呢?人同此心,您当年身处异乡也一定是这样的感受吧!

二叔,您离开家乡已半个多世纪了。这么长时间,无论是对您还是对父亲和我们都太久也太残酷了,您经历了半个多世纪的风雨漂泊,真是够苦了,现在您已由当年的天真少年成了白发老人。中国有句老话叫:叶落归根。回来吧！故乡无时无刻不在呼唤着您。故乡土亲水甜，最治愈年老而又疲惫的游子的身心。故乡泥土的气息是游子最美的佳肴。我想任何漂泊之人都不愿做永远的孤儿，您说是吗？

谁都会灰飞烟灭，随风飘逝，轻轻地走，正如轻轻地来，但故乡却是其灵魂永远的归宿。您说对吗？过去，烽火连天，国破山河碎，有家不能归。如今您对故乡已"不知有汉，无论魏晋"了。五十几年了，一切劫难都如烟如梦，成为遥远的过去。

二叔，回来吧！回来看看深埋殷商文物的安阳，看看古风犹存的汴梁，看看纤雨如丝、多花多树的烟雨江南，看看牧歌不断、驼铃不绝、牛羊撒欢儿的塞北草原，看看黄淮平原绿树掩映的农家小院，闻闻黄昏时暮色四合庄稼溢出的清香，听听久违了的乡音。回来，回来让我们一起同嫦娥同桂树同玉兔同李白同苏轼同唐诗同宋词同故土同乡亲举杯同醉。

"谁家玉笛暗飞声，散入春风落满城。此夜曲中闻折柳，何人不起故园情。"我知道此时此刻，您一定在遥远的他乡对着皓月思念离别久久的故乡。回来吧，二叔，再也不能让生命的钓竿垂于悠悠的岁月，不能让您把思念失落在波涛间，凝结在异乡旧楼中，再也不能让父亲作无声无望又无奈的等待。

此时银辉泻地，清凉如水，仰头看天，皎月当空，二叔，我缓缓移步，悠然地向家走去。我默默想"天涯共此时"，何处无月明？在您遥远的故乡让我托月带给您深深的永远的祝福。

致儿书

孩子,日子总是如风一般一天天飘逝而去。掰着指头一算,你赴日留学已三月有余。在你离开的日子,我的心空落中夹杂些纷乱和隐隐疼痛。

我一直奇怪那天在虹桥机场送你的时候,阳光为什么被云层遮了那么久。为了看清你乘坐的飞机起飞,我选择了几个角度,楼上楼下折腾了好多次都觉得不合适,最后我跑出停机楼到远处的空旷地带。这时,阳光从云层缝隙七零八落倾泻下来,斑斑点点落在草坪上和一些矮矮的松树间。十二点二十八分,飞机起飞了,像箭一样斜刺着冲向天空,越飞越高,越飞越远,转瞬就进入东海的上空,钻进浓厚的云层。此时,我斑驳的心也随着飞机一起飞去了。

飞机起飞的单调声搓揉着我的神经,叫人难以忍受。记得临行时你说几年之后学成归来,但我总怕是个空,说不定这是你漫长的生命之旅。我生怕你到我老眼昏花都难以回来,因为年轻人都有一颗永远飞翔的心。这次的放飞,极可能是你永远飞翔的开始啊!

你走后,每天晚上我依旧伏在书桌边展读我喜爱的书,或握笔捕捉灵感到稿纸上,让自己的精力在这一天做最后的透支。每每倦了的时候,我总是情不自禁打开书房朝东的窗户,悄悄地凝望东方的星空,默默地祝福远在日本的你,任思绪无边地漫游。

你是在父母的手掌中享受着无尽的爱抚长大的。正因为这样,你走后我胸臆间满是对你的牵挂。你孤旅异国，这种从一个世界进入另一个世界的陌生，会让你遇到许多想象不到的困难。但是，珍珠生于有伤，凤凰生于火炼，文王拘而演《周易》，仲尼厄而作《春秋》，屈原放逐乃赋《离骚》，韩非囚秦《说难》《孤愤》。殷忧启圣啊！铭心痛苦的经历是一种滋养人生的难得财富。正如寒梅唯冰雪成其俊挺和香艳一样，生命潜力之挖掘，生命光彩之绽放，须赖忧患艰危之压缩、颠沛流离之磨砺、生死挣扎之淬激。在前进的路上，碰到什么都不可怕，可怕的是一颗犹豫彷徨又不肯坚持的心，或者是那千万个为自己的不肯进取所找出来的借口。要成功就需要无法想象的坚毅与沉稳啊！你已长大了，无论遇到多大的风雨，都要坚持向心中的目标飞翔！叹气是最浪费时间的事情，哭泣是最浪费力气的行径，面对险阻而退缩为真男子所不齿。

时光之于你们青年人是何等富裕，富裕得就如亿万富翁忧愁钱不知如何花掉。你们根本不怕日子的减少，就如亿万富翁不怕钱减少一样。你们觉得每天推开窗户天空依旧是晴朗的，太阳依旧从东方出来，风声与昨夜也没什么不同，鸟儿照样鸣叫，河水依然轻轻地流淌。殊不知，濯足中流，已非前水。时光从来就没有停止过，默默之中生命之髓就一点点被抽失了。时间的过程构成了生命的生长和衰亡，人由生到死的运行，谁也无法逆转。从秦皇汉武唐宗宋祖，到现代所有巨星，哪一颗不是在时间流逝中悄然陨落！但是，不是所有人都知道时光的含义，更不是所有人都能自觉珍惜时光。记住啊，所有成功都是在时光中一点一点生成的，没有艰苦奋斗的昨天和今天，就不会有耀眼辉煌的明天。

过去的时光里，你非常非常地努力过，但也毫不在乎地蹉跎过。对待自己的努力，你会感到欣慰；对待自己的蹉跎，你将追悔莫及。世界上从来就没有后悔药。浪费了的时光，无论怎样呼唤它，哪怕你以最虔诚的心苦苦哀求，它都不会回首。唉！过去那些本该努力的时光，是那样无情地弃自己而去，那是没有办法挽回的了。唯一要做的是面对现在岁月摆下的筵席，要勇敢地褪下对过去的爱恋和不舍，对可能走回过去的航线要逐一封锁。在夜深人静时,自己要认真反省过去时光的章页,每页每段地检视,逐行逐句删去与向上的人生不相关联的文字。只有彻底厌倦了昔日的不足,你才有真正意义的觉醒,才能真正捡拾起人生本不该遗落而却一度遗落的宝贵东西。我最讨厌循规蹈矩,但也讨厌完全不守规矩,比如过度懒散,比如过分贪玩……一个完全不守规矩的人,他的生命很难出彩。

  有时长辈的顾虑是多余的。这不,就在我给你的信断断续续写到这里时,你从遥远的海的那边传来佳音,先后两次大考都得了头名。你还说你将做得更好,要实现更大的梦想。这一消息让我和你妈兴奋异常,你妈高兴得在梦中都笑。我们惊喜的不只是你分数上的第一,更重要的是你那种站立的姿态和那颗英雄般的心。

  孩子,坚定不移地朝你心中的美好风景走去吧!不是一切种子都找不到土壤,不是一切梦想都会折断翅膀,不是一切深渊都能让人灭亡。生命中的一切努力都不会落空。努力吧,我相信无论途中遇到怎样的艰难都不会阻止你追寻的激情,无论追寻当中遇到何等坚硬的岁月都不会使你后退半步。我等着你学成荣归的佳音,彩霞满天的早晨,我等;霏霏雨落的黄昏,我等;温煦的春阳下,我等;萧瑟的秋风中,我依然等。

忘不了那如豆的灯光

每当看到街市华灯高照,亮如白昼,或坐在写字台前,在那明亮柔和的台灯下翻开散发馨香的书本,我就想到少时那如豆的灯光。

我的家乡在一个千年不变的偏僻地方,我上初中时点的还是麻油灯。那时,家里日子过得稍好点的,麻油灯的灯捻就捻得粗点。而我家穷,灯芯被娘捻得细得不能再细。这样点起来既省灯芯又省油呀!可是点燃起来,光线就昏暗得很,灯头小得打个小小的喷嚏都能吹灭。刷锅洗碗做粗活还行,但看书就困难多了,读书时必须往灯前凑,这样才能尽可能看得清楚些。不知有多少次,由于凑得太近,灯头燎着了我的眉毛、睫毛和额头上的头发。记得有一次,看竖排本的《三国演义》,由于破旧,字迹模糊,在昏暗微弱的灯光下很难辨认,我就不由得把头往灯前凑近再凑近,把头往灯头处降低再降低,一不小心灯头把前额头发烧起,嗞嗞响,一直烧到发根。

家乡的夏夜,尤其是雨夜,点灯读书尤为幽静。屋外蛙声如潮,合唱的是那般悠扬婉转的歌,而屋内却闷热难耐、蚊叮虫咬、汗流如注,可我还是入神地读书。灯光不停地摇曳,思绪不停地翻腾,我整个的心神都沉浸在书本中。

冬天来了,雪花在屋外簌簌地飘落,一种从未有过的静谧与安详如雾般缓缓弥漫开来,心里空前地明晰和清醒。那如豆的柔柔淡淡的灯光,让我的思绪翩翩地飞舞着,甜甜地消融着,飞舞和消融在那诱人的书本里。

岁月一天天向前流淌,那如豆的灯光始终以柔波般的心胸,容纳着夜夜静读的我。有时,晚上没有饭吃,饿极了,走起路来都有天旋地转的感觉,又是书引领我忘情地观光知识的海滩,而忘记腹中空空。那时候,书成为阻挡艰难现实挤压我的厚厚的墙壁,成为黑暗中的光芒。生存遇到难处,心中郁闷彷徨,但只要在那如豆的灯光下拿起书,无论什么样铭心刻骨的痛苦,都如风卷残云荡然无存,心境顿时似大地蓝天般开阔,人立马活跃起来,精神迅即勃发起来。

书中有太多的文字使我感动,那繁密的墨香背后,思想和情节排挞而来,常常让我如痴如醉,不知今夕何夕。一本书就是一把悬梯,一本一本书接起来,就让我不断登高临风,品尝不尽文字的甜蜜。没有书读,就像一个吸毒的人断了顿,心如枯井,寂寞无助,烦躁不安,情绪低落;有了书读,灵魂不停地受到洗涤,智慧不断地得到开掘,心儿得到安放,眼睛始终处在明亮的兴奋状态。所以,跟书在一起,我永远不孤独、不气馁、不沮丧,总觉人生美好、活着有味。是书陪我度过了一段又一段苦难的岁月。

如今那如豆的灯光离我遥远陌生了,可我心里总觉得它很近很亲。它几乎化成一个助我成长催我更新的魂灵,像一条奔腾不息的精神之河,让我日日去吮吸知识的浆液。我从那如豆的灯光下一路走来,虽没获得别人那样惊人的成功,但毕竟没有留下过多的愧悔。

胡杨

内蒙古阿拉善亘古永存的精魂始终吸引着我,让我不能不想,让我不能不来。

十月初,迎着瑟瑟的朔风,披着浓浓的秋色,我终于来了。

天空澄明,风停了,一切都静悄悄的。宁静的斜阳下,我站在安详的胡杨林中。

我没有想到,千里戈壁的深处,遥远的黄云紫塞,整整四十四万亩土地上,生长着大片大片的胡杨。它们有的独秀向天,有的牵手并肩,高大挺拔,枝繁叶茂,姿态各异,层层叠叠,斑斑斓斓,漫及天涯,形成浩瀚的金色海洋。

远看,一望无际的胡杨林在白云、蓝天、阳光的映衬下,金灿灿、光闪闪、亮晶晶,到处显示着昂然的生机,到处弥漫着生命的气息。

近看,阳光透过茂密胡杨的枝叶,在地上洒下斑斑驳驳的光影,没有风的侵扰,只有阳光的流布,一切都是那么安然、静谧,此地此刻的时光似乎完全凝滞了。

一条从西天边奔来的额济纳河,从胡杨林中静静地穿过,给这本来就十分美丽的胡杨林添加了更加美丽的姿容。河岸矗立的胡杨林,河边走动的人群,蓝蓝的天,白白的云,一齐映照在河水中,相衬相谐,如金如银,似碧玉,似玛瑙,是诗是歌又是画,最富天才的画家也画不出如此绚丽多彩的水彩画。

抚摸着胡杨,凝视着它布满沧桑的躯干,我怎么也抑制不住内心的激动。

天地玄黄,宇宙洪荒,混沌未启,它就生在这个世界上。胡杨是这个世界上最古老的树种之一,有六千五百万年的历史。这是何等漫长的历史呀!不是一千年、一万年,也不是十万年、百万年,而是千万年以上,是六千五百万年呀!悠久得太可怕了!仅仅听来,就让人感到恐怖、战栗。这要经历多少沧海桑田的巨变,可能是高山、平原、沙漠、湖泊一个轮回又一个轮回的变换。六千五百万年的滂沱大雨,六千五百万年的雷鸣闪电,六千五百万年的暴风疾雪,六千五百万年的酷暑干旱,始终没有灭绝它们啊!它们依旧年轻、蓬勃、恣意地站立着,放射着特有的光芒。

在胡杨身上存在着超越人想象的伟力和意志。据说胡杨的根须扎入地下三十五米。这可是十几层楼的高度啊!我们无法知道钻进三十五米以下需要多长时间,也许它花费整整一生,一分一分,一寸一寸,生命不息,向下伸展不止。我们无法想象这种向深处的挺进何等艰难何等缓慢!它那细若游丝的根需要同坚硬的地壳岩石做反复的较量和坚韧的搏斗,虽然不是惊天动地,但可称得上惊心动魄。日落月升,斗转星移,随着根须的扎深,胡杨一个年轮一个年轮地成长起来、壮大起来。

这里有棵在我国境内最大最粗最古老的胡杨树。树高同城里十层楼比肩,需六个成年人才能合抱。虽历经八百八十个寒暑,它依然枝繁叶茂、青翠挺拔。冬天极冷、夏天极热的沙漠戈壁,什么生命都可以扼杀,可就是拿胡杨林无可奈何。老人见证,十年干旱无雨,胡杨都照样活着。这是怎样的生存能力啊!过去听说"胡杨千年不死",真是不虚啊!

每一棵成年胡杨都长得又粗又壮。它向地下扎根,顽强地掘进,无穷地延伸,吸土地之真气;它向上舒展臂膀,大气磅礴,英气凌云,汲日月之精华。从它一出生就孤独地静静地刚烈不屈地站立着。横扫一切的漠风凶狠地侵袭它们,炽热酷烈的阳光残暴地烧烤它们,它们始终坚如磐石,昂首挺胸,刺向天空,浑身被攻击得裸露着筋骨,也突兀向上,决不低下那昂然的头。在怪树林,我见了大片大片胡杨死后的雄姿。有的仰天呐喊,有的弯曲盘旋,有的牵手勾脚,有的匍匐向前,初见觉得这是十分惨烈的古战场。遍地横七竖八、斜立直立的死了的胡杨,就像一座座死而不倒、死而不屈的英雄雕像。它们死了仍显露着英武不屈的骨骼,即便躺下也大气逼人,不可凌辱,让人畏惧,不敢接近它、轻慢它、侮辱它。胡杨是天地间最杰出最完美的典范,它的一生抒写出一部最伟大最撼人心魄的英雄传记。

沿着额济纳河穿行于胡杨林中,欣赏着胡杨的铁杆横枝、叶子的晶莹光洁及河中的倒影,我翩翩的思绪总是不能自抑。胡杨一生寂寞,一生苦难,但始终生得澎湃、淋漓、卓越、恣肆、雄浑,死得爽快、壮烈、决绝、不屈、富有血性。它的生,它的死,都是一种让人难以攀越的标尺;它的生,它的死,都让我的灵魂惊悸震撼。它深深昭示着我们:只能被消灭,不能被打败。

落日熔金,云霞四合。当同道们喊我离开时,我还沉浸在对胡杨的膜拜之中。

拜谒沈从文墓

凤凰的景物我几乎全看了一遭,但所有景物中最宏伟最感人最让人回味不已的莫过于沈从文的墓。

沈先生的墓在凤凰城,东临听涛山,背靠南华山,面临沱江水。远看"积山万状,争气复高,含霞饮景",近看"圭壁联植,镶美幽丽,沱水通脉,青莹秀沏,岩泽气通,如珠走镜,宛若仙境"。

中国现代文学天宇一颗璀璨的巨星安息在这里,真乃天合人愿,人随天意。我想,其墓一定在极显眼极宽大的地方建得极高大极宏伟极华丽,周围还有围栏和守护的房屋,墓地的一切都应该是很气派的。

按照这种想象,我们到了听涛山后,经人指点向右拾级而上,不久到了一青石小坪,小坪右侧立一方形石碑,上镌五个苍劲大字"沈从文墓地"。见此,我们以为就要见到沈从文墓了,于是急不可待地沿径而上。没想到走着走着路却走到了尽头。我们想着沈先生的墓可能在山的更深处。就在这时,后面追上来的人说我们走过了。我们又折回头到一个绝壁处向左拐,没几米,追上来的人说,这就是。大家全惊讶了,原来沈先生的墓就是一块大石头。他的骨灰就放在石头下面。石头的正面有先生的手迹:"照我思索,能理解'我';照我思索,可认识人。"背面为其妻妹张充和的撰联:"不折不从,亦慈亦让;星斗其文,赤子其人。"此地巨石嶙峋,风景特异,右有透风洞,清风徐徐;后有听涛洞,泉水甘冽。前人有诗曰:"巍巍崖穴福地洞天,清风徐来泉水潺潺。苍松涛涌翠柏心坚,鸟声格蝶白云生还。长夏炎酷避暑消闲,偶尔小坐万虑都捐。"

与此地美景比,沈先生的墓朴素得不能再朴素了。这位极负盛名极受世人尊重的作家,"就像偶尔被发现的流浪汉,不为人知的士兵一般不留名姓地被人埋葬了"(茨威格语)。这里,谁都可以踏进来,用手抚摸这块巨石;这里,没有任何保护他安息的东西,唯有人们的敬意;"这里,逼人的朴素禁锢住任何一种观赏的闲情,并且不容许你大声说话"。这里,"比所有挖空心思置办的大理石和奢华装饰更扣人心弦"。"这个世界上再也没有比这最后留下的,纪念碑式的朴素更打动人心的了。教堂大理石穹隆底下拿破仑的墓穴,魏玛公侯之墓中歌德的灵寝,西敏司寺里莎士比亚的石棺,看上去都不像树木中这个只有风儿低吟,甚至全无人语声,庄严肃穆,感人至深的无名墓冢那样能剧烈震撼每一个人内心深藏着的感情。"(茨威格语)

此时此刻,我垂首默立,有一种巨大的感动从心海深处泛起。沈从文何许人也!他是一位写现代文学史无法绕开的人物,他的锦绣文章,使凤凰这座小城成为人们观光和朝拜的圣地。是湘西乡土的乳汁,滋润了他的心、脑和手,而他又以一部部不朽的著作,给他的家乡带来无穷的福祉。凭这些,当地一定会给他建一座豪华宏大的墓。可是呈给世人的为什么只有这一块石头呢?

或许是先生有言在先了。先生活着的时候不依附权门,不求高官和厚禄,不求飞扬和显赫,就像他作品里的人一样,"只是静静地很忠实地在那里活下去"。他讨厌狂妄自大,讨厌浮华虚荣,也讨厌"从龙""附骥"。他公开说:"我还不曾想到我真能为某类人认为'台柱''权威'或'小卒'。"(《阿丽思中国游记》第二卷的序)

我想一个甘愿默默无闻活着的人,死后也不会乐意招人眼的。再者"沈从文墓地"五个大字不写在他真正的墓地这块巨石跟前,而立在离墓地很远的地方,也让人不解。是不是先生生前也有不让在墓地写上"沈从文墓地"字样的遗言呢?我不得而知。但就现在的情形来看,肯定是当地为了拜谒的方便,才在离沈先生墓地较远的路中写上此等字样,以作引路之用。不然,这又该怎么解释呢?

　　智者就是智者。沈先生是个看透生死、宇宙大化的人。"千秋万岁后,谁知荣与辱?""死去何所道,托体同山阿!"人死如灯灭,什么都不是了。这一点,皇帝与百姓、官爷与草民、款爷与穷人,绝对地永恒地平等。端详端详一些人,他们活着到处抢占风光,骚扰得百姓不安,死时还极尽奢侈置办豪华墓地,想千秋万代招惹世人眼神,沈先生则显得更加高大更加纯洁。

　　整个地球乃至宇宙,总是不断地生生死死,死死生生,何曾有瞬间的停止?任何人都无力超越这个大限。想开了,生就自自然然地来,死就干脆利落地去。死了就是死了,丧事办理再隆重,墓地建得再宽大,灵柩弄得再贵重豪华,又有何意义?

　　想永存吗?人类中只有精神能够永世长存,其他虚假的形式、热闹的场面都会在时间之流中消失。这使我想起沈从文先生活着的时候说过的一段话:"……为文字,为形象,为音符,为节奏,可望将生命某一种形式,某一种状态,凝固下来,形成生命另外一种存在和延续,通过长长的时间,通过遥遥的空间,让另外一时一地生存的人,彼此生命流注,无有阻隔。"(《抽象的抒情》)

　　沈从文先生虽然与世长辞了,用海明威的话说,自己再也起不来了,但他将自己的生命以一种特殊的形式和状态凝固下来,形成生命的另外一种存在和延续。他虽永久地闭上了眼睛,永远地沉睡于沱江边的听涛山上,但是他的文字世界里始终升起着一轮太阳,他"精神的明眸一如既往地灿若朝霞",他的生命已与世间的生命无有阻隔地彼此流注。

春来要寻花伴侣

春天来了,百花齐放,万木争荣,一派生机。春天总是与花朵相伴随。哪有没有花朵的春天呢?没有花朵的春天又将成什么样子呢?花朵既是春天的形式,又是春天的内容;既是春天的仪表,又是春天的灵魂。由此我想到人的青春。如果说,一年四季,春夏秋冬,春天最美,那么,一个人的一生,少青壮老,青春时期就是最金贵的了。一个人在青春时期这生命的春天里,是让生命的枯草萎叶与自己为伍,还是寻找生命的绚丽之花与自己为伴?我们常常看到这种现象:当生命之树行将开花、结果,青春的热情注入心田,第一次在那里萌发、蠕动,我们的姗姗来迟的悟性终于将触角探入人生奥秘,进而捅破未来的天窗,开始任我们憧憬和追求之际,面对向外这个令人神往的大千世界,许多人却惘然了,一时无所适从,不知青春的价值在哪里。他们胸无大志,懒散懈怠,任意蹉跎岁月。打发无聊、空虚的心灵的特效药是寻找刺激。他们无度地追求享乐、讲究吃喝,华丽的裙衫,闪光的家具,婚礼的欢闹,玫瑰色、泛着泡沫的甜酒,还有青春化妆品的堂堂仪表和脉脉温情,有的甚至误入迷途,坠入深渊而不可自拔。这类青年的青春生命是败叶的象征呢,还是鲜花的写照?!

人,是世间最神圣的字眼。人,可让平地立起高楼,可让沙漠变果园,上能到九天揽月,下能到五洋捉鳖,能使黑暗变成光明,能使明天胜过今天。没有人的力量,沧海在大自然的变迁中,也只会变成荒野,绝不会变成桑田。

因此，人的生命的彩霞，应该闪烁奋发之光，生命的价值应该是为人类调制彩墨、染翠描金。生命赐予我们呼吸，倘不能在历史的书页上留下一个爱恋生活的光斑，那我们何异于在尸灰的束缚中虚存！生命赐予我们年华，倘不能有益于人类，有益于后代，相反还去耗费别人的努力，享用别人的成果，那我们岂不是在人世间可悲而又可耻地占着一席之位！

有人觉得，人在青春时期嬉乐游逛最幸福，而那些刻苦用功的人是傻瓜。这两种人究竟哪一种的心灵更充实更愉快呢？别林斯基说："学术家无私地用额头上的汗珠灌溉知识的田亩，把生的目标和幸福寄托在工作中，在工作中找到自己崇高的、终极的报偿。"这话是千真万确的。就说作家吧，他们的劳动是夜以继日的、沉重的、复杂的，因此是辛苦的。但是，作家是有幸福和欢乐的。他们的幸福和欢乐，并不是在鼓掌声里，也不是在用稿费买来麻花吃着又香又脆的时候，而是当他们的语言燃起了人们生活热情的时候！想想吧，当他们从第一个早晨写到第二个早晨，在淡青的晨光爬进窗口的时候，作品写成了，虽然感到浑身酸痛，却不能入眠，会久久地望着第一片朝霞，心里在想："是的，一点不错，工作着是美丽的。"这时，他们怎么能不从内心感到工作、学习、创造的幸福和甜美呢？相反，假如让他们只有吃喝玩乐各方面第一等的享受，他们会感到幸福吗？恐怕他们在这样的生活中，就写不出东西了，而且不仅无法感到幸福，还将感到生命枯萎的悲哀。

社会的确是五光十色的。这儿有金字塔下万人仰慕的显赫气派，有后花园里缠绵悱恻的卿卿我我，有如意楼上珠光宝气的奢靡景象……而有的人却有自己的偏爱，他们的目光却只落向开拓者跋山涉水的那一行行足迹。因此，他们的生命史不是藏污纳垢、荒漠不毛之地，而是瑰丽斑斓、珠宝荟萃之所。他们为了使自己的生命创造出大价值，不惜奋斗到最后一息。大科学家巴甫洛夫有一次说："再过不到三个月，我就满八十六周岁了，活的时间似乎并不算短。……我，非常希望自己活得更久一些，最好活到一百岁，甚至更长一些！"他为什么要活得久一些呢？是庸人们通常所想的为了享乐吗？不！他说："是为了我自己的宝贝——科学。""我希望自己一定要完成关于条件反射的著作,巩固从生理学到临床学,到心理学的那座桥梁……不管关心我健康的医师怎样抗议,我急想在国际生理学会议在列宁格勒召开以前到英国去参加外科医师会议,并想来年出席马德里的心理学会议。"一八三二年,二十岁的法国爱国青年伊瓦里斯特·迦洛阿斯第二天早晨就要被杀害了。他知道这件事后,便利用最后的十三个小时,在监狱里一口气写下了六十条数学方程式。这是他留下来的一生的著作。这著作证实他是伟大的数学家之一。看到这些科学家的忘我行为,我们应该作何感慨呢?难道我们沉睡的灵魂不会因之而被唤醒,我们将泯灭的生命之火不会因之而燃起巨大的烈焰吗?!

有一首诗这样写道:

> 有人说,生的表现,在于能睡觉吃饭,
> 那么,任何动物不是都能做到这点?
> 有人说,死的标志,在于永远离开人间,
> 那么,为什么人们却常把逝去的某些人名呼唤?仔细地思忖吧!
> 一个富有哲理的公式会在你的脑海闪现:
> 有的——生像死一样平淡,
> 有的——死如生一样永远,
> 同志,你准备怎样填写自己的答案?

亲爱的青年朋友,不要再高谈阔论,喋喋不休,或喷吐烟圈,忽忽悠悠,不要再滋事寻衅,闷饮苦酒,或画眉抹唇,空对明镜,不要做生活里怯懦的奴隶,也不要做大海中迷航的小舟。想想吧,如果让自己的身体老化、腐臭,让自己的大脑生虫、起锈,那未来召唤我们,岂不痛心疾首?后代质问我们,岂不发窘羞愧?如果任自己的亮眼只瞅私利,任自己的长臂光搂享受,那茫茫天地,该谁去当黄牛?!浩浩山海,该谁去大显身手?!啊!朋友,千万莫让青春在沉沦中悄悄溜走,千万莫让青春肮脏、浑噩、愚昧、庸碌!衷心祝愿你们青春的生命,像百花齐放的春天一样,红艳艳、绿茵茵、青腾腾、雪生生!

霜重色愈浓

秋风像一支巨大的画笔，把大地抹成一片金色。每当这个时节，在北京的人，谁不想到香山去看一看红叶呢？你瞧，那缤纷、烂漫的香山红林与蓝蓝的天空中的几朵雪白云儿相映照，像大火在滚动，又似无数面红旗覆盖着香山，在秋风中起起伏伏，是何等耀眼、壮观啊！

在北京的时候，香山是我最爱游玩的公园，特别是在国庆节之后的深秋时节。每当我到香山公园登上香山最高峰"鬼见愁"的时候，看着那在飒飒金风中，泛着光芒，嫣红嫣红的红叶林，总是情不自禁地想起陈毅元帅"西山红叶好，霜重色愈浓"的诗句来。是的，这诗句对红叶的形容太恰切了。你看，秋色既临，秋风阵阵，在自然界到处可见落叶纷纷的景象。可是这千树万树的红叶越到秋深，越发红艳。这就是红叶最可贵的品质。"颠狂柳絮随风舞，轻薄桃花逐水流。"有些花虽美得娇柔，香得清幽，但是经不起一宿风霜，次日凌晨，凋零萎谢，再也不会展瓣片刻。而眼前这红叶，却经霜雪而色不衰，临寒风而香更浓。有人称它战西风而不怯，经严霜而愈丽，看来一点也不为过啊！凡到过香山，看过红叶的人，谁不赞赏红叶这耐得住风霜交加、经得起秋风摧残的无畏无惧的神采和坚贞不屈的性格呢？

当我在红叶中流连忘返，进一步思索着红叶这一品质的时候，我对红叶的爱就变得更为深沉了。我默默地想，做一个人不也应具备红叶这种品质吗？年有风雨丽日的春时，也有寒风萧瑟的秋日；江有缓缓而流的平静地带,也有旋涡翻滚的重重险境。人的生活中亦有同样的情形,阳光明媚与乌云压顶,幸福、欢乐与困苦、艰辛常常交替出现。当我们生活中遇到了暗礁、旋风、乌云的时候,该怎么办呢?难道不正需要、正应该具有红叶的这种战西风而不怯、经严霜而愈丽的品质吗?郭小川说得好:"战士自有战士的性格:不怕污蔑,不怕恫吓;一切无情的打击,只会使人腰杆挺直,青春焕发。战士自有战士的胆识:不信流言,不受欺诈;一切无稽的罪名,只会使人神志清醒,大脑发达。"真的猛士,只能在真理的圣坛之前低头,而决不在一切物质权威之前拜倒。在邪恶和冷风面前,宁肯站着死,不愿跪着生,冻死也要迎风立。

有人说:红叶虽红,毕竟是到了肃杀的秋天。是的,记不清什么书里有一句话:"君不见满川红叶,尽是离人眼中血。"以红叶喻离别,把红叶比作血,当然这是随人的心情而兴感的。培根说过:"美德有如名香,经燃烧或压榨而其香愈烈,盖幸运最能显露恶德而厄运最能显露美德也。"秋天以肃杀之气,叫千花凋落,万树枯萎,似乎要给红叶一点颜色瞧瞧,而红叶却以血的红色表示与秋的不合作。真的英雄,愈是环境恶劣,斗争艰苦,愈能见其刚强的性格、纯正的品德、高尚的情操。

还是几年前,我到香山游玩时,曾采摘几片红叶夹在书里。近来一看,这几片红叶的本色依然如故。我心里想,怪不得陈毅元帅作诗曰:"书中夹红叶,红叶颜色好。请君隔年看,真红不枯槁。"真是千真万确啊!由红叶坚贞不屈、永不褪色的品质,我不禁生出另一种崇敬的心情:如果把璀璨多姿、争妍斗丽的春花比作天真烂漫、朝气蓬勃的青少年的话,那么,这满山不畏风霜侵凌,在萧瑟的秋林中愈见其红的红叶,不就是经过风雨考验的真正的战士形象吗?一个人慷慨一时,红火一阵,在自己人生的历史上写下血红的一页,比较好办;但要红火一生,唱着高昂的曲调走完人生之路,使自己一生的历史页页都成为红色的,就颇难。一些老前辈一生中受到多少艰难困苦的折磨,受到多少议论讥笑、诽谤中伤,然而他们又什么时候因此而停止了前进的步伐呢?!而今,长期艰苦的岁月,使得他们头染银霜,面刻皱纹,但是,他们像秋风寒霜下"红透底"的红叶,志不衰,劲不减,愈老愈焕发出青春的光彩,正是"莫嫌秋老山容淡,山到秋深红更多"。

红叶,不仅红得炽烈、深浓、妍丽,而且还有一种香味哩!随手从地上拾起一片都能闻到一种浓郁而清新的芬芳。倘是攀登在红叶下的山道上,穿行于一树一树的红叶之间,久而久之,就连身上都会落满芳香。不过,它不像绚烂的春花那样香气四溢,而是香得深沉、含蓄,只有当人走近它时,才嗅得出那醇厚的香味,令人心醉。然而,它并不因为红得耀眼、壮观而显得寂寞和孤独,也不因为美丽有致而使人敬而远之,更不因为高洁而使人觉得高不可攀。相反,正是它的炽烈、深浓、妍丽、芬芳使人们更加热爱它、亲近它。你看,去香山看红叶的人那么多,上山时,摩肩接踵,兴致勃勃,下山归去,又把大自然的芬芳,把香山的胜景带到了千家万户,使人看到了希望,在心里燃起了火一般的热情!而且,红叶与东篱黄菊、山间青松,以及挺拔的竹、清香的梅,或同时,或继之而放,都是在耐寒冒冷中各具风貌。我总这样认为,生活也总是这样告诉人们,人向高处走,水往低处流,存心一生蹲在黑暗的角落里,没有理想,没有追求,见好如仇的人又有几个呢?

红叶,虽然红得如此热烈,看上去如此迷人,但红叶树却是极为普通的。它矮小,树皮因饱经风霜而显得粗糙不平,还有隆起的疙瘩。它没有青竹的苗条挺拔,也没有松柏的苍劲高大,就连到处可栽插的杨柳,也要比它婀娜多姿。朴素本身就是一种伟大。别林斯基说过:"一切真正的伟大的东西,都是纯朴而谦逊的。"一个真正有才能、有品德的人,他们求的是金玉其中,而不是败絮其中。

你知道吗?如此普通的红叶树,不仅生长着装点关山的红叶,金黄色的木质还可以做中药,做上等的染料呢!要求人的甚少,给予人的甚多,正是一切献身者的共同品质。

我还这样想,红叶何以能经霜雪而不凋落呢?或许正是与风霜搏斗的结果吧!不与萧瑟的秋风斗,怕就不能显示出红叶之红来。红叶之红正是秋风养育的结果。人也是这样的理!"必先苦其心志,劳其筋骨,饿其体肤,空乏其身,行拂乱其所为,所以动心忍性,增益其所不能。"贫贱、困苦、忧患,有时不但不能把人们摧毁、消灭,反而成了造就他们的绝好条件,成了锻炼他们的坚强意志和卓越才能的熔炉。心志不受苦恼的纠缠,身体不受饥寒的折磨,行动不受挫折的打击,就不能成为大才。煤炭只有投入炉中才能释放出热能,好的钢是在烈火和急剧冷却中锻炼出来的。平静的湖面,焉能练出精悍的水手? 安逸的环境,怎能造就时代的伟人? 世界荣誉的桂冠,都是用荆棘纺织而成的,难道事实不是这样的吗?!

绿叶赋

晶莹的樱桃、水灵的鸭梨、圆润的苹果、金黄的蜜橘，固然令人喜爱，但我更喜爱那乍一看并不显眼的绿叶。

它在纷扬的大雪中孕育，在料峭的春寒中萌生。一日清晨，微雨乍晴，它就在树枝上缀满粒粒珍珠，光洁而且莹润。这一枚枚新生的幼芽，带着深情的爱，为着碧翠万顷，热情地张开臂膀，不顾一切地生长。它那鼓鼓的血管里跳动着绿色海洋的强大脉搏。它那滋润油绿的叶面，蕴着多少生命的汁液？它那叶背上细密的茸毛，满含着多少青春的美与活力？在它那蓬勃的绿色生命的氛围中，人的生命自然而然地受着它那激越的生命力的提携。

炎炎的夏日，那太阳强悍的光彩，毫无遮掩地尽情地向田野、城镇倾泻。那发白的土黄色的地面、橘红色的砖墙、灰白色的水泥瓦，一切都密切合作，强烈而忠实地反射着太阳的光辉。空气随时都可能炸裂。气温高得要煮熟一切、窒息一切。地面几乎要被剥去一层皮。一盆清水泼到地上，不等稍微湿润一下，喝进这清水的地面上却连一丝痕迹都不曾留下。啊！在这个时刻，人们多么需要绿叶那阴凉的庇护！整日浴着这炎热无比的阳光，心中无一刻安宁的人们自然会想到，没有太阳，人类不能生存。若只有太阳而没有绿叶，人类也不能生存。人类离不开绿叶。绿叶不仅可以给人类柔和可爱的色彩和光线，还可以给人类阴凉，使人类受到那绿色的生命的激励。

绿叶，它从不矫揉造作，也不浓施粉黛，更不计较环境的优劣。不论是在那杳无人迹的山崖还是在那游人如云的公园,不论是在那流水潺潺的溪畔还是在那车水马龙的路旁,都有它绿色的生命。潇潇雨歇,它抖落身上的甘霖,面对霓虹微笑;飓飓风骤,它拍掉了身上的征尘,背向大地鼓掌!在狂风暴雨中,它也从不蜷曲,而是不屈不挠地依然撑着它那浓郁的伞盖,护卫着大树和花朵,即使被凶猛无情的冰雹打得残缺不全,它也意不改、志不变。衰而复生,衰而愈荣!

如果把字典上"勤劳"的词儿奉送给绿叶,它是当之无愧的。这每一片绿叶,无论什么形状,或大或小,从春季到夏季,从白天到黑夜,没有一刻不在辛勤劳作。它吸收着阳光、雨露、空气,制造着养料,毫无保留地把养料输送给躯干,输送给花蕾,输送给籽实。正因它的劳作,细不盈分、高不盈寸的幼苗,才能长成几人合抱参天蔽日的大树,荒凉瘠薄的山坡原野,才会在如火如荼的鲜花的装点下变成锦绣千里的画图,金色的秋天也才会粮满仓囤果满筐匣。

绿叶是纯粹的无私!平常,它们为花和树奉献多少生命的浆液!可是,当鲜花盛开,或者佳果满枝之时,它又悄悄地退后了,密密地排在娇艳的花朵下,静静地躲在芬芳的果实后边。蜜蜂来采蜜了,人们来观赏了,绿叶不矜功不争娇,只是陪伴着、映衬着,只有从微风送来的它轻轻的笑声里,人才能领略到它无限的欣喜。春夏之际,它如绿茵千里的碧毯,又如绿波无垠的大海。然而一到秋天,耗干了身上的水分、输完了体内养料的绿叶,就又变成粉黄色的"彩蝶",和褐红色的云霓漫舞翩翩,飘然落下,没有怨,也没有诉,那么安然,又那么得意。

绿叶是火苗,燃烧着巨大的热情,足以使彷徨、颓废、消极黯然失色;是华光,纺织着明天的蓝图,足以使灾难、愚昧、贫困销声匿迹;是希望,孕育着花蕾、硕果,足以使懒散惰性惊羡不已;又似情窦初开的爱情,似梳妆出嫁的新娘,使人间充满柔媚的春光!

它,欣然飘落了

我信步走着,在这光和暗相争的树林里,看到一片片绿叶枯黄了,它们和着风儿一起鸣唱着、旋转着、舞蹈着、追逐着,争先恐后,纷纷飘落,蜂拥一般地聚集到了大树根旁。

啊!我颇有感触地默想,落叶的一生是有声有色、丰富充实的。它没有愧对大自然的赐予,从生命的翠绿直至枯黄。人们怎能忘记,在那饱含绿意、春风得意的时节,它伴着春的脚步,带着纯粹的使命,用艰辛写就了森林的谱牒?它伸展着绿色的手臂,向着高远的天空,承受着温暖的阳光,它的每一根叶脉,都有生命的水流淌,它为大树的每一根枝条输送乳浆;它经受了暴雨的考验,抵挡狂风的袭击,它顶着炎炎烈日,为大树撑伞遮阴;它用自己的身躯装点大地,美化山河原野;它给这个世界遮挡了噪音,过滤了灰尘,带来了清新的空气……

秋风里的它,现在飘落了。为什么要急匆匆地离去呢?是金风的成全,还是坚强信念的催促?是了却夙愿的轻松,还是有新追求的兴奋?它是挤干了最后一滴绿水,流尽了最后一滴汁液走了的,难道它就不留恋春之嫩绿、夏之葱茏?

它那阵阵飘落的声响,好似在与我进行倾心的交谈:"我苍老了,怎好久踞高枝?应该把位子让给新叶,大树没有新叶是会死亡的啊!逝去的岁月,不能返回,该走了的,就应爽爽快快地走,自己做完了应该做的一切,就不应该再无目的地留在这个世界上。不要被世俗的偏见蒙住双眼,也不该为过去的贡献获取报偿。我何尝不留恋大树,又何尝不怀念春时之娇嫩、夏时之葱茏!可是寒冬是不寻常的季节呀,是新旧的交替、生死的抗衡,树木要聚积它的所有力量,同严寒作艰苦的斗争……"是的,正因为这一切,它飘落了,它飘动着身子绕了大树一圈,恋恋不舍地望了最后一眼,毅然飘落了。

飘落了的它,怎么可能安于消闲的清福!为了大树枝节来年发出更加繁茂的茎叶,它甘愿以干枯之躯,勤奋地在风露中回旋,在广阔的原野上,召唤绿色森林的云涛。它飘落的簌簌声,唤醒了大路和阡陌。它腐烂后,又默默地改变着荒瘠的土质,肥沃着美丽的田园。仿佛只有这样,它才不失其晚节,无愧于大树。

无畏的献身者自有不朽的生命!它虽离高枝,但那千年大树里嵌着的金环般的年轮,不是潜涌着它不灭的生命之血吗?那未来的新绿之中,那小草艳丽的葱茏和山花馥郁的芬芳之中,那春风中的禾苗、秋野里沉甸甸的高粱和谷穗,不是都有它死亡的精灵吗?所以,它惬意于它的死亡。形体虽然亡了,但精神永存!

如今它披戴着金黄色的衣冠,光荣地从高枝上辞去,似乎显得渺小,然而它与挺拔的参天大树同样高耸!它把成熟的收获献给大地,将再生的希望留给明天,这是何等无私、何等高尚!我想,假如一个人只是为了获取而生存于世上,何不让飘落的树叶也悄悄地落在自己心灵的大地上,以催发新的生机!

啊,金色的落叶,它的美好韵致,充盈在树林中的灼灼阳光之中。铺满落叶的林间小路哟,引我去吧,走向逶迤无尽的远处!

铺路石

在各色各样的岩石中,我爱色泽洁白晶莹的白玉石,它石质细致而精美,给人一种心旷神怡的感觉;我爱玲珑剔透的玛瑙石,它色彩斑斓,变幻无穷,富有象征性;我爱质地坚硬的花岗石,据说每平方厘米的面积能扛得住几千斤的压力。然而,我最爱的还是铺路石。

有人可能会问,铺路石不就是那平平常常的多棱石子吗?是的。铺路石确实极为平常。它既没有珍珠的玲珑和光辉,也没有白玉的圆润和精美,更没有玛瑙的斑斓和异彩。可是,你知不知道,这不入观赏者眼目的、极为平常的铺路石,有着多么不平常的特点和经历啊!

你瞧那一颗颗铺路石,它们给人的第一个印象是坚硬有力,固不可摧。它们不像风化石那样脆弱而易碎,也不像鹅卵石那般圆滑而易溜;它们乐于头顶重压,身负巨载,具有顽强的意志和坚毅的性格。然而,你晓得吗?它们这一副坚硬的躯体,脱胎于炽热的乳浆,是经过了亿万年冰冷的沉默才锻造而成的。曾经春风温柔的抚慰、细雨真诚的饮泣、菊花热烈的表白、太阳少女的羞怯,都没有感动它们。结果,还是燃烧的导火线、贮满感召力的炸药和生活建设者的呼唤,点燃了它们沉默的热情,迸发了它们久聚心底的力量。它们怀着对人世间的向往,顺着时代的轨迹,从巍峨的高山、奇绝的峻岭,走向了辽阔的地平线。它们就是这样经过了艰难的跋涉,完成了痛苦的磨砺。然后,在人类的期冀中,选择自己献身的职业,迈开自己追求的步履。

石,垒之为高楼,架之为桥梁。石,建楼而壮观,筑桥而宏伟。石,一经雕制,能夺造化之功,成为稀世之珍。石,在举世无匹的云冈石窟和敦煌石窟显得何等奇绝,在天安门广场那矗入云天的丰碑上显得何等庄严,而在园林之内,与水榭亭阁、茂林修竹相伴,又显得何等美丽。可是,铺路石,它们却愿把自己铺垫在路基之下,在那呼啸前进的声声汽笛中,听时代列车的呼吸,躺在崎岖的小道,听人们走向黎明的步履。在那里虽然可能不会再露面,失去春光秋色、花香鸟语,甚至失去自己的名字,然而,它们却甘愿在那里永生,同祖国、同时代、同战士、同钢枪、同步履一起!

单个看,铺路石着实渺小、卑微,可是,那普天下千条万条的路从哪里来的?人类的生活、生存和发展能离开路吗?几乎人类的一切活动,都是在路的驮运下进行的。没有一项能够离得了它。甚至连心灵对心灵的呼唤,今天对昨天的回忆,都需要路的传递、路的连接。路,就像蚕儿吐丝那样,为人类编织了有声有色的生活。可又有几条路能离开铺路石,不管是山林中幽远的小径,还是城市里开阔的宽街,不管是刚直铿锵的钢铁之路,还是花前柳下的曲折小道。路,是人世间最不知疲倦的。它不知疲倦地蜿蜒伸展,不知疲倦地憧憬,不知疲倦地跨越,不知疲倦地扩展自己的领域,开阔自己的胸怀,树立自己的目标。那它的伸展、憧憬、跨越、扩展和开拓,靠什么?不还靠的是铺路石吗?这样,谁还能说铺路石渺小、卑微呢?相反,人们会不禁问道,世间又有什么东西比铺路石更可贵、更伟大呢?!

伟大源于谦逊和团结。铺路石之所以能为人类造福,就在于它们能互相尊重、团结一心。它们渴望水泥、沙子和水,渴望隆隆旋转的搅拌机,渴望这些"伙伴"与它们众多的"兄弟"组合、凝固到一起。正因为这样,它们才铺就了一条平整宽阔的大道,长年累月,肩负着过往的行人、汽车、火车,自觉地承受着各种重压。一颗铺路石,对于一条条道路而言,本来是微不足道的。别说火车、汽车的长期重压,就是小小铁锤的轻轻敲打,也足以使它粉身碎骨。可那千千万万颗铺路石经过碾压、相互嵌挤而形成的力量却是巨大而惊人的。当你看到宛如玉带的公路穿过辽阔无垠的平原,翻越重峦叠嶂的山峰,逶迤曲折,通向九霄的时候;当你看见巨大的火车头拖着长长的车厢,载着万吨货物,在千里铁道上,昂首挺胸,风驰电掣般前进的时候;当你置身于宽阔的长安大街,看见那滚滚不尽的人流、车流的时候……你会怎样想呢?你难道不由衷地赞颂铺路石的集体力量吗?

铺路石的最大品质是它们从不玩忽职守,更不会离开岗位,拂袖而去,寻找自己安逸的生活。它们有纯真的理想、深沉的追求、伟大的抱负——铺垫新生活,把人们送往更加美丽的前程。为此,它们任劳任怨,几十年如一日,身处于铁道的枕木下、公路的最底层。它们不像碑石那样喜欢耸身仰颈,招人仰慕,也不像楼堂馆舍内的玉雕那样扬眉飞眼,供人欣赏。它们在自己的生命史上,始终如一,脚踏实地,默默无闻地为保障路的畅通而尽力。它们年年月月立足于大地,日日夜夜俯首于途中。它们用自己的双肩扛着过往的行人,撑起碾过的车轮……人们踏着它们去劳动和战斗,踩着它们去寻找光明,追求真理,探讨人生。在它们的肩上印下了千万人的足迹,在它们的背上留下了亿万道车轮的辙痕。它们不嫌寂寞、孤独、劳累,不慕荣华、享乐和赞誉。日复一日,年复一年,任风雨无休地吹打,任马蹄无情地踩躏,它们永远忠于职守,永葆一颗坚贞不渝的心。

不过,人类历史有一个定理:你给予它多少,它就给予你多少。铺路石把自己对人类的爱,筑到人类彩色生活的最底层,而人类历史正因此没有嫌弃它们渺小、卑微、平凡、普通,相反极力赞誉它们的意志和精神、它们的高尚和伟大。

绝望乃为虚妄

"绝望之为虚妄,正与希望相同。"这是鲁迅在散文诗《希望》中所引的匈牙利爱国诗人裴多菲的一句诗。裴多菲这句诗,出自一八四七年七月十七日致友人的信。信中说:"这个月的十三号,我从拜雷格萨斯起程,乘着那样恶劣的驽马时,那是我旅途中从未碰见过的,当我一看到那些倒霉的驽马,我吃惊得头发都竖了起来……我内心充满了绝望,坐上了大车……但是,我的朋友,绝望是那样不足信。这些恶劣的驽马用这样快的速度带我飞驶到萨特马尔来,甚至连那些靠燕麦和干草饲养的贵族老爷派头的马也要为之赞赏。我对你说过,不要只凭外表做判断,要是那样,你就会错了的。"这段话,寓意颇深,发人深省。

鲁迅所生活的年代,有时难免感到希望的渺茫。尽管如此,他还是"怀疑于自己的失望"。所以他认为,绝望是虚妄。既然绝望未必实有,希望当然也就不是全无了。

希望毕竟只是希望,并不是所有的希望都能成为现实。于是,有些人诅咒希望了。一位诗人说过:

希望是什么?是娼妓;
她对谁都蛊惑,将一切都献给;
待你牺牲了极多的珍宝——

你的青春——她就弃掉你。

　　为什么希望不能成为现实呢？其实，不在"希望"之本身，而在希望者自己。鲁迅说过："希望是附丽于存在的，有存在便有希望。"又说："将来是现在的将来，于现在有意义，才于将来会有意义。"希望是建立在现实的基础上的。希望是精神大厦的支柱，是奋斗者的动力。失去希望，精神就会崩溃，灵魂就会毁灭。现实是希望借以植根的肥沃土壤，离开现实，希望之树就会枯萎。存在于人们幻觉之中的希望，永远是不能实现的。它的破灭，是不言而喻的，因此，只有希望切实，才有实现的可能。

　　车尔尼雪夫斯基说过："一个幻想家通常总是躺着消磨时间的，而一个得到有理性的愿望所鼓舞的人，却是无休无止地为了它的实现而努力。"有些人的希望之所以不能实现，崇尚清淡，不务实事，"躺着消磨时间"是一个主要原因。真正的希望绝不任意许配给任何人。只有对她执着追求、忠贞不贰的人，才能得到她的青睐和报答。幻想中的绿洲不能覆盖住真正的沙漠，辛勤劳动的汗水才能变荒山为乐园。但是，漂浮在海面上的腐鱼烂虾容易捞取，而深沉于海底的珠贝却难以获得。珍珠的真正获取者，用车尔尼雪夫斯基的话说，是那些"无休无止地为了它的实现而努力"的奋斗者。

　　我们承认"时势造英雄"，但是，要成为英雄，还必须具备内在的条件。"时势"是客观的，而"内在"的条件则需要靠自身的努力才能具备。假定客观是太阳，希望之光只是靠汗水在阳光下反射出的绚丽光辉。倘连汗水也一点都不肯流，却一味埋怨客观条件，哀叹时运，即使站在太阳底下，也未必能看见反光。不要把客观上暂时的逆境，或社会上的一些弊端，作为否定自己、否定希望的理由。希望存在于奋斗之中。

　　真正有作为、有志气的青年，是绝不会绝望的。"山重水复疑无路，柳暗花明又一村。"希望之非虚妄，正与绝望不同！

淮源深思

无边的雨丝被山色映着,宛如一根根碧绿的玻璃丝,慵懒地飘挂在草木上,洒落在山地里,十分妩媚。

桐柏山上,有一泓小溪,像一股银丝从泉眼里徐徐抽出,似一条缎带朝山林外款款飘去。不是亲眼所见,谁能相信它就是淮河的源头呢?你瞧它,一路上潺潺、涓涓、悠悠,时而跃进小潭,时而穿过斜坡,时而融入幽径,使人觉得它既高亢、炽烈,又轻快、欢欣,既悠扬、绵长,又委婉、深沉。

这一碧小溪,没有华美俏丽的装饰,更没有慷慨激昂的言辞。然而,它却默默无闻、永不停息地流淌,用自己透明的"血液"造福中华子孙。它在奔流中增强自己的活力,施展自己的抱负!经过艰苦的奔波,山谷里留下它健美的曲线,田野上展露它丰满的身姿。为了大地绿色的生命,它年复一年地献出甘美的琼液。这比那外表装扮得楚楚动人,骨子里一文不值,和凡事只听叫喊,不见行动之类的人,要高尚得多!

淮源小溪的两岸,古树参天,松竹茂盛。可是这小溪不迷恋鸟语啁啾,花香四溢。对青山的甜蜜挽留,它予以亲切的谢意;对鲜花的热情宴请,它报以谦虚的微笑。它向往汹涌的大海、壮观的云天,它倾心于高飞的鹏鸟、金色的沙滩。因此,它才在中国大地上创造出惊天动地的伟业——形成伟大的淮河!是的,应该常思进取。只靠余荫过活,大树总会苍老,根儿总会枯断,世界终会荒凉,碧溶溶的绿波终有一天会像火一样熄灭。

明亮的银河是一颗颗星星聚集起来的,浩瀚的海洋是无数溪水汇集而成的。没有种子,就不会有茂密的森林;没有砖瓦,就不会有巍峨的大厦。淮河源头是涓涓细流,但别轻看这平平淡淡的细流,千古不朽的淮河不正是从千条地脉、万道山泉中流出来的细流汇聚而成的吗?相反,如果这一碧小溪不与别人为伍,孑然一隅,恐怕只一个三伏的燥热就把它蒸干了,更何谈造就汹涌澎湃的淮河!

淮河源头这绸缎似的小溪,没有聚雨惊雷的声威,没有龙腾虎跃的气势,披一身斑驳树荫,走在蓬蓬繁花碧草间,泛起的水花充其量只像那纤细的鳞片,怎么能冲破重重阻拦而形成这滔滔千里的淮河呢?就在于它有一种含而不露的坚毅精神和勇往直前的决心。你看,春天,它和雨丝挽手;夏天,它与雷霆并肩;秋天,它同金风结伴……顶着呼啸的风,疾走的云,从绿树里,从山谷中,穿过悬崖,冲向荆棘,百折不挠地前行,在苦和乐中跋涉,在爱和恨中开拓。它不自怜于自己的孱弱,不哀叹于自己的细小,千回百转,也勇敢向前!一串水珠刚刚撞成水雾,又一串水珠已寒光闪闪。有挫折,它不犹豫;有牺牲,它不失望;有失败,它不怨尤!即使冬天来了,呼啸的寒风吹僵了它的身躯,脸膛上也蒙上滚滚沙尘,在冰层的重压下,它仍然带着满身伤痕,怀着美好的希望,向着数不清的坎坎坷坷,艰难地向前爬行。即使是自身全部冻成冰块,冰串的矛头也指向它选定的一点。只待一夜春风花千树,冰融雪化再攻坚。

站在淮河的源头,我生命的马达在无声地旋转,探求的心灵在孜孜地飞翔。虽然逗留的时间很短,我却从短暂感受到漫长,从幼稚感受到成熟,从有限感受到无限,从一滴感受到博大和精深。由这小溪,我看到了希望,只要真实地爱点滴,就会有大江大河,就会看到天地的壮阔、大道的宽广。一个人正应当做这进取的水滴、坚韧的小溪,永恒开拓。追求、失败、失败、奋起……在承受各种磨炼、考验之后,迎接你的必将是大海宽广的怀抱、高亢的歌喉!

逆流撑舟

长江巫峡,从青石到孔明碑,只有八华里,江面不宽,江水极深,飞凤峰伸出来的"凤嘴"插到江心,搅得满峡的水左冲右突,不知往哪里流。江面滚动着无数大小旋涡,几千个,几万个,好像下边有许多通到地心的大熔炉,把满峡的水烧得滚烫鼎沸;好像下面有无比的神力,把几千年几万年沉积的泥沙都翻腾起来,几乎全川的水都要从这里往外流,受到插入江心的"凤嘴"的阻拦,被激怒的巨浪怨气冲天,如癫如狂,咆哮号叫,震撼山川。

在这里行船,要闯过旋涡的搅扰、逆水的遏止、"凤嘴"的阻拦,该是多么难啊!然而,你瞧在这翻滚的湍流、旋涡上行船的船工们,他们神态镇静,坚忍不拔,汗流浃背,一篙一篙地向前撑。这一篙才刚拔起,又勇敢、迅速地跑到船头去撑那一篙。流越急,浪越高,他们越是一篙紧似一篙,篙篙增力;他们集中全副精力,奋击险浪,驾驭中流,寸步不让,尺流必争。好啊,胜利把微笑描上了他们的脸,终于闯过这山折水断、恶流湍急的江峡。

看到此景,不由得想起宋朝朱熹说过的一句话:"为学正如撑上水船,一篙不可放缓,时乎时乎不再来,如何可失!"这句话说得恰切中肯,透辟生动!为学长途中遭遇一个个困难,不正如江峡逆水行舟一样吗?在船行急流之中时,舟人来上这一篙,不可放缓,直须着力撑上,不得一步不紧,否则,此船就不得上矣!要用力撑着篙子,推上前去,劈开一个浪头,战胜一个旋涡,就前进一步。面对学习中遇到的困难,亦应如此,只有上前,不能犹疑;彷徨一下，就似松了一篙。

　　人们知道，运动着的物体有继续运动的性质，静止（相对的静止）的物体有继续静止的性质。前进中的船，用力撑去，加上它向前运动的惯性，可以少费一分力。一旦船向后运动了，要再把它撑向前去，就要多用几把劲，多加几分力，克服向后运动的惯性，才能前进。学习也与此相似。碰到困难，放开它，等以后再去钻研，就显得特别困难，就要费很大的气力。

　　学业深造与江峡逆水行舟还有一个共同点，那就是在取得了一定的成就后就想停滞下来，保持原样，这样是不行的。特别令人担忧的是，学习虽不像江峡逆水行船，不进则退来得鲜明，只要你停滞一下，马上就会有后果给你看，但确实有一个渐渐倒退的过程。这种倒退包括对已学知识的遗忘和对知识的理解力的退化。这是在不大显眼的暗处发生的，不容易引起在学海中游泳的人们的注意和警觉。这就告诉我们，在为学的途中要永不懈怠，永不骄傲，永远努力。

　　不过，学习也不永远像江峡逆水行舟一样。学习之船过了长江巫峡似的激流、旋涡之后，行进到平稳之处，这就好似在学习上进行一番艰苦努力而升到了一个新的高度，进入了一个新的境界，许多困难问题，就可能触类旁通、迎刃而解。船工们闯过长江巫峡，进入宽阔宁静的江面，清风徐徐，水波粼粼，会顿觉心情舒展、心旷神怡的，而这种愉快的享受，是从同激流、旋涡的艰苦搏斗中得来的，所谓学习"苦中有甜""先苦后甜"的道理也正在这里。当然，学无止境，源远流长。当你要航过一个新的长江巫峡时，又要费新的工夫，甚至更大的工夫，才能进入新的境界，也就是说，要不断地尝甜，就须不断地吃苦。

当你回忆往事时

人到老迈之年所多的大概要算回忆了,有人回忆吃穿,有人回忆奋斗,有人在回忆中悔恨而慨叹,有人在回忆中自豪而乐观。自然,不同的人对自己以往的生活会有不同的评价。但是,龌龊空虚的生涯,谁也不愿夸耀于世;卑劣荒唐的行径,永远也得不到社会的赞赏。

时间的流逝是无情的,人生的时间是短暂的,青春就更加短暂。历史就是这样,今天将成为昨天,明天将成为今天,现在的青年将变成壮年和老年。每个青年都会有白发苍苍的龙钟时节。到那时,当你回忆今天的生活和斗争的时候,或是青年们问及当年你是怎样生活和斗争的时候,你会怎样想、怎样说呢?是悔恨、羞愧,还是自豪、乐观?是侃侃而谈,还是红着脸回避?

李大钊曾说:"世间最可宝贵的就是'今',最易丧失的也是'今'。因为他最容易丧失,所以更觉得他可以宝贵。""无限的'过去'都以'现在'为归宿,无限的'未来'都以'现在'为渊源。'过去''未来'的中间全仗有'现在'以成其连续,以成其永远……""今"之可贵,在于它可以继承昨天,弥补昨天,同时又可以准备明天,创造明天。它是连接昨天和明天的桥梁,担负承前启后的重任。我们要使自己无愧于时代,无愧于后代,无愧于将来,无愧于人生,就要从"今"开始,脚踏实地,努力学习,奋发工作,使自己青春时期的每一天都过得光彩而又充实。

然而我们看到有的青年并不这样。生活在朝着更壮丽、更辉煌的目标前进,而他的心灵却走着相反的道路,感到一切都是那么单调和机械,一切都变得烦琐和重复。他们中有的因失去了为未来奋斗的热情,而成了游手好闲、追求浮华淫逸的庸俗之人。我们不会去追求、欣赏这种冬妮娅式的酸臭,让享乐主义的细菌腐蚀我们纯洁的灵魂,让懦夫懒汉的思想支配我们壮实的躯体。一个颓废的人,在花前月下贪恋悄悄蜜语,在建造安乐窝的木屑中消磨时辰,只能得到一时的满足,而不能弥补精神上的空虚。我们应从未来、从高尚的事业中汲取自己的诗情,不能像目光短浅、趣味低下的人那样只图眼前的和个人的安逸。

美丽的春天从风霜雨雪里诞生,壮丽的理想在艰苦的劳动中实现,一个人将来有意义的回忆靠自己不倦的努力。只有使自己像一根红烛一样,在工作和学习中,没有空虚的环节,没有暗淡的时刻,一直燃烧着永不熄灭的青春烈焰,一身都化作光明,贡献给了人类,而自己却甘愿在人们的欢乐声中默默地捐身,等我们到老了回忆往事的时候,才不会因虚度年华而悔恨,也不会因生活庸俗而羞愧。

驶向天外的海

帆是美丽的。阳光下的点点白帆,像是春回大地之际撒在大海上的一枚枚花瓣,像是风儿吹进大海中的一片片洁白的羽毛,像是天上嫦娥巧裁下的馈赠给大海的片片白云。大海茫茫无际,蓝天碧水显得那么广阔和壮丽,但有了帆,便增添了一种柔性和妩媚。大自然中可以与帆媲美的,也许只有晶莹的白雪、丽洁的玉兰。

但我觉得,帆是船的翅膀,而翅膀的价值主要不在于羽毛的美,而在于它行驶的力。帆能在波谷中腾跃,在浪山上喧喝,在骤雨中疾驶,在暴风中呼啸,在礁石间穿行,在旋涡里颠簸。在那横暴肆虐的狂风王国里,它是一面反抗的旗帜;在那波峰浪山的重重"围剿"中,它是一柄锐利的宝剑。

帆是顽强的、昂扬的。它在同风浪搏击时,总是昂首阔步,沿着既定的航向前进,直到生命的尽头。暴风雨用野兽的利爪抓破了它的面孔,它依然迎风挺立,如一面绷紧的鼓。千万支雨的利箭向它射来,也绝难阻止它向前。由于阳光、雨水的涂抹,它由洁白色变成灰褐色。由于雨箭的射刺、风暴的撕扯,它由完整变得疤痕累累。但它仍是一面旗,仍然以粗野而雄劲的笔触,记着它的旅程,写着那不凡的编年史。

帆,从诞生那天起,总是不懈地追求。在浩瀚的大海,每天早晨它总是第一个披上火红的朝霞,每天黄昏它又总是最后一个送走金色的夕阳。港湾里有供歇息的码头和跳迪斯科的舞厅,但帆不愿憩卧在它温馨安逸的怀抱里。夕阳沐浴下的金色海滩,有退潮的柔情细语,有充满着神话传说的森林和山脉,还可以拾到五彩缤纷的贝壳和海螺,但帆也并不眷恋。帆,始终挚爱海风、酷爱海涛,不管它们多么严厉、凶悍。帆懂得,只有海风才会给它以壮丽的生命,只有海浪才能使它生活得惊心动魄。它一旦厌倦了风浪的颠簸,失去了搏击的勇气和热情,欲求心灵的宁静,它就会成为一块闲置的破布,成为一叶凝固的形体,凝固了它活泼的生命。

我由此想到,生命是一片海洋,人生的岁月是一片海洋。要使生活过得充实,要使人生获得成功,就不要在码头停泊、在港湾憩睡、在海边迷恋。要用生命脉搏跳动的火焰,用青春和热血、手臂和脊梁,竖起一根挺立的桅杆,鼓起一面远航的风帆,驶进那澎湃激荡的岁月海洋中,开辟那金光灿烂的人生航线!

人生本没有驶向无限的方舟,但人生有无限博大的精神和知识的海洋。心灵在这种海洋里航行越久,就越能进到博大的境界,越能汲取丰富的知识。在前进的风浪中,也许有说不尽的痛苦,但这是痛苦也是幸福。心灵的烦恼越多,心灵享受到的快乐也越多。为了饱饮智慧的乳浆,进入那金光灿灿的博大境界,我们要竭力摇动奋进的桨,永远升着生命的帆,沿着海天相接的航道,驶向天外的海,驶向海外的天……

心灵的旋律

乐哉,天涯孤行

人们常吟唐诗"莫愁前路无知己,天下谁人不识君"。其实,"天下无人能识君"也未尝不是好事。现代都市吞没了人的个性,好似一熔炉,如熔化锻炼千万钧的金锡一样熔化着人;又好像一条奔腾的大河,旁流齐汇,旋涡重重,致使身在其中的每一个人都不得安宁。而一个人独行于自然之中,从一个令人沉重的过腻了的世界来到一个使人感到格外轻松而又特别新鲜的世界,心灵的圣钟里响着种种陌生的音响,铿锵递转,激扬沉抑,好不乐哉!

俄国作家契诃夫说过:"我们住在城里,空气恶浊,十分拥挤,写些无聊的文章,玩'文特'——这一切岂不就是套子吗?至于在懒汉、搬弄是非的人、无所事事的蠢女人中间消磨我们的一生、自己说而且听人家说各式各样的废话——这岂不也是套子吗?"

有人认为,现代都市人的生活很丰富。其实是很单调的。我们每一个人的生活就像一个上了发条的机器,天天都一样。暗淡得就像一堵不透亮的墙,紧张得就像被压紧了的弹簧,呆滞得就像没有输入也没有输出的一池波澜不惊的死水。整日都好像匆匆忙忙急着奔向什么地方,然而什么地方也没有达到。越来越多的人感到现代都市生活像一股股狂放的粗暴的力量压迫着人,是个恼人的牢笼,充满着生活的嘶哑喧闹声,生活里多余的东西数不胜数,而必需的东西又微乎其微。

怎么办?自然是伟大而神奇的。它充满了一种使人心平气和的美和力。它会使人保持神圣的纯朴性。要超越出都市生活的圈子,打破其呆板,挣脱其压迫,到自然中去。早晨日出,中午晴空,傍晚日落,都是最美不过的,若再配上云和影的交替、海与山的参错,暗夜的群星、明月的普照,或风雷雨雪的突变,更妙不可言。在自然中尽情地欣赏它们超凡的千姿百态,贪婪地吞食泛滥的峡谷中、高山上、草原里的景色,领悟大自然的灵性,有不可言传的自得。在自然中负手行吟,陶然而醉,物我两忘,紧张的心弦得到调整,烦躁的情绪、悒郁的心境自然冰释。自己融化在自然美景和旋律中,好像沉入梦境,高于世俗,远离红尘,在沉睡中与美丽的自然一起冉冉升起。倘一人独行于自然之中更好。因物换人非,景物殊异,独往独来,飘然而行,所遇皆是与己无涉的陌路人。四周再也没有那些盯着你的目光,你再也不是人们眼睛里熟悉的那个自己。你会觉得自己从一个特定的自我模子里挣脱出来,重生为一泓无身无影、无拘无羁的又一个。你会有恍若隔世之感,可彻底丢掉一切紧张、忧愁、恶念,重塑一个自己。

一人独行,岂不是过于放荡洒脱!不错,借潇洒不羁、廓然无累的人生哲学而糟蹋自然的人也有。但真正酷爱自然,寻求精神享受的人并不会逃脱一切人类向上的责任的。他们懂得一切伟大制作皆产生于不儿戏,一切高峰全由认真才能达到。该洒脱才洒脱,不该洒脱的他们自会严肃。该探讨东西时,他们又自有其孤独伟大的乐趣。

忠贞的母鸽

日月轮回,转眼过去一年,看到日历上黑体的"立夏"二字,才知道一个崭新的季节轻盈走来。可是,那蓬勃的绿野,苍莽的森林、星罗棋布的村舍,从我家飞走的那只母鸽现立在哪一个枝头,哪一片瓦檐?

还是三年前一个春寒料峭的上午,一只美丽的母鸽飞落到我家院子里。它羽毛丰满,尾羽整齐,双腿完好,眼睛红红的,脖子浅浅的绿、浅浅的红,闪烁着晶莹的光泽,层次自然而精致。它身子极轻,显得极无神极疲惫。

我小心地把它揽在怀中,放在屋里。开始,轻轻地掰开它的小嘴,慢慢地给它喂食。两天后,它精神恢复了大半,开始抖动翅膀,跃跃欲试。但用手抚摸,它很惊惧。

怕它飞走,我拿起一把剪子,逮住它翅膀上的羽毛,咔咔几下,鸽子飞翔的功能顿时尽失。看着它在地上缓缓走动的样子,我很得意,心想:小小的鸽子,奈何!

渐渐地,母鸽完全恢复了。看上去是一首精美的诗,是一首韵在骨子里的诗,全身色彩配合,身段大小,增之一分多余,去之一分嫌少。它酷爱洗澡,梳理羽毛,是一位极爱整洁的佳人。天天在院子昂着头走路,就像骄傲的公主。东瞧瞧,西望望,还时不时歪着头,看看蓝天和白云,对着飞翔的鸽群凝望。

没过几天,它开始有些抑郁,常常躲在院子的角落哀鸣。一阵阵,一声声,那么凄凉。我想,这鸽了无病啊,咋这么个叫声?兴许是怀春了。我风风火火到花鸟市场买了一只公鸽,回来剪了羽毛,往地上一放。这下它该不孤独了吧。没想到当公鸽向它靠近的时候,它又是用嘴啄,又是用翅膀打。我想,定是生疏,相处几天就会好的。

一连三个星期过去了,它还是不允许公鸽有一丝的靠近。每当傍晚和天蒙蒙亮时,它依旧发出一阵阵孤独凄凉的悲鸣!

我实在受不了,又急匆匆地跑到花鸟市场买来一只更漂亮的公鸽。这次该能结上良缘了吧!没想到这只母鸽很固执,平常倒是相安无事,一旦公鸽想靠近它,它就怒不可遏地反抗。我想,也许它在考验公鸽追求它的耐性呢!没料到将近一年时间过去了,它对公鸽依然如故。它还是天天早晚在院子的角落发着阵阵悲鸣。

我好迷惑,这只母鸽的择偶标准到底有多高?!

一日,我读到日本作家志贺直哉一篇散文。他记述了他住的热海大洞台山庄,常常见到一对野鹁鸽飞过齐眼高的空中。而他的朋友福田兰童君带着猎枪到他这儿小聚,在他的后山上打下一只鸽送给他。他当时非常高兴,没想到第二天,他发现空中那对野鹁鸽,只有一只在飞了,飞的样子慌慌张张的。他说:"天天看惯一对野鹁鸽在眼前飞来飞去,现在成了独自飞行,心里很不好受。打鸟的不是我,可吃的是我,总觉得心里不安。""又过了几个月,我看见又有一对在飞,以为那野鹁鸽已找到了新对象,重新结婚了,觉得有点高兴。可是不对,这对是新搬来的,从前那只,依然孤零零地在飞。"

我陡然明白,原来我家这只母鸽心中别有隐情,它不会说话,无法向世人表白它从哪里来,也许它本来有一个好伴侣,它们是非常美好的一对,它的夫君被贪婪好吃的人给枪杀了。它为什么会飞到我家房顶上空因精疲力竭而掉落下来?是躲避人的猎杀,还是在寻找失去的伴侣?一年了,我对它很好啊!为它喂上好的食粮,为它寻找配偶,它也安全,还有什么不满意的?但我不知道,它的内心是孤苦的,缺少希冀,满是荒芜。

只是我对志贺直哉说的野鹁鸽对爱的忠贞又起了疑心。因为有的散文是作家编造的。再说就算是真的,中国的鸽子同日本的野鹁鸽就一定一样?

带着这样的疑问,我又坚定地到花鸟市场买回来一只更加帅气的公鸽。

可是,母鸽对这只公鸽还是不屑一顾。明显看出它还是孤独的、忧伤的,两只美丽的眼睛似盛着满满的忧伤,似乎有一种穿透人心的绝望。

它为什么要这样?我猜它一定常常这样想:夫君怎么就这样轻易地悄无声息地离开了它呢?它们曾经相约到老,永远牵手的呀!它知道自己的夫君是不会丢下它的,永远也不会的,它一定是遇到恶魔了,一定是在魔爪下实在脱不了身了。

猜想到这里,我才明白,它过去为什么对别的一对对夫妻鸽亲热地接吻,痴痴地望着,然后低下头来,悄悄地走开。此刻也许当初同夫君相亲相爱的情景又在它的脑子里闪现。我又进一步明白,为什么天空有鸽群飞过时,它扇着翅膀,眼睛露出惊奇又喜悦的光。原来,它盼望着能从鸽群中看到它最熟悉最亲密的伴侣。每每凝望后的失望,都让它失神地闭上眼睛。

朽夫如我者则又想不明白,这只母鸽,怎么就这么相信她的夫君?分离这么长时间了,说不定它早寻新欢了,自己还在这守身如玉,是不是傻了点!但我在心里还是认为,这只母鸽太可敬了!

于是,当这只母鸽羽毛再次长起来,我就不剪了,让它丰满,然后去寻找自由和爱。忽一日我看它试飞了,开始飞到屋檐上,然后又飞下来。它张开翅膀飞翔,轻逸迅捷,显得更漂亮。它在我家对面三楼的防雨棚上,试着上下翻飞几次,然后纵身一跃,箭似的飞走了。开始,我以为它是长久没飞,想多享受天空的广阔和自由,到晚上会回来的,可是没有。第二天傍晚,我又站在门前望着湛蓝的天空,等着鸽子飞回来,依然不见踪影。一连几天的守候,我终于失望了。

转念又想,我没有给母鸽配好偶,留下它,很遗憾,但我不能因我的爱而让它孤独地生活,无奈地老去。天地这么大,应该让它去寻找自己的爱,自己的自由、快乐和幸福。只是我放不下心:它哪里知道它失去的伴侣,即便没另觅新欢,怕也不在世间了,而它还是逃不掉孤独的悲惨命运。尽管这样，每当天空飞过鸽群时，我还是不由得抬头张望，想再次见到这只母鸽。因为我想知道它飞走后的命运，因为我忘不了它那一声声凄凉的悲鸣，因为我忘不了它那美丽的身姿和忧伤的眼神。

透过历史的烟尘

一

青葱叠翠,古木盘虬,悠悠两千年来,一直说这皇藏峪是刘邦藏身躲命之所。

一说:"当年刘项争霸时,彭城一战,刘邦被项羽的十万大军杀败,隐入彭城西南的这处山谷,钻进一洞中,躲避追杀。一片云雾飘来,遮住了洞口。项羽大军远去后,刘邦的夫人吕雉,携子女寻夫而来,因传其善观云气,直奔瑞云笼罩处,果然寻到了大难不死的刘邦。"

又一说:"玉皇大帝为了保护刘邦的性命,不让项羽的将士发现刘邦在此藏身,立即派天神搬来一块巨石把洞口堵上。"这是对前一说的补充。

还有一说:"玉皇大帝站在天宫朝下一看,发现洞口没有被巨石全部堵上,就把派下去的天神大骂一通,然后又派蜘蛛神下来立即在刘邦藏身的洞口织上一层密密麻麻的蜘蛛网。"这是更加完美的补充。

对这个故事,书上白纸黑字,传者言之凿凿,听者们也笃信不疑。也正因此,这座小山得名为皇藏峪,山中那个石洞也取名为皇藏洞。

二

我一直想探寻个究竟。

一个秋色宁静、秋蝉低吟的日子，我同文友们沿着缓缓的山道，爬上皇藏峪深处的皇藏洞。

此洞确有巨石迎洞而立，旁边还有"皇藏洞"石刻。沿巨石狭缝进入洞中，见是一个死洞，里边刘邦、萧何、张良三人不及一般现代人高的雕像，把一个洞挤得满满的，再也容不得别人进去。

三

见此，我既失望也不失望。

不失望，因为我不信有神。如果真的有神掌管人世，惩恶扬善，主持公道，人世间不会有那么多不公平的事儿发生。对刘邦，我也是一样的看法，根本不信会有上天帮他。

失望的是，历代文人和民间编造者为吹捧皇帝也太罔顾事实了。第一，这是个死洞。如果项羽的手下找上洞来，刘邦必定因无法逃脱而被捕。当时跟随刘邦的是帮助刘邦建立汉王朝的第一等谋士。他们会让刘邦选择此洞藏身？除非他们是项羽派到刘邦身边的卧底。第二，这个石洞，不是许多书上写的十余米深，而是只有几米深。选择如此浅的洞藏身，充其量只能算几岁孩子玩捉迷藏游戏的智商，而老奸巨猾的刘邦和多谋善断的张良与萧何绝对不会干这等蠢事。此石洞只是在半山腰，他们发现这是死洞和浅洞，完全可以跑到山上选择更好的藏身之地。第三，说石洞门前的巨石，是刘邦藏身后飞来的，更是极浅显的迷信了。可能吗？就是真的，如此大的巨石落到石洞门前会发生何等巨大的震动和响声，不把刘邦等人震死，也得震瘫。如果真是刘邦藏身后飞来的巨石，那无疑是发生了超级地震。果真如此，石洞就会被震塌堵死。那么，刘邦和萧何、张良最后在洞中不是被压死就是窒息而死。第四，此石洞离皇藏峪的山门，也就几华里路而已。像项羽领的那支骁勇善战能一路夺关斩将毫无阻拦打到咸阳的剽悍部队，会追不上疲惫惊惧、丢盔卸甲、狼狈逃窜的刘邦？当然，也有可能是刘邦事前早逃到这石洞里来了。但是，项羽当时有十万大军呀！而皇藏峪又是高不过三百米的小山，它的周围方圆几百公里全是坦荡的平原。如果项羽用十万兵力团团围住这里，向里压缩式搜索，刘邦必定插翅难逃。

由这一切，我推断出所谓刘邦藏身皇藏峪皇藏洞是后人杜撰的。

四

为了进一步证明这推断的可靠性，我又找来相关史书。《汉书·地理志》记载："高祖微时（危难）常隐芒、砀山间，即此山有皇藏峪，高祖避难处。"同样的事在司马迁写的《史记》中也有记载。《史记·高祖本纪》说：高祖"亡匿（逃而躲藏），隐于芒、砀山泽岩石之间"。《汉书》成书于东汉建初中，而《史记》成书于西汉汉武帝年间。我不知《汉书》作者班固写这件事是从民间调查中得知的，还是从《史记》中抄来的。但有一点可以肯定，这两部经典史书都记载刘邦藏身的地方是芒、砀山，而不是皇藏峪。

从地理位置看，芒山在河南永城市芒山镇，砀山在安徽砀山县程庄镇，而砀山县的程庄镇南面和西面正好靠河南永城市。而皇藏峪山在哪里呢？从砀山程庄镇向东要经本县的李庄镇、朱楼镇，再经萧县的黄口镇，再穿过萧县的县城后，向东南还有几十公里到白土镇然后再向东南走才能到达。这样看来，《汉书》和《史记》中说的芒、砀山，应该是指距离较近的芒山镇和程庄镇这个区域，而不是指相距较远的白土镇的皇藏峪山。

五

再从这故事的内容来看,《史记·高祖本纪》这样写道:

> 秦始皇常曰,"东南有天子气",于是因东游以厌(验证)之。高祖即自疑(怀疑是说自己),亡匿,隐于芒、砀山泽岩石之间。

这分明说,刘邦并不是因兵败彭城被项羽追杀而后藏身萧县白土镇的皇藏峪山里,而是因被秦始皇东游所吓而藏身于永城市和砀山县的芒、砀山里的岩石之间。而在我所查的书和文章中也没有一处说白土镇的皇藏峪山的名字在秦汉时就叫芒、砀山。所以这也证明,如果刘邦确实有藏身躲命的事儿,那应该是在永城和砀山之间的芒、砀山,而不是萧县白土镇的皇藏峪山里。

六

许多人都说刘邦是攻彭城(今徐州)被项羽打败后向西南逃到皇藏峪藏躲起来的。可我看到一篇论述楚汉彭城大战的重要文章却这样写:刘邦集结五十六万大军攻彭城,项羽率三万精兵迎击。当时双方军力极为悬殊,皆因项羽建立了一支精锐的骑兵部队,把汉军打得大败。"刘邦此时向北逃跑,过老家沛县,欲将家小向西。却引来楚骑,家小被楚军抓到,靠推儿子女儿总算逃过一劫。"(这里是说项羽的骑兵追得太猛,刘邦为了逃命,减轻车子的重量,亲自把自己的儿子刘盈、女儿鲁元公主推下了车)之后,"刘邦带兵逃到下邑"(《刘邦项羽彭城之战:一场世界战争史上空前绝后的奇迹》)。

这篇文章告诉我们,楚汉彭城大战,确实是刘邦大败而逃,但他是向北逃,一直逃到沛县,然后带上家小从沛县向西逃,一直逃到河南下邑,才缓过气来,得以收集残部,重整旗鼓,而根本没有向彭城西南方向逃到皇藏峪山的山洞里躲藏。

至于刘邦藏身于皇藏峪石洞,吕后观云气而找到他,说的也应该不是在皇藏峪,而是砀山和永城之间的芒、砀山。《史记·高祖本纪》说秦始皇观"东南有天子气"而东巡时,刘邦吓得躲藏到芒、砀山。"吕后与人俱求,常得之。高祖怪问之。吕后曰:'季所居上常有云气,故从往,常得季。'"这意思是说,他躲在芒、砀山荒凉的深山老林,吕后和其他人都在寻找他,每次在人迹罕至处找到,刘邦觉得奇怪,就问怎么回事。吕后说:你在的地方头上总有云气凝结,所以我们根据这一现象,定能找到你。这里说明刘邦藏身不只是一处,而是在秦始皇东巡期间,他不断变换藏身地方,才使"吕后与人俱求,常得之"。而刘邦如果在皇藏峪石洞,还需要吕后多次观云气而到处寻求吗?

七

这样看来,刘邦藏身皇藏峪石洞是人编造出来的。那么人为什么这样编造呢?很明显是为宣传"皇权天赋"服务的。且看这个故事的形成过程:刘邦被项羽打败逃命时上天给他准备个石洞;石洞虽浅又是死洞,但上天又派神给他搬来巨石挡上洞口;洞口没有挡严实,上天又派蜘蛛神来洞口织上蜘蛛网。这每一次的补充都充满神话色彩,都在告诉世人:刘邦是真命天子,是天帝派到人间来当皇帝的,大家千万不要违抗天意。

还有,借秦始皇之口说"东南有天子气",秦始皇在咸阳而东南方向正是刘邦出生地沛县,意思是说秦始皇之后的天下就该是刘邦的了。说刘邦斩杀巨蛇,借蛇母之口说:"我儿是白帝子,现在被赤帝子杀了。"意思是说刘邦是赤帝的儿子,比白帝子厉害,大家都应该敬畏于他,归心于他,老老实实让他统治天下。说躲到哪里,哪个地方上空就有紫云出现,这是借当事人吕后的话进一步证明,刘邦的天子气象显现无疑,天下人都应死心塌地跟随刘邦打天下，并忠心扶助刘邦坐天下。果然，天下人"闻之，多欲附者矣"。

  我想，这有关的传说在刘邦未成气候时，就编造并流传了。编造和促进这些流传，就是为了使刘邦成气候。这或许是刘邦本人或跟随他的文人编造传播的，或许是民间自然编造流传的。刘邦后来成了气候当上皇帝，这些传说就自然被堂而皇之写进史书。先有司马迁的《史记》把这些写进去了。当然，司马迁是位秉笔直书的史学家，但在皇权专制社会中，他的思想不仅难以超越那个时代的限制，而他的精神也不能不接受那个时代的束缚，虽然他在书中写刘邦颇有微词，但他也在一定程度上宣传"皇权天赋"。至于班固写《汉书》，这是在刘邦死后，天下大乱，东汉建立的时候。东汉也是刘氏汉家天下。此书作为写西汉历史的断代史当然要维护刘氏坐天下是"皇权天赋"。

祝愿都当好人

新年的钟声又一次响起,我把满心的爱意化作真挚的祝愿,祝愿大家都做好人,让我们的社会和和美美,其乐融融。

过新年了,遇到乞讨者敲门,正赶上饭时就给点热饭热菜,没赶上饭时就给点小钱,不要让人失望。大冷天的,本来衣单天寒人家够冷的了,可不要怒视、呵斥,让人心凉。"行行至斯里,叩门拙言辞。"不到万般无奈,谁会沿门乞讨?

倘若捡到钱了,不要心存贪念,据为己有。这钱是人家用血汗挣来的,说不定一家老小就靠着这哪!也可能是临时借来的救命钱,此时此刻失主正焦急万分,痛不欲生呢!赶快送到电视台或报社去,发个认领启事吧!

如果走在路上碰到外地或乡下来的人问路,就热情、耐心地详加指点。不要装聋作哑,也不要吹胡子瞪眼,嘲笑人家,当然更不要拿人开心,专朝相反的方向指。人有所求,能满足就满足,这才是好市民。

乘车时总免不了遇到老幼病残的人,那就主动让个座吧!吃五谷杂粮,谁不会有个大病小疾?谁家都有小,谁人都会老。"老吾老,以及人之老;幼吾幼,以及人之幼。"把方便给予别人,自己会倍感充实和快乐。装睡觉,或脸朝车窗外,着实不该呀!

风雪天,在外面卖了一天青菜和报纸的人,多累多冷,能买就多买点。冬天多买点青菜一时间烂不了,买超市的菜是吃,买地摊的菜也是吃呀!那些书报买书店的和地摊的一样看,多买点,既学到了知识,又得到了快乐,还能让卖书报的人早点回家躲避风寒,多好!丹麦的那个卖火柴小女孩,要是早早有人把火柴买走了,她准不会冻死在街头。

要是咱腰包里有点钱,不要去赌,也不要去包二奶,拿出点去资助贫困的孩子吧!这些贫困的孩子,每一个都和自己的孩子一样是鲜活的生命。救助他们就是救助生命,救助祖国的未来。说不定你救助的是一位将军、一位科学家呢!

也许有一天,自己会遇到迷路的老人和孩子。那我们能送他们回家更好,不能送他们回家就给他们送上车或把他们送到派出所,或给他们家打个电话。说不定他们的亲人正心急如焚地找他们呢!

大家都关注打工仔吧。他们远离父母,为养家糊口,风里雨里拼命干,冬天夏天不惜力,容易吗?不要克扣他们的工资,老板们多积德,我相信上天有眼,会让你们财源茂盛,不尽元宝滚滚来。

坐车、逛商店、到娱乐场所,人多车多,难免有个磕磕碰碰,无论是谁都不要怄气。与人方便,就是与己方便。少一点争强、较真,多一点宽容、退让。俗话说:进一步万丈深渊,退一步海阔天空。何必为一点小事而伤了和气?

在单位,同事之间都该给对方充分的理解和尊重。人与人相遇都是缘分。这个世界这么多人,我能同你相遇并成为同事,是三生修德,造化所至,何不好好珍惜?同事之间上下之间,哪有多少大东大西的事,何必为鸡毛蒜皮的小事而耿耿于怀呢?

在家里,父亲是我们的天,母亲是我们的地。每个人都是父母生的,每个人都只有一个亲父一个亲母。我们呱呱坠地,嗷嗷待哺,是谁把自己养育成人?是父母。世界所有东西都可以报答得了,唯有父母之恩永远也报答不完。不要让行将就木的老人以绝望之心在寂寞中远行,给我们留下永远无法弥补的遗憾。

有点权的人更要想开点,不要那么贪心。人一旦贪心,心就黑,手就长。

给人办点事,人家对你粲然一笑,说声谢谢,已经够了。该办的事,你给人家办了,这是你的责任。千万别把手中的权力当股票,不断扩股分红,无休止膨胀。上了瘾,就毁了,说不定哪一天东窗事发。大过年的提这个不吉利呀！但早点提个醒,不为过。

　　有一句歌词说得好:"好人一路平安!"是的,好人定有好报,这是千古不易之理。好人总是入睡时甜,醒来时笑,顺心如意,喜事多多,快乐多多。

　　好了,我把这些祝愿放在雪被下,让它们在春风的吹拂下同麦苗、花草一齐生长,给人间播撒愉悦欢乐的芬芳。

在北去的列车上

车厢内空气污浊,各种各样的口臭、汗气、烟味搅混在一起,虽然没有轮廓,没有重量,但带有一种质感,到处飘移滚荡。这里到处都挤满了人,连洗脸间和过道都被占得没有一丝空儿,大家都显得紧张、焦灼、挣扎、无奈和痛苦。

随着几声长长的鸣笛声,火车又徐徐开动了。车上拥挤的人如刚装上车的各类货物在列车前行的晃动中一一安静下来,大家有坐着的,有站着的,有蹲着的,还有钻到座位下面躺着的。

刚上车的我,只能挤到车厢里一个座位跟前,倚着靠背艰难地站着。天气太热了,我一边大口大口地喝着矿泉水,一边四处张望。

车窗外面,暮色沉沉,山川、河流、田野,已开始被暮霭笼罩。列车如一条长长的巨龙倔强地往前疾驰。车厢内渐渐平静了。有的乘客昏昏欲睡,有的望着窗外模糊的晚景发呆。最惹人眼目的是前排坐着的一位年轻姑娘,长相靓丽,打扮入时,一头染过的黄发,穿着贴腿的超短裙,一只手拿着鸡腿往嘴里塞,一只手拿着一张地摊小报随意浏览,那咀嚼鸡腿的嘴里还时不时哼出让人听不清字眼的歌曲。鸡腿刚吃完,油腻腻的嘴也没擦净,就拨通手机,一边旁若无人地说着粗话俗语,一边放声大笑。

也就在这时,从车厢的另一端,一位老太太艰难地向这头挤来。看起来,她已经十分苍老了,脸上满是皱纹,衣着破旧,手还不停地颤抖着。不一会儿,一位绅士派头的中年男士,西装革履,油头粉面,旁若无人,仰仗自己的强壮,横冲直撞,险些把正往这边挤的老太太挤倒,竟毫无歉意,若无其事地走了过去。又过了片刻,一位衣着华丽的贵妇从老太太身边挤过。她用手捂着口鼻,脸上显出极度的不耐烦和对老太太的鄙视。被人挤来挤去,老太太脸上充满了痛楚和无奈。

她,一个风烛残年的老人,又能挤到哪儿!每一节车厢都被极度压缩的人体挤得严严实实。看来,她已经很累很累了,她已经不想往前挤了。她或许认识到她不是任何人的对手,她再也挤不动了,所以她挤到我的前边那位小美女的跟前停了下来。

夜,很深很深了。火车呜咽着驰进一个站又奔出一个站,车厢里的人不停地下去一拨又上来一拨。我也始终没有找到座位,只能倚着车厢靠背站着勉强打盹。这时,列车突然一晃动,我身子一倾斜惊醒了,抬头一看,有座位的乘客都在酣睡中,没有座位的乘客也都和我一样,睡睡醒醒,醒醒睡睡。再看那位老太太,还没下车,也依然没人给她让座位,她还是手扶着车厢座位的靠背,艰难地站立着。我问她到哪里下车,她说到北京。我抬手看看腕上的手表,虽然已是凌晨四点多了,但到北京还要好几个小时呀!她这样站着能撑到吗?

还好,列车这就到了一站,我看见一位旅客离开了座位要下车了。我心喜,这下老太太有座位了。没想到这位乘客刚离座位,同座位的那个小美女腿一跷把位子给占了。我说:"请让一个座位给这位老太太坐坐吧!"她眼一瞟,以戏弄的口气说:"好!等到北京,一定让她坐!"说话间,她的头往车窗方向一靠,两腿一伸仰面卧倒,肚脐眼露着,嘴里叼着一根香烟,一副没脸没皮的样子。

"到北京让座?那是本次列车的终点站,这分明是不让呀!""谁没有老娘呢?谁又没有老了的时候?"周围醒着的乘客都气愤地议论着。此时,她的耳朵好像全被堵塞了,依然如故地仰面躺着。

如此之人,如此之行,让人说什么呢?我想,同在一列车上,两个老者,一个有座一个无座,有座的不让无座的,说得过去;两个病人,一个有座一个无座,有座的不让无座的,也说得过去;两个年轻人,一个有座一个无座,有座的不让无座的,还说得过去。但是,如果你是年轻人,自己有座而见老人不让座,说不过去;如果你是大人,自己有座而见小孩不让座,说不过去;如果你是健康的人,自己有座而见病人不让座,说不过去。假如你是一个年轻且又健康的人,遇见老者、病人、孩子,不仅不让座而且还去抢座,还去强行多占座,那就不是说得过去说不过去的事,而是一种无耻和恶劣的行为。

列车继续前行。老太太站不稳了,几乎就要倒下了。这时对面坐的一位男青年站了起来,说:"大娘,您坐吧!"老太太看到他抱着孩子在车厢里站了好久,才刚刚找到位子,哪里肯坐!可这位男青年执意让老太太坐。

老太太终于坐下了,而那位男青年只好抱着孩子站着。我看得出来,他很疲惫很困倦,但他努力坚持着。此刻,我感到时间好像凝固了,定格在两个不同的画面上:一幅是道德的滑坡,人性的堕落;一幅是这个世界依旧有一种永恒不变的爱在传承。"老吾老,以及人之老;幼吾幼,以及人之幼"啊!但那位男青年为别人做到"老吾老,以及人之老"了,可谁又站起来,为这位男青年怀里的孩子着想,做到"幼吾幼,以及人之幼"呢?道德的大厦是由全社会人建筑起来的呀!

想着想着,我又扶着靠背进入半睡状态。当我完全清醒的时候,列车已缓缓开进北京站。在灿烂的阳光下,看着一幢幢高耸的大厦,我异常兴奋,啊!北京。此刻,那位绅士派头的男子和贵妇已不知所去何方了,但我眼前的那位老太太、那位青年男子、那位年轻的小美人,先后下了车,融入滚滚的人流中。望着他们的背影,车上那一幕幕情景又出现在我的眼前。我觉得,那位年轻的女孩,虽然长得很美,但如一团毒菌滚进这文明的都市,继而在这里生存着、扩散着。我抬眼望着这滚滚的人流,进一步想,谁能说清这里每一天都拥进多少这小女子似的毒菌团呢?他们一个个是二十一世纪的,但精神境界呢?他们一个个长得很美,但被肉体包裹着的那一颗颗灵魂呢?转而我又想"绝望之为虚妄,正与希望相同",鲁迅身患重病,还说绝不绝望。

况且,现虽有这小美人一类人存在,但不是还有抱孩子的男青年展现的珠宝般的光彩吗?

在默默思忖中,我走出北京站。偌大的广场,宽阔的街道,有秩序的人流,让我眼前一亮,心胸猛然开阔起来。

狼最贼了

深秋的夜,内蒙古高原,已很寒冷。"呜嗷……嗷……嗷,"狼嗥了起来,声音凄凉,拖得很长很长,未待尾音消停,四方山谷、盆地、苇滩和湖边就传来狼们低沉的回音。这声音悠缓、苍凉,糅入微风吹动苇梢的沙沙声,组成一个一个音波,在草原大野的夜空下弥散开来,听了让人感到有一种从冰缝里渗出的寒冷,穿透皮袍里的肌肤,从头顶到脊背。

这"阴沉悠长的序曲刚刚散去,几条大狼的雄性合唱又高声嗥起",这次引起各包牧人们的警觉,感到狼们在集中,要袭击羊群,纷纷起来,抄起家伙,牵出猎狗,点上火把,敲起锣鼓,驱赶狼、吓唬狼。

看到牧人行动起来,狼的嗥叫声就马上停止,而待得人狗声音稍停一会儿,狼嗥声又起。如此三番,就是不见狼群的行动。

就在人们都以为狼是随便冲动发泄,然后鸣金收兵回包酣然大睡的时候,群狼成功袭击了羊群。

狼负有"仅次于人大脑"的盛名。它在所有动物中最贼。很多时候是群体作战,而且有一整套战术,"全面出击,四面开花,声东击西,互相掩护,佯攻加主攻,能攻则攻,攻不动就牵扯兵力,让人顾头顾不了尾,顾东顾不了西"。一见势头不妙,它们就会立马撤退,"狼群撤得井然有序,急奔中的狼群仍然保持着草原狼军团的古老建制和队形,猛狼冲锋,狼王靠前,巨狼断后,完全没有鸟兽散的混乱"。"狼群一眨眼工夫就跑没影了,山谷里留下一

大片雪雾雪砂。"(均引自《狼图腾》)

狼打围有时比猎人心思还周密。黄羊,狼单个凭速度是追不上的,于是它们就对成群的黄羊实行群体围攻。有一次它们在一个山前大坡草地围歼黄羊,实行东南西三面合围,专留向着山坡的北面缺口。因为黄羊跑上山坡顶就无路可逃。山坡那面不仅有陡的壁崖,还有深深的雪沟,羊掉进去必被埋入雪窑里,正好成为来年雪化时狼最好的食物。羊在雪中被冻死还不会腐烂,比熬过冬天的瘦羊肥多了。

一切设计停当,狼并不急于发动攻击。它们在三面的远处潜伏,静静地等候,从上午等到下午,又从下午等到晚上。当草原夜幕垂下,羊群吃饱,既跑不动,又想睡觉的时候,憋足了劲的狼群从三面的草丛中一跃而起,像一个个鱼雷一般奔向黄羊群。这时刚入梦乡的黄羊们不知所措,它们眼睛远不如狼眼睛那般贼亮,一时间千羊奔腾,像洪峰决堤,惊恐四散。向东南西方向逃窜的几乎都落入网中,向北面山坡跑上去的黄羊,似泥石流崩塌倾泻一般悉数落入山崖那边雪沟之中。

冬夜,牧民为了防狼袭击羊群,就用大石砌起"六七尺高"的围墙。如此高的围墙,狼该束手无策了吧?不!一天夜里,大雪满天飞舞,狼群们神不知鬼不觉地来到石墙下,巨狼望了望石墙,不由分说,前身一跃,两个前爪牢牢抓住墙上面的石缝,以身当梯,让众狼从它身上跳入墙内。狼们咬死和吃掉的羊近二百只。吃饱后每只狼或咬一只小羊,或从羊身上撕下一块肉,准备给外面当梯的巨狼吃,然后又如法效仿,从里面的巨狼身上跳出墙外。剩下最后一只狼怎么办?谁也料不到,它竟然把咬死的羊一只一只在墙根下堆起来,然后它以死羊为梯跳了出来。

天寒地冻,大雪厚厚地覆盖了草原。狼群饿极了,老鼠、旱獭都躲藏在深深的洞里,上面还被深深的雪掩埋着,什么吃的也找不着。它们就在风雪猖狂的夜瞄准一个马群。无数头狼一齐昂头嗥叫,被惊吓的马群狂奔起来,它们又如法炮制围三面留一面的战法。留的这一面前面几十公里是一个大泥窝。马到底精不过狼,只顾逃命,不承想前面正是自己的坟墓,几十匹军马全部陷进泥塘里。狼群狠狠吃了一顿大餐。马又多,个头又大,它们远远吃不完,也拉不走,又不舍得丢下如此肥美的战利品,第二天又不敢再来吃。它们就排着队围成一个大圈,转着圈跑,争取尽快消化胃中的食物,然后再吃。如此三番,把这个大圈变成一条硬邦邦的冰路。

狼也单个行动。人们常见一只大狼突然冲进羊群,照准一只羔羊的后脖一口咬住,迅即侧头一甩,把羊甩在自己的后背上,歪着头,嗖一声窜出羊群,一烟溜跑得没影没踪。这通常都是早就埋伏好的,狼事前选好羊群可能走过的地方,先找个坑隐藏。为了成功得手,它常常在坑里耐心地卧几个小时,羊群经过此处,它猛地跃身跳出,以迅雷不及掩耳之势闪电般地掠走羊羔。所以,狼被称为草原身怀绝技没有翅膀的飞贼。

狼若单个逮黄羊,就先在白天选定目标,自己在附近隐藏下来埋头睡觉,养精蓄锐,到了晚上也不行动,只有到拂晓时才出击。因为黄羊入睡时都十分敏感,鼻子、耳朵都不睡觉,只要稍为有风吹草动,拔腿就跑,单个狼想在奔跑中追黄羊,很难得手。狼专等到天快亮,黄羊起身尿尿时,陡然扑过去。这时,黄羊因憋了一夜尿,逃跑不远,尿泡因胀得太过而被颠破,后腿抽筋,而成了狼的口中之食。

人说,狡兔三窟。狼有四窟五窟。每一只母狼都挖几个洞,以备不时之需。一个狼洞,通常都有另外逃跑的出口,以防不测,而且这洞又靠近树林、竹林、芦苇荡,逃出后,不会轻易被骑马的猎人追上并打中。一旦狼知道它藏小狼的洞被人发现,即便闻到人来过洞留下的气味,或发现人跟踪了它,它也会连夜把小狼叼出藏到另一个洞;如果它觉得另一个洞也不安全,它就会连夜挖出一个临时的洞把小狼藏起来,然后再选择更隐蔽的地方挖正式的新洞藏小狼。

狼崽出生二十多天,眼睛还蒙着一层薄薄的灰膜,看不清人,就很狡猾,听到人声狗叫,就知不妙,立即缩成一团动也不动装死,没有一丝反抗,没有一息声音,妄图躲过此劫。

兵家曰:"兵者,诡道也。"在草原,大行诡道者,狼也。

奔篁岭

列车到婺源站,天色渐晚。为了当天就赶到篁岭,我和夫人拖着行李,匆匆走出站口。只见一堆一堆人都在找着车,我们也茫然地加入其中。偌大的广场上没见公共班车,到处是拉客的私家小车。我们有点着急,带着笨重的行李,四处张望着。

这时,有人过来问:"去哪儿?"我顺声回头,见一个瘦瘦的黑黑的中年男人手里还拿着一张高铁票。他又极殷勤地追问一句:"拼车不?你们去哪儿?""去篁岭。"我因心急不假思索脱口而出。他说:"我也是。"说着,他急慌慌地去找车。不一会儿,他来告知:"碰巧还有一辆公交车,快走!"

咋这般热情?我们素昧平生,现在还有这等好人?因为是最后一班车,离篁岭还有几十公里,怕误了行程,我们就半信半疑、被迫地跟着他走了。

穿过人群,过了两条马路,果然见到一辆黄色中巴车。走到车前,我专门看了一下中巴车前所写的行程目的地牌子:婺源县城汽车站。于是心中起疑,我们去的是篁岭,乘这趟车对吗?莫非有诈!我立即问那位中年男人。"到篁岭要经县城汽车站转车的。走,快上车!"中年男人说话显得急急慌慌,又不容置疑。"或许是吧!"我们又半信半疑地上了车。到车上,人还没坐下,那中年男子又说:"你们隔许多人到前面买票不方便,我拿东西少,又年轻,有力气挤,帮你们买。"他这过了头的热情,让我不得不想:他是不是想麻痹我们,然后再打我们什么主意?好在我身上有零钱,又看到车上人实在拥挤不堪,我自己挤去确有不便,就让他代买了。

这时,我的眼前一个一个镜头闪现出来:

一次,我和夫人陪朋友吃完饭从宾馆出来,迎面一对漂亮男女又说又笑向我们走来。在走到我们身边时,突然抢走我手中的包,我还没反应过来,他们分别骑上附近另外两个男人早准备好的摩托车,加速逃走。

一个火车站,一帮乘客买好票在等车时下棋,两个小伙子围上来各站在甲乙两方指挥下棋。他们不停地叫叫嚷嚷,争执不停。就在下棋双方全神贯注在棋盘上时,下棋双方背后的旅行箱分别被另外两个人拿走了。当他们在争吵中平静下来回头看时,自己的箱子已不翼而飞。

……

在我脑子里闪着这些抢人、骗人、碰瓷之类镜头时,汽车开到县城汽车站附近的一个站停了下来。这个中年男子依然热情引路,还要帮助提包。我们哪里敢?就婉拒了。来到汽车站里边,他又积极帮我们找去篁岭的车。找到后,他又来领我们去上车。

就在上车时,一个年轻漂亮的女子看我和夫人提了五个包,就异常热情地要帮我们提包。怕被抢,我们当然又谢绝了。虽然没能拿包,可这女子看车上拥挤,依然主动给我们腾空位置放包,她站在我们的几个包跟前。我附耳告诉夫人,盯着包啊,不要让人在停车时突然下车抢跑了。

车开动了,一路颠簸,我的脑海中又像放了电影:宽荡荡的大街上,一位年轻女子朝拿包的三个男子走去。走到面前,她突然抢过其中一个男子手中的包,口中竟大喊:"流氓、强盗,抢我的包!"明明是贼喊捉贼呀,而旁边飞奔过来的警察竟把这女子放了,把这三个男子当成贼抓走了。

这又让我联想到坐在身边的这位热情男人。他同刚上车要给我们提包的女子是不是一伙的呢?莫非他负责在高铁站拉客,她在县汽车站同他接应,两人装作不认识,然后趁顾客不备,联手作案?说不定他们还有第三方在哪个车站口等着与之呼应,以便在顾客大意麻痹时,趁机把包抢走,然后倒转给第三方。

想到这里,我更加警惕了。汽车继续向前奔驰。太阳渐渐落下去,远近的山峦渐渐暗了下来。就在这时,前面驶来一辆汽车,车速过猛,险些撞在我坐的这辆车上。幸好,司机机灵,迅速打转方向盘,没有酿成车祸。虽没出车祸,但车却晃悠得厉害。就在这剧烈晃动时,坐在我身边的那位中年男子为保持平衡把手一扬,我正好看到他手中的一张火车票,上面显示"合肥"字样。

此时,我更觉奇怪了,他本来是到合肥的,为什么在婺源就下车,而且还跟我们一起去篁岭呢?真是想尾随抢劫或骗我们不成?又碰到一个这么热情的女子上车来了,难道是巧合?

越这么想,我把自己的包看守得越紧。

汽车沿着山道继续向前开。一路上几回人上人下,庆幸没有发生意外。

一个小时后,目的地到了。这时天的黑色幕布完全笼罩下来,篁岭站周围山丘看不到任何影子了,只有饭店、旅店和小卖部闪烁着点点灯火。

为了防止意外,我抢先下车,堵住车门,和夫人一起把包分别拿下。这时,只见那位年轻女子扬长而去,并没有理会紧靠我身边的那位中年男子。他们是真的互不相识,还是假装为路人?我依旧疑惑。

"现在恐怕旅社床位紧张了,我领你们找吧!"那位一路热情有加的中年男子下得车来,又热情地说。

我抬头四处看看,到处都是没找到住宿的游人,也只好带着心中的疑虑,跟着他走了。他领我们跑了几家问讯,最后终于找到了容我落脚的地方。只见他跟店主小声嘀咕几句,然后向我们招招手就走了。已经对他起了疑心的我极想知道,他对店主说了什么。如果是想从我们住宿费中要点回扣,那也算不了什么。人家毕竟从婺源高铁站把我们引领到篁岭,一路操心呀!可万一他是同店主商量趁夜深入室抢劫就坏事了。

我和夫人住下,连房门都没敢出,随便吃点带的零食,然后我把门反锁上,又把室内容易发出响声的盆放在门跟前,就入睡了。

因为连日旅游,非常疲劳,我一觉睡到日上三竿。"啊,天下太平,啥事没有,自己吓唬自己啊!"我伸着懒腰,长舒了一口气。夫人在一旁笑着说:"你心里想得太多了。"

这时,我惭愧得脸上发烧。然而,我心里又突现与惭愧作对的镜头:武汉一个儿子溺水身亡,家长拒接了56个电话,因以为是骗子打的;光天化日之下,一名老人在上海淮海西路大街上摔倒,头磕破血流不止,站立不起,无人敢上前搀扶……

想到这里,我对夫人嘟囔着说:"能怪我吗?不是互害,怎会无法互信!"

尽管心里愤愤然,燃烧着不平之火,可我又不得不承认,我心里也藏了些许狭隘,而忘记了"十室之邑,必有忠信"的古训。你们看看我一路上心里都想些什么,多么龌龊和阴暗啊!那位中年男子倘若知道我是这么看他的,他会做何感想?我是标准的"以小人之心,度君子之腹"。

诸君读后请不要只顾讥笑我,如果你怕羞,我可附耳问一句:"你心中可有一丝阴暗?"

SUIBI JUAN

随笔卷

神性之手的触摸

——读张秀云《一袖新月一袖风》散札

一日,阳光洒满天空大地,我不由得打开二楼朝东的窗户,光线像流水一样倾泻进来。望着眼前装帧精美的《一袖新月一袖风》,带着怡悦的心情读了起来。书中的篇章如普照身上的秋日暖阳,如轻轻拂来的春日柔风,引领我观赏不可言喻的美景。就这样,从上午一直读到下午,读到人约黄昏后,读到月上柳梢头,读到这座城市都进入了梦乡,我仍然不忍释手,还兴致勃勃,亢奋不已。

——写在前面的话

"立了秋,几场雨后,凉意就来了。晨起下楼,感觉露在外面的半截胳膊就像浸在水里一样,沁沁的凉。"

"路边的树还是绿的,没有一点凋零的迹象,只是那一团一团的绿,就显得格外深幽,格外阴湿寒凉……秋水也不一样了,不知从哪天开始变得深邃了……"

"……晴好的时候,中午还有一点点热,近乎温暖的热,等太阳往西一斜,凉意便生出来了。晚上,庭院里流动着薄薄的一层凉……"

"如果是雨天,凉意就更深一层,席子早就铺不得了,躺在上面,夜半时分,会觉得凉意浸骨……"

"这刚洗净暑气的新凉,浅浅的,到达皮肤便停下了,如柔滑细腻的丝绸,滋润、体贴,懂得人心似的,凉得恰到好处。"

　　这是张秀云这部散文集开篇《秋乍凉》里的句子。休怪引用这么多,只因我太喜欢这样的文字了,低声慢语,雅致,恬静,细腻,温润。她通过"刚洗净暑气的新凉","浅浅的,到达皮肤便停下了"的浅凉,"沁沁的凉","湿答答的凉","飕飕的凉","阴湿湿的凉","薄薄的一层凉","萧萧的凉","夜凉如水","凉意浸骨",再配以白日天的高蓝,云的白洁,天空的澄澈,夜晚天幕的辽远,月亮的皎洁,星星的闪烁,还有桂花飘香,秋扇见弃的隐喻,一层层扩展,一层层深入,多角度、多层次地写尽了秋凉。我想,能对立秋过后,特别是下了几场雨后的"乍凉"捕捉得如此全面、准确,并表达得如此生动、形象,除去作者观察得秋毫之细外,就是神性附于笔端所致。

　　像《秋乍凉》中的这些神来之笔,在《一袖新月一袖风》中触目皆是。蜻蜓、蝴蝶、蛛网、蟋蟀、笔、墨、纸、砚、韭菜、豌豆、丝瓜、石榴、桂花、红棉、银杏、花椒、杏花、桃花、梨花……秀云似天人一般,万事万物,即便很微小的,只要她信手拈来,便妙笔生花,雕成一件天然的艺术品。

　　那些语言似从天堂的字典里随便地拈来,轻柔地抽出美丽而纤细、精致而湿润的光。我能想象出,秀云在平常的日子里,沉醉在她用文字构造的小院中,是怎样安安静静地纺织着汉语文字的经纬,在打磨汉语文字之光中又是怎样恬静安然地思考着、观察着、生活着。

　　就散文而言,我喜欢写得苍凉、壮绝、雄强、古拙、质朴、沉郁、深邃的,那视通万里的穿刺力,那拔地千仞的突兀性,那敢推泰山以填东海的雄浑气魄,那敢向死而生、伏剑而死的精神,让我热血沸腾,甚至终生难忘。如嵇康的《与山巨源绝交书》、司马迁的《报任安书》、左拉的《我控诉》,等等。

　　但是,我也同样喜欢汉字从作家笔下流出,如纯蓝高邈的天空飘着的白云,柔和、妩媚,随着情感的流动,文字时而透着明灿灿的鲜亮,时而散发蓝幽幽的光晕。读这样的文字,如品香茗,让人清新,如饮佳酿,让人沉醉,如沐春风,感到温润,如遇美食,感到甜美,又不失高雅、洁净、淑婉。秀云就是这样的散文作家,她写出的就是这样的文字。我读她的散文,感到有无边无际的空灵感,能听到鸟鸣和花瓣散落的忧伤和柔情,就好像有一种如醉的深情的旋律滑过耳际,那些如煨着慢火似的语言,带着淡淡的忧伤、缱绻的柔情,直达我的心底。可这之于我则望尘莫及焉。

阅读中,我深感秀云天性和灵魂里或为诗人和音乐家,所以我尤为细心地阅读了《音乐小辑》。果然,秀云喜欢并能使用箫、二胡、古筝、萨克斯演奏。她深情如醉的文字渗透着一种旋律,穿过耳膜,直入我的心底。我沉浸在如水的文字旋律里,任思绪随之起伏飞扬。她的文字如乐器,前奏渐起,似有若无,袅袅的、缓缓的、柔美的,似曼妙的女子长袖飘飘从湖水上划过,轻扬、飘逸,漫溢出一圈一圈的涟漪。情深无边,深情如泣。这使我慢慢沉浸到古筝演奏的《汉宫秋月》之中,那铮铮的乐声,弥散空中,绕树漫水,隐约如天外之音,我迷醉不已。我又好似听到她用萨克斯演奏的《回家》,从那悠扬、苍凉的曲子中,我感受到一层淡淡的忧伤,与路人一样生出无家可归的迷惘。我又好像见到艺人阿炳,见他在一把弓两根弦的二胡上将《二泉映月》拉得让人心碎神惊,柔肠寸断。特别是"箫声隔暮云",秀云用真情妙语,让我浮想联翩,不能自抑。"箫声咽,秦娥梦断秦楼月""二十四桥明月夜,玉人何处教吹箫"的画面不停地在眼前闪现;《化蝶》的凄咽,《枉凝眉》的悲音,不停地从箫孔里透迤游出,弥漫我的身心;《苏武牧羊》那沉郁悲凉的古音,低回往复,透彻心扉的凄凉和无助,让我感慨万千。

读完《音乐小辑》,我又读了书中的《相思醉》,这部分21篇文章,主要是秀云对古典诗词品读的结晶。这让我明白,平平淡淡的方块字,在一个作家手里能立马变得高妙无穷,或如电光闪射,或如花儿吐芳,或如蜂蝶飞舞,或如蜜汁润心,让人眼前一亮,精神一颤,立即打通了身体经脉,说不尽的舒坦,除了天赋之外,就得益于作家的内在修养。读秀云的散文如饮新鲜乳汁,浸润每一根神经和血脉,如品经年陈酿,在唇边散发弥久不散的醇香,这同她长期在音乐和诗词殿堂里受熏陶密切相关。这正好给我们作文提供了范例啊!

读秀云的散文,我觉得她之所以能写出那些天人一般的带有神性的文字,除却深厚的修养之外,还得益于她有一颗善良、柔软的心。晚年的杜甫,拖着饥寒交迫的病身,在风雨飘摇的乱世里潦倒地行走,天地茫茫,乡音杳杳,何时是个头?哪里是归宿?"丛菊两开他日泪,孤舟一系故园心。"一般人读来,可能会看到深秋里青衫单薄的清瘦诗人,在一丛菊花跟前叹息流连,木然地感到画面的风雅。可善良敏感的秀云却从诗句中读出诗人的内心之苦,从而在自己心中泛起阵阵悲酸,于是就有了《无关风雅》的动人之章。

有一个叫福基的娇小的日本女子,她是与李叔同相伴十一载的妻子。秀云看到她于早春二月的寒风里,在虎跑寺外长跪不起,哭着央求李叔同离开寺庙跟自己回家,心里是那般疼痛。她不忍听到福基绝望的哀哭,不忍看到福基"绝望的眼神和汹涌的眼泪",她不忍福基飘零异国和孤灯独泣,她更忍受不了"正温热地缓缓流着""情爱的河",被"突然抽出刀来,齐刷刷地斩了下去"。于是,在她的笔下就有了《天心冷月照孤影》的感人佳作。

散文是藏不了心灵的文体,什么样的心灵写什么样的文字,任谁也隐藏不了。一个恶俗之人,一定会同高尚善良之文绝缘;一个铁石心肠之人,一定出不了让人柔肠寸断之语。恶之花不会在善良柔软的土地里长出。善良柔软的心地更有助于天赋神性之树的繁茂生长。"智者必怀仁",怀仁助智生。

城市的上元夜,秀云有时也会驻足观赏,不过她大都远远地立在暗处,立在闹市之外,远远地"看着一束束的焰火腾空而起,绽放出漫天花雨,又转瞬寂灭"。但天性敏感的她感慨:"烟花易冷,繁花易散,羡煞旁人的明丽之外,就是曲终人散的幽暗。怒放是给外人看的,高空的惊寒和温暖的疼痛,唯有自己明白。"

秀云不喜欢这样的人生,她"更愿意安静地立在暗处"。如今谁还愿意当一池静水,不让风来吹皱呢?如有,也一定很少很少。有的作家想让风把自己吹起,掀起滔天巨浪,吹得越高越好。他们也因此炙手可热。但我还是固执地认为,他们只是充气娃娃,一时的丰满、光鲜而已。我喜欢秀云这样的作家,特别喜欢她立在暗处的姿势。我期待她立在"灯火阑珊处"的那一天。

站在桥这头凝眸

我早年作文曾用笔名柳郁。因我喜欢柳树的绿色,感到它温婉润泽、沁人心脾,不闪目刺眼,不扰人心魂,让人不浮、不躁、不腻,让人沉静、纯洁、安然。

由于这种初心始终未改,故当"绿柳"二字闪入眼帘时,我的目光停留了下来。

我同绿柳素昧平生。我在桥这头,她在桥那头,对面烟锁楼台,红尘三千,人头攒动,不知谁人为绿柳焉。

我是从大量的文字,一个字一个字读过去,一步一步抵达她的。

绿柳的文字没有晴天霹雳、黄钟大吕,大概她本人从没想过惊天动地、空前绝后,只是想我手写我心,写自己愿写能写的东西,写自己的怦然一动,及时捉住心头飘来的一缕思绪。

"星斗其文,赤子其人。"读绿柳的文,如春风徐来,枝头新绿,暖意融融,觉得一颗冰凉的心,退去寒气,生出温意,又有些薄凉,但安然、淡然、明丽、洁净。

文章是一个人心的留影。读绿柳,知她喜欢恬淡、安静、没有叨扰的日子,只管流年在指尖上缓缓流过,不要大波大澜、大喜大悲,腻烦喧闹、噪声、杂音、太过绚烂和耀眼。故她特别钟情于秋沉醉于秋,愿在秋来向晚的风声中临水独立,凝目秋的清幽、秋的高远、秋的淡然、秋的空旷与寂静,安守秋的"清澈如水的光阴"。即使是盛夏,她也把岁月种满静好,心存"一脉沁香,让一盏茶缘浸染了荷的芬芳,以一朵莲的姿态在时光中幽居,等风来,等雨落"。一颗如初的莲心在"诗里落脚",把自己的心安放在喧嚣对面的一隅,始终保持着"于繁华处不惊、于喧嚣处不亢、于寂寞处不叹、于缤纷处不扬"的难得境界。

我们处在喧嚣和显摆的时代,环顾周遭,有几人能在繁华、喧嚣、缤纷和寂寞中不惊、不亢、不扬、不叹!不着俗色、素心简净、朴实安静的人如凤毛麟角。与此相比,绿柳该"天下慕向之"呢。

当今,许多事,你不找人,人来找你。在这种情形下,不淡定的人,自然更嚣张;淡定的人,也叫你不得安。常常越是高洁的人,心儿越"寂凉"、越"孤独"、越"惆怅",甚至越"疼痛"。

怎么摆脱"寂凉"、驱走"惆怅"、消弭"疼痛"?

"晒墨、晾笺",将自己的心绪"在纸页间安放"。寂静的夜,四周无声,她"盈一怀月光","轻触每一个安静的字符",寂然的心潮就开始翩然起舞,汇就一曲曲沁人心脾的妙章,内心深处的静寂、薄寒,什么孤独、愁闷、怨恨,都一股脑儿远去。于是伴着夜的静美时光,在烟水缥缈的光阴里盛开出一簇簇文字的花朵。

她快乐地说:"单薄的文字里,有风和阳光,倚着春的裙角,诗意而缓慢地徜徉。特别喜爱就着白纸黑字的清香,一盏茶,一页书,可以看菊花在杯底浮沉,也可以听云朵在檐角踩出声浪。门缝深处,不知什么时候,挤进一枚词语,一边曼舞,一边婉转吟唱。或许生命的美好就在于此吧?"

此中的深意,真正的作家都明白的。我隐约感到,每一天,每一个晚上,如果没有笔,她便无法安然度过;如果没有文字留痕,她会倍感孤独。是笔和文字,帮她驱走了一切不悦,让她每天过得比他人更甜蜜、充实、安然。是笔与文字照亮和温暖她的心海,使她的精神之莲始终不败地开放。

读绿柳的一些文章,总觉得细腻的文字里透着缕缕书香和古典气息。看了《读书——一场精神的抵达》,我明白,为了不使自己的日子"变得如海浪退潮般疲倦而沉寂","为了消除这若隐若现的焦虑和恐惧",她"如同干枯的海绵般不停地汲取着水,好让内心一直保持着适度的湿润和厚重",一直不停地跋涉在书山之途。

她一定不想做那种看上去好像有文化的人。她知道,读书会帮助自己超越自身的经验局限,开辟自己的思维深度和宽度,不在偏狭的一己之见里自鸣得意。任何一个作家的写作,哪怕是伟大的天才,都需要阅读背景的支持。读书让人大气、厚重、深刻、沉稳、踏实、庄严。人们常说:"听君一席话,胜读十年书。"这无疑是句恭维话。如果真有这样的听者,也是他有长期苦读和深思的根基。一个傻瓜,别人讲得再好,他也未必能入耳。当然,读书不是为了在写作中掉书袋,可是一个知识丰富、思想深邃的人,他的气息会浸润到文章中。读书会让人的精神有浮雕般的力度,思想有切割般的锋利和令人惊叹的高度。

真水是无香的。这话是由绿柳每篇文后都有许多赞语想到的。读者叫好,是好事,这是对作者的认可和鼓励,可也容易使作者飘飘然,所以在某种意义上也可以说是一种美好的"噪音"。钓鱼须安静,捕猎也须安静。无论别人怎么喧嚣,先别乱了自己的方寸,心气浮躁,就容易轻慢文字。

好像谁说过:声誉这种东西就像套在虎狼脖子上的铃铛,行动带来夸张的喧嚣,将使自己无法捕获猎物。所以,夸赞任人夸赞,自己则要岿然不动,坚如磐石。我想,绿柳一定会一如既往,淡然地生活,默默地读书,安静地写作。

绿柳很年轻。年轻的生命足够她走长长的路,攀高高的峰。也许嫣然花开,大地春的讯息,离她已经不远。会不会有一天,高山仰止,令人难以望其项背,也未可知。期待呢!

噢,读了她那么多作品,我还不知她姓甚名谁。这不打紧,正如我们只知鲁迅而不知周树人,只知茅盾而不知沈德鸿,只知巴金而不知李尧棠一样,已经足矣。

袅绕着灵魂的香气
——读许冬林《养一缸荷,养一缸菱》

> 好的散文是美的灵魂滋养出来的,正如女人在湾湾流淌的清溪中沐浴,才会有纤纤玉手。
>
> ——题记

我读书向来无法一目十行,更做不到"一日看尽长安花"。遇到好的书和文章,我总是慢慢地读,像品一杯茗茶或陈酿,反复者三。冬林是笔下有精灵跳动、带有纯正气息的作家,读她的散文,我从来不敢也不愿匆匆,不敢也不愿囫囵吞枣。收到《养一缸荷,养一缸菱》后,我从头到尾一篇一篇静静地读了两遍,感到每一篇都蕴藏着不可侵犯、让人仰视的高贵灵魂。全书散发的娴雅、萧淡、纯洁、清贵的气息,紧紧地俘获了我,让我愉悦地享受着这清凉纯净的灵魂幽香。在这简静、柔婉、雅致、清新的文字小溪中,我的心灵一边徜徉着、体味着、吮吸着,一边被洗涤着、抚慰着、融化着。

一

《养一缸荷,养一缸菱》,乍看这书名,小气、可怜、朴素得如路边一棵不起眼、无人在乎的小草,不像现在标题党一族,文章的题目和书名起得专朝俗眼俗心里戳,也不像当年"东风吹,战鼓擂"那般气壮和骇人。但细心一品,就见出冬林远离自然故乡的孤独和向往纯净自然的心魂,隐喻了身处三千繁华、万丈红尘的她,需要清凉抵抗燥热、沉静消融轻浮、纯洁涤荡污浊。她渴求有一纯洁、萧淡、安然的处所,安放和抚慰自己,让自己生命的光阴,诗句一样的心灵,不感到孤寂、孑然。与自然万物中的荷和菱天天默默对望,虽不能言,但气息相通,自己感到活在自然里,活在纯净中,感到生命在时间流动中充盈着芬芳和清贵的气息。

打开书页,恍惚进入大自然之中,小鸟啼鸣,蛙声阵阵,微风轻拂,翠盖微斜,小雨绵绵,雨珠弹跳,阳光普洒,月色溶溶,草儿散发青气,花儿微笑吐艳,小儿玩耍,牧童吹笛,大婶树下乘凉,村姑河边捣衣。暮春、盛夏、金秋、寒冬,四时风光不同,一切尽收眼底。人们年复一年地在"二十四个节气相牵连的长长光阴"里过着平淡、简单、静好的日子。在冬林跳动的文字音符中,这些美景总是散发着一种特殊的香气。不是浓重的香,也不是佯装的香、带有脂粉气的香,而是如浅浅的荷香、幽幽的菊香一般淡淡的香,是纯正、纯洁、纯真的香,是不掺任何杂味、污浊和庸俗气的香。这与书名互为印证、烘托、充实和突出了书名中作者隐含的精神和思想内核。

二

写物是物又不是物,写花是花又不是花。冬林名曰写荷写菱写花写草,实则在写世相、写人生、写自己。她在写自己与植物相处相亲中渗透了自己的心绪和灵魂,写自己在这个世界独一无二的存在。

她写柳,是因为"临水的柳,素淡疏远,内心摇曳","兀自低眉婉转","无意于惊人和骇世"。实际上是她欣赏有"清逸之气","外表贞静端然而内心柔软的女子"。她写栀子花,是因为它"开起花来,一朵朵悠然芬芳,令人心思简静",是因为自己醉心于"素色"和"温婉清美的姿态"。她写菊花,是因为喜欢它"清幽的香,香里有恬静而内敛的心田"。她写朝颜,是因为"喜欢朝颜的名字,安静、莹润,暗香袅袅的样子",是因为"遇见朝颜,就像在一池碧水里遇见自己"。她写海棠,是因为它"垂手如明玉,亵渎不得。它妩媚妖娆,又难得有静气","开在月色里,又烂漫又静寂","美艳里没有杂质,没有妖气,没有尘俗气,是纯真的美艳"。她写昙花,是因为它平常日子不招惹人眼地默默孕育,成熟后仍躲开热闹的时间和场合,于"残月在天,星河欲曙,而人间万物阒寂无声"之时,徐徐舒展,露出浅笑,兀自现着端庄、圣洁和芳华。

花乎,还是冬林乎?花似冬林,冬林又似花。同类相近相亲相爱相融,异类相斥相远相疏甚至相恨,万物皆然焉。冬林散文的选材和角度一定受她灵魂和思想的指定,文中语意的表达也一定是她心魂的流露。

三

我默默翻阅每一篇玉音婉转的文字,仿佛看见一位静若松生空谷、艳若霞映澄塘、神若月射寒江的古典女子款款地走来。她总是袅娜羞涩,含情脉脉,温婉娴静,笑语盈盈。这是许冬林,抑或是她向往、倾慕和效仿的模本。她腻烦泡桐花,"它盛开在高枝上,大手大脚,不遮不掩,香气浓烈到熏人,像大婶,似大嗓门的大婶。大婶站在高冈上,和男人理直气壮地说粗话,得胜时敞开嗓门大笑,那笑声能砸死一头猪"。因她笃爱内敛、细腻、文雅、温柔的小女子,讨厌那种女汉子,如《红楼梦》里的史湘云,"一边喝酒,一边朗声大笑"。她也反感桃花的风姿。"它们不开则已,一开就是大动静,那么烈,像火燃烧;那么艳,像吹吹打打洞房花烛的新娘子,可是不娇羞。"她钟爱梨花,"梨花盛开,玉一般白,雪一样轻盈,有书香女子的贞静。它即使打开了所有的花朵,即使所有的花朵缀满枝头,依旧是那种安静淡然的浅笑。它不像桃花,桃花一笑就不留底。它再怎么开,都节制,都低调,都想着留白"。冬林心中有古意,她从心眼里嘉许、向往含蓄、贞静、不自美、不显摆、不大肆张扬和显山露水,宁要"窗前的白月光",也不要"胸口的朱砂痣",即使激动了,也是笑不露齿,"内心小荡漾"。

她衷心嘉许的不只是表面看去清风明月、赏心悦目、顾盼有度、神逸适当,更是剥去肤浅的美丽外表,心有纯洁、静雅之气,放在人海里凹凸出非同一般的灵魂。她钟情芭蕉,是因为"芭蕉总是寂静含蓄。芭蕉懂得宁静,可是也洒然,也婆娑摇曳。芭蕉更像一个深怀古意的女子,安然地活在市井烟火里"。言为心声。她坦露:"岁月已深,而心亦静",中年以后,想伴一丛芭蕉,也横阔也细腻地度过流年,愿被芭蕉绿过的心,永远"清凉寂静,不悲戚,也不念念"。她为啥愿"与竹为邻"?因为竹子"清凉有古意",因为她倾慕"含蓄蕴藉"的日子,喜欢"竹荫下的寂然",想往自己在这清凉寂然的日子,"凝结一块古玉,透明无瑕"。所以,她向往"茅屋一间,新篁数竿,雪白纸窗,愈喧愈静",置身其中,在"竹荫下来去悠然,淡度光阴"。读到这里,我想,身处乱花迷眼诱心的时代,一个小女子的内心世界还紧紧包裹着化解不开的浓浓古意,真是稀罕,难得。

四

她的每一篇散文都是轻轻地慢慢地有条不紊地絮语,没有快节奏、多重奏、高八度,都是不张不扬、不急不躁、不轻不重、不蔓不枝,就像一条缓缓、轻轻、细细流淌的小溪,呈现着一派清和、圆润、娴雅、平静之态。然而,细细咀嚼后却能见出她婉转柔美的文字透着不屈的灵魂。她一边赞扬山中桂子,在人们看不见的僻静清幽处,"寥落地开,寥落地败",以老老实实的姿态,过着"最日常,最民间……无惊无澜的日子",一边又不动声色地叙说自己"躲在书页笔墨之后,躲在清风明月之后,过着清凉的生活"。在浑浊滞重的世俗对面,像清凉落寞的山中桂子,遗世独立,独自花开花落,独自享受这无边的苍茫与静谧。她写山中桂子,是自画像,夸山中桂子就是同污浊的世界建立一座隔离墙,在内心举行"庄严的仪式",供奉自己不与世同的不屈灵魂。

就像平静的湖水有时也掀起波涛一样,冬林的语言偶尔也露峥嵘。她说:"我也是孤傲的……所以睥睨俗世俗人。"她铁定"一颗素心要一素到底,不同流,不合污,不与油滑浅薄者为伍","不谄媚新贵,不趋附达官",决意在江边小镇过"一素到底的日子"。"一素到底"——斩钉截铁,干脆果断,态度决绝。

同是牡丹画,她喜爱墨色。因为"这是一种无意于以颜色悦人的骨气和贵气。明明可以姹紫嫣红,明明可以千娇百媚,可是却只寄身于或浓或淡的墨色里,深情婉转而不言"。冬林笔下所至有弦外之音。有姹紫嫣红之色者,到处不遗余力地姹紫嫣红;没有姹紫嫣红之色者,也涂脂抹粉冒充姹紫嫣红。有千娇百媚姿态的,到处横不下的样儿疯狂地千娇百媚,让人呕吐;没有千娇百媚姿态的,也拉皮、割眼、瘦身,重新组装得千娇百媚,让人恶心。很少有人把"姹紫嫣红""千娇百媚"寄身于墨色里,"孤绝地扭头不去承欢",骨子里散发着"无意于张扬"的"清贵"之气,"无意取悦于男人和这个世界"。也没有几人能"心有清贵,不逢迎讨好,不献媚,始终按照自己的姿态,活在这个世间,活成一朵墨色牡丹,看尽繁华,灵魂巍然挺拔"。如果说有这样的人,冬林也!

五

从冬林的文字中,人们会发现她"像一株植物一样,在光阴深处散发自己最原始本真的气息"。她"想让魂魄游离,穿在一朵杏花上"!"想在一个露水微凉的晨晓,在一个古意尚存的村子,做一朵旧年的杏花!"不管有没有人欣赏都盛开,"不管风来不来,芬芳和清凉都在"。她真正向往"一块园,一树花,一户人家,静谧、安稳、寻常,寻常中透着人间烟火的亲切和盈盈的美意"。认同挖一口塘、种几亩地、生养两个孩子的日子是庄严安稳的。她不愿做"金屋藏的娇",不愿是"红袖添的香",不愿"浓艳"、"娇媚"、"烈性"、大红大紫,成为当红的"辞藻堆砌的华章"。她只想"不惊艳,不扰人",做一个平凡、孤独的女子,在荒僻的角落,以"一种风日洒然的姿态",过"敦实""宁静""淡泊"的口了。

由此,我想到罗兰·巴特的话:"写作的零度。"照史铁生理解,此语为"灵魂最初的眺望"。美国作家梭罗曾在瓦尔登湖畔独居,为自己盖了一间简陋的小屋,每天在森林中徜徉,在湖边散步,然后把自己的深思和感受化成纸上清新独特的文字。他要在隐居中寻找繁华尘世中人在物质享受中丢失了太久的生命原初的意义。他渴求人类回归自然,走向本真,生活简单再简单,朴素再朴素,淡泊再淡泊。他的呼唤穿透丛林,穿越时空,至今还在世界回响。人们听到了吗?没有。但冬林听到了,她的心灵同梭罗隔着遥远的时空无缝对接。问当今天下,有几人的心灵还散发"最原始本真的气息"?有几人的心"透亮纯净,如开春初醒的湖,未起波澜,未曾浑浊",还"朴素得像一个简洁的名词、形容词还没有来修饰或纠缠"?又有几人的心灵还追求和向往简单、朴素、淡泊,停留在生命原初的状态?

文学写作,长路迢迢,若想不辜负自己的才华,必须有持之以恒的定力、耐性和静气。这个社会太诱人了。祝愿冬林时时注意"把自己从炫目的奢华世界里拎出来,放到别处,放到灯影寂寞处,清凉度春秋",永远"像是合唱团低声部的吟唱"者那样从容、淡定。

收梢还美,才是完美呢!

如水文章不染尘
——读《风华女子》随感

今年5月,在北京散文峰会上,我认识了一位作家如水,真名曹洁。她捧给我几部系列散文书稿,其中一个系列为《风华女子》。

哦,又是写女人的。对此,我已经习以为常了。

当我静静读进去的时候,却因其不拘一格而对她刮目相看。这些文章如夜莺在舒缓地、浅浅地歌唱,撩拨神经,清洁空气。文风超凡脱俗,朴实自然,温柔其外,傲骨其内。那轻轻的、低低的、柔柔的倾诉,读来让人感觉有曲的悠扬、舞的轻盈,苦涩中蕴含着缕缕温情、丝丝甜意,既暖人又润心。不轻薄,不乖巧,没有病态、腐气和酸味。那轻逸出尘的语言,如经圣水洗过一般,纯洁、清新、亮丽、盎然而富有生机。沐浴在这样的语言阳光中,心就如被碧水洗过一般清澈。

我更欣赏的是这些散文所呈现的内容和所表达的思想。

就说她写魏晋南北朝时期的才女苏若兰吧。若兰十六岁许窦滔为妻,后窦滔拜襄阳安南将军,若兰因他与歌姬赵阳台有染,拒绝同往,滔遂携阳台赴任。若兰自伤,夜不能寐,仰观天象,由那些布满天宇、玄妙有致的星辰,悟得璇玑之理,便以爱心为经,以丝线为纬,织锦一幅,作一首凄婉的回文诗寄夫。窦滔识得若兰心思,送走赵阳台,具车以盛礼迎若兰,归于汉南,恩爱愈重。

如水让人们透过历史的烟尘,倾听已远的若兰那"隔窗而语的清琴楚流",看她优雅转身的瞬间,留下如歌如水潺潺而动的"华美乐章",写她"为情爱而生,为情爱而终"的兰心蕙质女子的柔美风情和执着专一。

如水也写到唐代才女余幼薇。幼薇,天资聪颖,风姿卓然。她先与温庭筠相知,温庭筠初待年幼的幼薇,如兄似父,怜爱有加,使幼薇不自觉动了情思。但不知是因悬殊的年龄,还是别的原因,这位才情斐然、词史上里程碑式的人物,并没有以情爱相报,而是绝情地一点点远离,最终飞离了幼薇的视线。可怜幼薇"以文字为砖,砌了一级级相思的台阶,独然伫立守候,却不见鸿雁传音"。后,她被李亿纳为妾,但原配裴夫人妒心不容,"李亿一纸休书,遣其出家,安置于长安咸宜观,为女道士,道号玄机。她仍一往情深地念着她的情郎,以诗寄怀"。可怜她"枕上潜垂泪,花间暗断肠","忆君心似西江水,日夜东流无歇时","而她的李郎却早已携夫人赴任远去。她时时念着的李郎,早已心安于幼薇之外"。

"所爱即逝,所盼成空,悲伤难遣"的幼薇,从此漫游于江陵、汉阳、武昌、鄂川、九江等地,移情山水,亦曾放纵情怀,以求知己,以卓异才情与许多文士以诗相赠,但终是孑然一身,无奈地吟出"易求无价宝,难得有心郎"的悲叹。

二十六岁那年,幼薇"一定是早已看惯了那些猥琐男人的丑恶嘴脸……毁灭了自己,以断薄幸男人的念头"。如水既惋惜又悲愤地写道:"满地的红叶真情,既无人识得,无人捡拾,无人珍存,那么,我们自己落,自己拾,自己包藏,自己带走。"何等刚烈,何等高洁! 只有识得了幼薇灵魂的本质,才能写得出此等言语。如水如此浓墨重彩地抒写,既悲叹这位清婉多情的才女情短命薄,又庆幸其灼灼风华长存于历史的章页。

如水还写了唐代另一位才女薛涛。薛涛八九岁能诗,十六岁入乐籍,大半生在军营幕府过着营妓的生活,脱离乐籍后,退居浣花溪为女冠,六十三岁终老,一生风雨,始终未嫁。她先遇韦皋,后遇武元衡。这两个男人都是薛涛人生中举足轻重的人物。在男权社会中,一个女子为幕府营妓,无论如何聪颖慧辩,都难以在政治军事中应酬、周旋、生存下来,是韦皋和武元衡相继为她撑起保护伞。这是薛涛不幸人生中的幸事。

而对薛涛伤害最深的是风流才子元稹,他为薛涛的才情风韵折服,倾倒沉醉于薛涛温润丰富的情感之乡。正是这个男人让薛涛"一改往日与文人远近有别的相交方式,不只与他以诗相和,而且,以心相合,她倾尽一个女子的全部与他相恋,与他缠绵,甚至将自己所有寄望于这个迟到的恋人。可叹,这个取字为'微'的男子,果真委顿到渺小甚至卑微,他一去远逝也还罢了,竟一面于妻子韦丛殁后大书特书'曾经沧海难为水,除却巫山不是云'的怅叹以示忠贞,一面不忘纳妾娶妻另寻新欢,而薛涛之意之情之恋则虚与委蛇抛于蜀地淡于蜀地冷于蜀地"。华年已逝、情爱了无的薛涛无限悲愤地叹息:"风花日将老,佳期犹渺渺。不结同心人,空结同心草。"

如水用简洁的文字,饱含深情地道出薛涛过人的才情、碧水似的柔情、青竹般的孤高,以及她"夜夜沉浸于落寞凄苦之境"和其"繁华背后隐藏着的空白与悲凉",一生热望自己的美梦,却一生空空,以致今天的人们都捡拾不起这遗落千年的沉重。如水用凄美的文字倾诉了对一个女子高贵生命的赞赏和真纯的情感得不到回报的痛惜,让读者在不尽的惋惜中,仰视高贵,敬重真纯。

同样是写女人,读者会在如水那自然而优雅、淡定而从容的文字中,悄然浸润,悠然洗心,就好像进入纯朴、温婉、雅致的境域,好像沉入一片纯洁、明丽、碧绿的仙水,感到自在和清爽,有一种美好的精神慰藉。

如水说,她面对已逝的古人,只"缘于一种对生命的疼惜",是想让人们仰望"那些曾经卑微却高贵的灵魂",从她们纯洁的生命温度、坎坷的人生长度中,体味那些风华女子给历史添了多少柔情、温润、苍凉和厚重,从她们妩媚憔悴的容颜里看出她们的华彩和靓丽。

我以为,如水虽只以文字的形式"去守护那些华丽高昂的灵魂","仰望如此卑微却蓬勃盎然的生命风姿","悲叹她们难被珍惜呵护而无端陨落的生命",其实是在以澄澈之心在打捞生命应有的美。

如水正走向一条朴素、真实的路。虽然她现在只是一名普通教师,虽然她写的这些作品发表很少,但我相信她会越走越宽广、越灿烂。天下自有不盲不俗之人,她的作品一定会受到应有的尊重。

祝如水继续前行,一路走下去。

故乡，永远画不了句号
——读王玉范散文集《眷恋的星空下》散札

"昔尼父之在陈兮，有归欤之叹音。钟仪幽而楚奏兮，庄舄显而越吟。人情同于怀土兮，岂穷达而异心。"

王玉范的散文集《眷恋的星空下》吟唱的正是这种思乡之音。

她出生在内蒙古呼伦贝尔的一个山村。少小离家，光阴匆匆，几十年过去，她被母亲称为从家乡飘出的"云朵"，看过无数名山佳水、人文胜地。她去过风光旖旎的冰雪之城哈尔滨，见过月光映着大海的大连夜景，看过"源出昆仑衍大流，玉关九转一壶收"的黄河壶口，上过"襟三江而带五湖，控蛮荆而引瓯越"的滕王阁，品过"飞流直下三千尺，疑是银河落九天"的庐山，尝过"为人不识古街道，踏遍长沙也枉然"的太平老街美味，登过"吴楚东南坼，乾坤日夜浮"的洞庭湖游船，也赏过"未能抛得杭州去，一半勾留是此湖"的西湖……

一路走来，她走心入肺地欣赏着、感动着，写下一篇篇美丽的短笺和动人的诗章。然而，"虽信美而非吾土兮，曾何足以少留"。再美丽的景色，再诱人的食物，再繁华的城市，都没能"勾留"住她。

一部《眷恋的星空下》"最是离愁新刻骨，蔼然挂念每牵肠"的就是两个字：故乡。在外地的悠悠岁月里，故乡之于她，可谓梦里长，遥相望，痛心房。

异乡的日子，有时快乐，有时苦涩，可无论年轮在脸上怎样转着，心中的记忆和情感总是消逝不了。一颗心常常因怀亲思乡而狂跳不已，有时满脑子都是故乡门前东流的河水、看惯了的树林、听惯了的鸟鸣、父母和乡亲们的话语,哪怕是一棵白桦、一朵花儿、一株小草、一声乡音、一缕晨光和夕阳,都会勾起她美好的回忆。故乡有"开轩面场圃,把酒话桑麻"的惬意,有"采菊东篱下,悠然见南山"的佳境,有"月出惊山鸟,时鸣春涧中"的宁静。她忘不了过年过节那充满喜庆劲儿的高跷秧歌表演的热情和洒脱;她忘不了古井旁辘轳一圈圈井绳缠绕着光阴,不断重复那首古老的歌;她忘不了一到秋天,邻居邹老太太院子里葫芦在藤蔓上借着秋风悠荡着,邹老太太坐在架子底下抽着长烟袋悠闲自得地观赏;她忘不了自家那只散发着浓郁幽香的小木书箱,正是这只书箱拨动了她生命的琴弦,安放了她青少年时的灵魂……

她写道:"昨日的生活如一只小鸟在我的耳畔轻鸣不已,像潺潺的溪流在我的内心吟唱不息。父亲的老牛车及那道哭泣的车辙,如父亲语重心长的话语永远激励着我前行。母亲那斑驳的桦皮篓儿里,埋着我的情和思;童年的时光里,不起眼的羊草垛,热闹的小树林,不熄的拢火,橘红色的小烛光,夏风轻拂的夜晚……所有生活的美好如一缕缕和煦的春风,拨动着我的心弦,宛如南山的映山红在我的眼前不停地绽放,如我熟悉的山泉河溪淙淙地流淌,一幕幕一桩桩都在那片星空下,好似老屋烟囱里开出的一朵朵云,缭绕在我心中,并慢慢升腾飘荡。"(《生活娓娓道来》)

在冥冥中,她有一种写作的冲动。于是,她拿起笔,一个方块字一个方块字地砌,砌成一行行、一段段、一篇篇,把自己美好的记忆、浓浓的乡愁,注入方块字里,让山隔不开,让水冲不散,让思念凿成一条河,使乡愁之水不停地流淌出来。

她特别迷恋小时候故乡的夜晚。那时,每当夜幕拉上,她就和小伙伴们迫不及待地盼着天上的星星早点出来。"首先,东边几颗亮星乍现,随着它们渐渐增多,大地悄然走进温馨静美的夜色之中。"随之他们就坐在老屋的院子里数星星。星星们"有的耀眼得很,有的发出微弱的光,还有许多渺渺茫茫,若隐若现……看着满天的繁星在眨眼,点亮黑夜"。"偶尔望到一颗流星从这头嗖地到那头,身后甩下一条刺眼的光线,好像落到山那边去了。还不时看到几颗星,好像正越过一条广阔的河流似的。有一些在空中不停地闪动,偶尔又隐身,仿佛在和我捉迷藏。无论用指头怎么掰着、算着,根本无法数清,我数着数着就迷惑其中了……"在闪烁的群星下,她"似乎能听见映山红睁开眼睛的声音,嗅得园子里的小草儿窸窸窣窣生长时的气息,渺渺地看见小松鼠跑来跑去的样子"。这时,"河水撞击石的哗哗响,密集的蛙声……打破了夏夜的寂静"。"江面的渔火忽明忽暗。四周起伏的山峦勾画出天边的曲线。"抬头望着墨蓝的天空悬着一弯金色的孤舟在薄薄的云里悄悄地荡着,再往高邈处看,"深邃的夜空,好似静水流深,月色仿佛没有一丝温存,风儿抚慰着它的忧伤"。一篇《眷恋的星空下》在她的笔端就流淌了出来。

　　读玉范的散文,总感到她与故乡的一切都有着千丝万缕的联系和无以言尽、永远不能忘怀和难以割舍的情感。她说:"童年在哪里,故乡就在哪里。这里永远是我记忆中的不动产,装满童年万花筒的地方,只要记忆在,炊烟里的乡愁就永远在。"(《又见炊烟》)

　　是的。炊烟,尤其是家乡初春的炊烟。每每想到"生火做饭时,那缕缕炊烟在眼前缭绕","轻轻直上,或随风摆动","轻柔曼舞,粗犷时就直往外奔涌",亲切之情就在她"心底慢慢升腾"。"此时,山川田野的雪仍旧白皑皑的,只是越来越瘦。""这时的春风……使大门柱子上松动的对联,时而悠悠扬扬。老张家烟囱又冒烟了,赵家烧炕呢……从房顶的炊烟就可大致看出每家做饭的火候儿。每一缕炊烟就是一个平淡的小日子,也是村庄的点点声息。"谁又能知道这每一家每一户的炊烟都弥漫着多少的曾经呢?"这时,故乡虽没有开在扬州水上的烟花,更没有'沿着颓圮的泥墙,走进这雨巷'的诗意,但却有着白茫茫的春雪,泛着道道银光。……故乡就在这银白的世界里静着,养着。"(《又见炊烟》)故乡多好!真切、朴实、无华,没有虚幻、嘈杂和浮艳。

　　人同此心。听见春雨就会念起早春里的渭城,遇见秋柳就容易想起秋风里的灞河,倘在河中乘船徜徉,可能会觉得行在"桨声灯影里的秦淮河"。人在异乡太久,偶遇到与故乡相同或相似的物和景,更会如此。有人说过,都觉得乡愁美就美在愁的思量,其实真正的美却在于时空滤过那"乡"的重现。

可不是。那一天,玉范看到一片花海,突然想到故乡蝴蝶茶的花开。"一场秋霜打下来,东山坡的蝴蝶茶,一夜间就换了装束,容颜分外惹眼。在杂色相间的坡谷分外好看。它们……活力四射的,弥漫篝火般的气息。一阵风吹来,枝条上的叶子快乐无比地摇着、摆着,似展翅的蝴蝶。成串的红叶好像一波儿蝶浪掀着一波儿蝶浪,哗啦啦啦儿地发出婆婆的声音,好似有节奏的旋律在流淌……""……风过后,温婉柔情的蝴蝶茶,恬静地沐浴在夕阳下,把生命中的华彩献给了秋,如火炬一般托举着向上、向善的心声。""深秋的黄叶,缠绕着蝴蝶茶的紫叶纷纷飘洒,更增添了'白桦滩'的几分浪漫。摇荡的小船,渔人的炊烟,缥缈的歌声撑着白云走,有着'人约黄昏后'的诗意。淙淙的流水映着蝴蝶茶妩媚的容颜,绰约的风姿,彼此相依相恋,别有一番情调。小鱼儿在一眼望穿的溪水里忽前忽后,追着漂游的茶树叶,好玩哩。"(《蝴蝶茶,火了》)

在玉范的散文里处处可见被时空滤过的对"乡"的重现。

忽一日,玉范听见她所在学校树林中布谷鸟叫了,燕子双双对对,或三五成群,擦着草坪飞,或一跃而起和空中的那片云打招呼,转回身又在楼间穿行。于是,家乡燕子的身影立马出现在她的眼前。

每年的暮春,"记忆力惊人的家燕,无论迁飞多远,也能找到它们建巢的家。它们就像故乡的成员一样,一回来就在房前房后飞飞绕绕,空荡的燕窝里私语绵绵顿时有了温度。小山村也跟着活泛起来"。那时自家的屋梁上一到夏天不是一般的热闹。大小十几只燕子叫着飞着,没有空闲的时候,不管什么天儿,父母每天都早早打开房门,晚上等燕子都回来才关窗门,每晚母亲都站在炕上,高高地端起煤油灯,看看梁上的燕子到齐了没有,然后才熄灯入睡。

秋风起兮,燕子又举家迁走了,她和父母心里都空落落的,挂心燕子是否飞过了大江大海、高山湖泊?明年还能准时回来这个家吗?心里不由得生出几分酸楚。"无可奈何花落去,似曾相识燕归来。"说得形象啊!燕子刚走,心里又牵念起来。

玉范转念想到,燕子又归故里,我为何还滞留他乡? 这时正好端午节将到,她打点行装,立马起程。

啊! 终于回到久别的故乡。她站在绿油油的东坡上遥望故乡,"激动难抑,泪眼蒙眬",像孩子急待要扑向母亲的怀抱一样,快步奔去。

回到故乡,在外面的风雨,所经历的世事都在故乡的怀抱里融解了,一切便在大自然中随风而逝。她写道:"我的视野随着碧绿的草丛延伸,循着苍茫的远山而辽阔,心随着花草唱和,又与自然同在一个音符里跳动,在一个清爽的空间里激荡。绵绵的乡情和着微风拨动着花草的微妙声,融进了我浓浓的情怀,好像听到了大山对游子的深情呼唤。夏风又绿北后山,明月何时照我还。"(《情浓端午》)

是啊,何时再还呢? 来时的疲惫,归去时的不舍,短暂的相聚,哪是挥挥手就可以告别的呢?

东方熹微,她在鸡鸣声中醒来,家人和乡亲们都赶来送行。她"带走了这里的柔情,在布谷鸟渺渺的叫声中,爬上了苍茫的远山。一切又要成为远方……门前的河、四周的山在后退"。她回望着亲人,回望着故乡,不由得泪湿眼眶。

人啊,走遍天涯还会想着自己生命的起点,享尽荣华也难忘养育自己的摇篮,就像河流不能离开大地流淌,高山不能离开大地生长。人的一生,就是一个圆形旅行,出生地是圆形的中心点,一生的行走都离不开故乡这个圆心。所以,故乡虽然不可久留,可是人在远方,心总是系着故乡。从小父母的谆谆教诲,故乡的淳朴民风,进入了她的血脉之中,滋养出了她美好的品德,她怎能忘记! 故乡那些草儿的朴实、花儿的美艳、水的奔流,还有雪的纯洁、冰的透明、雨的温柔,都在她心目中深深扎了根,成长在她的灵魂里,她永远难以忘记! 所以,她走了还会回,故乡的路永远断不了,永远走不烦;故乡的人、故乡的物、故乡的景,她永远看不够,永远说不尽。故乡之于一个游子,只能打逗号、叹号,却永远画不了句号。

用心煮出的香茗
——读张永平散文集《老井》札记

一年的时光似向永恒借来的片羽,于人不经意中飘到了尾声。初冬悄然来临,窗外已生寒意。

可是,在悠悠的灯下,读着永平的散文集《老井》,我心里却有一种暖意弥漫。

我想象得出,在过去的流年里,永平倚窗而望,听着初春的晨曲、夏日的蝉鸣,抑或看着秋风中的落叶、冬日里的雪舞,然后沉进旧景的长廊,肆意挥洒文字的惬意。虽然世间多有凉薄,可文字却能给人温暖。指尖的温度,滑入如水的心笺,让自己的全部思绪和被触动的情感,浸渍于薄薄的纸页上,必会有一种暖意升起。所以,我读他的散文有种异样的感觉,觉得他在用自己的心给我们煮一杯有特殊味道的香茗。

好作家的好文字,全由心性对生活、生命的感悟,结合当时的物情事境而生的。日常的事儿捡敛入心,轻轻洗去蒙在其上的灰尘,平常的平静的文字里就有了温与寒,有了光和润。永平就是这样,我读他的散文感到,在他的语言兜里装着记忆和时光的重量。这在《唐河,躁动的心事》《我的一九七八》《十年河西》……表现得最为淋漓尽致。

读《老井》,永平把我们引领到用真情和心血耕耘并修剪出的伊甸园。

这园中美色,和着阳光、雨露、月光、轻风,让美迭次出现,芳香处处弥漫。在他的笔下,细细的青草有意,慢慢爬行的蚂蚁有情,波光粼粼,河水匆匆,风雨晴阴,日月流光,春花秋菊,大千世界,无不体现特殊的温情和柔美。这些,读者在阅读中会得到最充分的分享。

一切高蹈的精神,都生长和存活于人间的烟火中。底层的人群,底层的生活,才是人性和人的精神生存、生长、活动的沃土。作家唯有把目光投向底层的人群,汲取这些人群的苦水、风雨、磨难,文章才会有重量和质感。文章要抒写对生活对人生诗意的发现和体味,要竭力还原生活原貌,寻找和揭示人性的品质、人的自尊,让麻木的灵魂复活,让丑恶的灵魂暴露,让人诗意地栖息在这个世界。这是我读《卖草莓的媳妇》《吕姓媳妇的黄豆芽儿》时感受到的。

父亲如春天的阳光,夏天的凉风,给全家带来勃勃的生机;父亲似日复一日流淌着的小河,不知疲倦地领着全家前行;父亲又像一泓永不枯竭的清泉,年复一年滋养全家的生命。曾几何时,如雨的汗滴把父亲的两鬓浸染成霜;曾几何时,自己小跑才能跟上的那矫健的步履开始蹒跚;曾几何时,那挺直的脊背变成了拱桥,洪亮的声音成了永远……当儿子的见了心痛啊!就是因为这一切,永平写下了耐读的《父亲》。

麦浪滚滚的情景总是勾魂般唤醒儿时的记忆,骄阳似火的正午,自己目不转睛地盯着地面,弯腰拾起一个个麦穗,每一个都牵着沉甸甸的童心……母亲挥镰如飞,那颗颗晶莹的汗珠不留痕迹地浸入泥土,母亲悄悄地把头上遮阳的草帽不容推辞地戴到了自己的头上,那动作,那眼神,暖了自己一生。从自己蹒跚学步,一直到羽翼丰满,习惯了母亲默默的关爱,无声的给予,忽一日,发现母亲老了,让自己没有心理准备,心中不禁泛起种种苍凉和悲酸。这是从《回忆母亲》中可以看到的剪影。

永平不论走到哪里都背负着故乡。自从离开家乡那一刻,乡情总是如一种挥之不去的精魂环绕着他。他不忘家乡的明月,不忘家乡的土地,不忘家乡的树林,不忘家乡寂静的春秋四季……想回到家乡住一晚上,吹一吹傍晚的微风,晒一晒早晨的太阳……所以,故乡总是在他心里燃烧着创作的火焰。在他的笔下,日之光月之华孕育着故土,这里有血有泪,有苦有乐,年年岁岁开着不败的花,故乡的槐花、野蒜、老井、瓜田、古汴河、外婆桥、隋堤烟柳……都得到生动的再现。我从他的文字里能闻到泥土、青草和鲜花的气味,甚至能听到杏花的轻绽,感受到露珠的颤动……

　　过去的岁月里,永平坚持写作,把时光的流逝记录在自己的笔下,也融到自己的心底。他给岁月刻上悲欢离合的影像,给未来献上酸甜苦辣的滋味,让老去的日子携带沧桑痕迹的诉说,已给我们足够多的享受。但愿永平在今后的光阴里,笔下开出更美的花朵,写下更多的灿烂我们胸怀、轻抚我们内心的文字,让文字的芳香,落在我们心的绿草地上。

岁月泛着馨香
——读卜献华散文集散札

美的散文是蓦然回首时惊现的风景,是沙漠旅人口渴时突然遇见的清泉,让人觉得世界因此更加昂然和澄明。作家不应是码字匠,不应是美词丽句的堆砌者,更不应是市井俗气熏透的行尸走肉。作家是有灵魂的,应该以一种干净的心气,举起手中的火炬,哪怕一盏微弱的油灯也行,即便光亮微弱,人们仍会对他们满怀崇敬。——这是我读了献华的散文油然而生的感想。

献华的这部散文集,有实写山河的巍峨和妩媚,有素描大地的浩荡与辽远,也有对家国历史与现实的透视和忧虑,当然还有对人间烟华的飘忽即逝、喜悲转换的感慨,对身边人与事的细腻的纪实和抒情……这些不同题材的散文,给了我们读者可赏的风景和可饮的"清泉"。

文字同献华的生命是一体的。她同文字可以说正在进行一场深入骨髓的爱恋。在过去的岁月里,文字带着爱和阳光,照彻她人生的天宇,让她心灵丰盈,激昂浪漫,又安静清澈。须知,一个女子成为作家诗人该有多么难!要养育孩子、照顾丈夫、孝敬父母和公婆,不用说还有自己的工作了,仅就家庭琐事,就能把她每天的时间和精力耗尽。可是,献华总是忙中挤空,迈开记忆的步履,捡拾生命中遗落的点点滴滴,一抹笑靥,某种温情,轻轻的叹息,抑或心底的笑声,眼里流淌的泪水,都成了她笔下美妙的文字。

人们在欣赏献华这些美的文字时,绝难想象它们是她在与更大的痛苦对抗中铸造出来的。她在《魔鬼来了》中写道："……好好的身体,没有任何先兆,就像魔鬼突然敲门,不等主人应允,就闪身而进。我的脑子里像有万道闪电在烧灼,刺啦——刺啦——然后一阵紧似一阵……顷刻,我的世界一片疼痛。坚强已经怯懦地仓皇逃遁,毅力也被打得落花流水,不知去向。剩下病魔张牙舞爪,肆无忌惮独自在疆场驰骋。时而发威,时而发愁。它的咒语无人破解,它的魔鞭抽得我疼痛难忍,恨不得地下有个窟窿钻进去。痛,像困在井底的兽,横冲直撞,太阳穴快要爆裂,脑壳几欲涨炸。我用手死命地掐眉头,掐出红,捏出血,就是对魔没有半点震慑。"如此这般,她"与魔不离不弃几十年"啊!

世间找不到任何一种灵丹妙药能治住她的头痛顽疾。每次犯病,她只能以超强的意志在极度痛苦中进行持久的搏斗,自己拯救自己。当病魔的疯狂劲过去时,她生命的列车又重新隆隆开动,立即伏案疾书,写诗著文。她"只管往下写,就像只管活下去一样"。一个一个晨晖迎来,一个个夜晚送走。她从容又艰难地递进,把清浅的时光、追寻的足迹、幽幽的情感……袅娜成为姣美的文字,泼洒在一张张光洁的纸笺上,诠释着自己和他人的、时世的一场场灵魂演绎和不断变换的沧海桑田。

长期以来,让献华揪心不已的还有她母亲的严重疾病。"那一年,毫无征兆的母亲突然得了脑血栓,送到县医院虽然得到及时治疗,但留下了后遗症。她的行动非常艰难,常常一个人扶着墙,慢慢地挪动着步子,母亲想通过自己的锻炼能恢复到原来的样子。哪里想到不慎摔了一跤,把大腿骨头折断了,病卧在床的母亲身上开始生褥疮、溃烂,我们顾不及接骨,拆开绷带先治褥疮。每天两次换药、清洗、治疗,坚持近一年,后来虽然褥疮治愈了,但由于长期躺着,骨节不活动,从此母亲就再也没能站立起来。一躺就是整整十二年,直到去世。"四千五百多个日子啊!母亲躺在日复一日、年复一年献华对她的耐心周到的侍候里。长达十二年呀,献华的耐心、孝心、吃苦心、任劳任怨心已经惯了一切,习惯了母亲的喜与怒、哀与乐、气与怨、希望与绝望,习惯了母亲生活上各种各样不断的所需。

我们可以想象得到，在十二年的漫长时间之流中，献华生活中遭受了多大的折磨，付出了多么大的艰辛。除了顾及自己的家庭和工作，除了同挥之不去，随时发作的头疼顽症搏斗，还要每时每刻侍候卧床不起的母亲。这一切足能把她彻底摧垮，让她完全不可能再去写作了。

然而，对文学至死追寻的她，依旧笔耕不辍。无论生活怎样坠入深渊，她总是不忘心之所钟的文字书写。不论一觉醒来，晨光熹微之时，还是夕阳西下，余晖洒金的傍晚，抑或是暮色四合，灯光摇曳之下，她都在一页页纸上栽植一行行动人的辞章。她把浮华所度、朗朗岁月中悠然而过继而枯萎凋零的人生故事和场景鲜活地再现出来，把自己的际遇，世间的万象，或快乐的，或痛苦的，或压抑的，或愤怒的，或美好的，都生动地谱成一脉一脉苍苍的行歌。

文字是作家的小说，也是作家的盛宴，那美妙难言的味道，是作家们弥久不散的缕缕香魂。文字之于献华何尝不是这样呢？因对文字的挚爱，献华的青春有阳光般灿烂，花儿般鲜艳，流水般甘甜。如今献华人届中年了，可她依然与文字共舞，倘若有些日子没能写作，她就有望断秋水、落寞孤寂之感。所以，只要有空，她依然如故，手指轻握，漫笔恣游，让自己的心沐浴在美妙的文字河流中。这样，我们就明白了，为什么岁月能带走献华的青春华年，却带不走她青春的心态，为什么读献华的诗歌和散文，感到有一种蓬勃的气息在弥漫，为什么献华的人生岁月总泛着阵阵馨香，原来是美妙的文字浸润滋养的呀！

序《草根日记》

雪下得很大。这是这个冬季唯一的一场雪。趁此好时光,我将书桌一角陈放的一摞文稿——《草根日记》,轻轻地翻阅。整整一天,我都沉浸其中。从中,我仿佛看到作者走过的一段一段年华,那一段一段文字,好似他经过的路留下的一个个逗号、句号、问号,或感叹号。

这些文字来自一位陌生人——仲平。我同他素昧平生,但在这个冷漠的都市中,在这个干冷的冬季里,他的文字给了我缕缕温暖,润泽了我有些干涸的心。

他把自己经过漫漫岁月留下的记忆写得清晰如昨。尽管那些盛景年华依次逝去,可许多事情如同散落在生命时光里的珍珠,始终静静地沉淀在他记忆的河流里,而且被他用文字以一种永恒的姿态记录下来。

读他的这些平实自然、感情炽热的散文,我不由得想起:在文学的天幕下闪烁光辉的作品,都是作家有了深入骨髓的感触或震撼,用灵魂歌哭,用鲜血凝聚而成的。我们读的那些或忧国忧民,或感时伤怀,或乡愁万里,或情意缠绵的散文,之所以令人心灵震悚,无法释怀,冷则刺骨奇寒,热则滚热烫人,哀则无法自拔,恨则痛心疾首,叹则永无尽期,就是因为它们渗透了作家的热血和灵魂。

尼采直言:"一切文学,余爱以血书者。"一个作家只有心灵之海被炸翻,热血燃起烈焰,不可遏止地向外喷发,才能产生撼人心宇、动人魂魄的文字。

只有这样的文字,才能永存文学殿堂,放出让人深爱不已的光辉。

我特别推崇仲平先生那些对生活脱离平面化叙述的散文。这些散文通常写出它们背后的指向——更深层的人心、世道和自我感悟。诸如,"小人的德行不会因位居高官而变得尊贵,君子的风骨不会因身陷囹圄而变得卑微。""人生在世本身就是一趟旅行,一个观光客的眼前,不可能从始到终都是美景掠过,偶尔遇到一洼污水或一群苍蝇,抬起头赶紧朝前走就是了。一个人在乎的多了,心自然就跟着累了。计较的少了,心情自然就舒畅了。人活着不能一辈子都只是追逐,要懂得停下来……一辈子追逐,就一辈子都不会满足,即使得到了全世界亦不会满足。"

当然,文无定法,每人有每人的风格,每篇有每篇的写法,岂可拘于一囿!

我愿意同仲平一起记住泰戈尔这段话:有个人要去找上帝。上帝说,我就在这里。这个人听不见,以为上帝在外面,他就走了。

怪谁呢?怪他自己。所以,我们千万要多端详眼前最美的风景,还要鞭策自己脱离语言的庸常轨道,让句子超越极限,从丰饶的生态厚度,捡拾自己的文学舍利子,努力从一般化的写作模式中拐出来,创作出独具识别码的文字。

写到这里,抬头望外,大雪已停,太阳高高地挂在冬末的天空,明洁、朗丽。春天的脚步已悄然踏进新的生命年轮的大门。祝仲平在新的写作旅途中,步入烂漫的春山。

读《湖边散记》

初夏的南风,从如画的太湖之畔送来文友杨庆鸣的《湖边散记》。未打开时,我想象着,这部散文集一定把太湖岸边那树林中鸟儿的说话声,杨树叶在路灯暖橘色的光里的摇曳,丝瓜架下开着的翻舞着的花儿……都带来了。还想象着,自己置身湖畔的小楼,听落花声声,缓步下楼,眼里呈现无数花意,天地似乎不存在了,只剩下两个多情的人儿,眼波流转,寥廓天地间,他们那多情而深婉的爱怜,像写在三生石上的誓言,让人无端地动容。

可是,当我打开书稿伏案拜读时,呈现在眼前的却是别样的色彩。它吸引着我,使我的目光难以挪开。这些文字的精美含义,让我在枝丫丛生的繁碎生活里,吸取了向上的力,感受到活的温暖和美好、生命的惬意和享受。我不由得想,没有生命的文字,多么苍白、枯燥、乏味和了无生趣。

大千世界,到处隐藏着新鲜的故事,潜伏着蓬勃的生命。这是庆鸣特别留心的。举凡一个站在脚手架上衣服沾满斑斑油渍的建筑工人,一个驻守在海防边防的战士,一个农民长满了老茧的手,一个教师住房窗口深夜流出的灯光,一个学生琅琅的读书声,一个老妇布满皱纹脸上的微笑,一个婴儿双颊上鲜苹果似的红霞……他都想象他们背后的动人故事,从而写下柔美的带有体温的文字。

我相信,他用文字营造温暖的世界,有时会有用文字难以淋漓酣畅地表达出的缺憾,有时会有迷茫、枯竭和力不从心的感觉。所以,他就不停地读书,一年要读十几本书。他在书的圣殿里,接受大师的熏陶和洗礼,让大师的思想、艺术和精神滋养自己的思想和心灵,增强自己的写作素养。我能想象,在静静的深夜,他翻开飘着墨香的书页,读着那生动的、闪光的、飞扬的文字,体味其中深邃的思想、充沛的元气,一定如沐春风,无比惬意。也一定是大师们文字飘出的香气滋润他的心灵,才使他有不竭的创作热情。是啊!"夜雨孤灯人不寐,寻章雕句已三更。"这或许正是庆鸣的真实写照。

他常常从书海的小舟跳上岸来,又不失时机地在大地上行走。从北疆明珠满洲里,到建筑奇葩南靖土楼;从"天下第一曲水"莫尔格勒河,到呼伦贝尔大草原;从风光绮丽的九寨沟,到美不胜收的鼓浪屿,从宁静洁美的婺源,到充满山寨风情的古凤凰……逶迤的山峦,苍茫的林海,湍急的河流,无际的沙漠,浩渺的湖面,碧蓝的天空,空山闻惊雷,午夜听花语,燕子呢喃,蜜蜂嗡鸣,溪流潺潺,清风徐徐,一切的一切,都开阔着他的视野,丰富着他的知识,浸润着他的心灵,从而增强了他的散文的亲历性。

过去的时光里,庆鸣一路走来,留下深深浅浅的脚印,也留下了耐品的纯朴、真挚的文字。这些纯朴、真挚的文字,饱含着野草的清香,它随风弥漫开去,浸渍和抚慰了读者的心灵,也愉悦和陶冶了他自己。播下的种子有沉甸甸的收获,这是值得庆鸣欣慰的。

禅宗说:见本心。这话对于散文作家,如同禅师的棒喝令人明心见性。文字是作家穿透虚假的结晶。一篇好的散文,必是作家内心世界的真实流露,抑或是作家对世人灵魂的深入透析。即便透析的是众人的心灵,也必定能见出作家的本心。

现今,遍地茂长的思想,纵横交错的矛盾,浩繁如烟的俗事,各种情感的疯狂,各种欲望的泛滥,各种灵魂的表演,都为散文写出本心提供了丰富的素材。既可以让作家畅言,又让作家永远难以穷尽。

散文,可以写得像无际的蓝天,高远、澄阔,也可以写得像丰腴的平原,坦荡、浑厚;可以写得似沉静的湖泊,安闲自在,波澜不兴;也可以写得似莽苍的大河,奔腾翻滚,澎湃而去。但无论是怎样的风格,如何的表达,上乘之作必定能见出作家的本心。

我愿与庆鸣共勉。

我同庆鸣都是以文字为伴侣的,我为我有一个以文字为伴侣的文友而高兴,因为多一个文字的同道者,就多了一些生的温馨和行进中的慰藉。好吧,让文字继续氤氲我们的美妙时光,映照自己和世间万千足迹和身影。我想我们会从中体味更多的美妙滋味。

晨曦初露
——序陈瑞《朝花不夕拾》

我面前放着《朝花不夕拾》，它是在读日本东京大学医科学硕士陈瑞所著。人们也许惊讶医学研究生还写文学作品，这没有什么奇怪的。当年郭沫若、鲁迅都是学医的，陈瑞将来呢，我们也未可知。

陈瑞出身平民家庭，父母没有能力给她准备好不用自己爬的天梯，也没有能力给她一把随便打开天堂之门的金钥匙。曾有人针对现下社会写文说"寒门再难出贵子"。意即家境普通、出身贫寒的人，没有父辈的助力，就不能出人头地。陈瑞不信。社会的确有许多不公正，但家境不好，并不能斩断一个人成功的可能，命运给自己比别人低的起点，正好可以让自己创造一个绝地反击的故事。不公正的命运总有漏网之鱼。果然，陈瑞走到了瑰丽的彼岸。她，一个一无所有、赤手空拳的女孩，靠的是："有志者，事竟成，破釜沉舟，百二秦关终属楚；苦心人，天不负，卧薪尝胆，三千越甲可吞吴。"她一直以为，承认失败容易，遗憾比失败更可怕，所以，她始终不屈地坚持进击。

所有成功的背后都有动人的故事和精彩的答案。从陈瑞的现在，我们可知她的过去。她从十五岁开始，每年都专门为自己写一篇文章或一首诗，定出"我想要"和"我应该"的标准。每一年的年末都要认真检点自己一年来到底得到了什么，同时又为新的一年提出"应该干什么"和"不该干什么"的要求，其间，有"泪滴"，也有暂时的"迷离"，但无论遇到多大困难，她都相信"青春无敌！""年轻，没有什么不可以。"她始终认为，"人生所有的机会都是在全力以赴的路上"。她督促自己,"春天就该有春天的样子,就该干春天该干的事情",始终保持"勇敢的光芒","绝不服软","绝不后退"。

从这部作品可以看到陈瑞的思想逐渐成熟于十九岁二十岁。书中有一篇《花香不在多》叙述了十九岁的她,"常会反复做同样的梦,梦到以前的自己,如何哭着笑着奔跑在路上"。"那种奔跑,是一种怎样的恍惚和清晰,安静又喧哗,平淡却波折,悠长而刻骨铭心。"她在白驹过隙般纷扰匆忙的岁月花雨里的奔跑中,随着每一寸骨骼的咯吱作响和每一滴喧嚣骄傲的血液流淌,迅速地一步一步地长大。世事万象,各种信息,各种观念,映入眼帘,涌进脑海,诱惑着她,要改变她。她心里经历着一次次风暴,但最终她依然是她。她觉得,"忙碌并不就是丰富,不闲并不就是充实",凑热闹并非就是生活,弄机巧并不就是聪明;她讨厌,看着重复的电影,听着重复的旋律,和一群"死党"做着重复的事,开着没有营养的玩笑;她认为,每一天"仿佛除了基本的呼吸等无意识自动完成之外","囧囧无神、无思索、零冲动、双眼失去焦距,真空塞脑",就是浪费生命,抑或扼杀生命;她感到,杂食着五花八门各种流派的"厚黑学",义无反顾地抛弃过去的单纯,欣赏和模仿"圆滑的处世风格",在不同的人面前变换不同的"脸谱",不是成熟,而是"失贞","不是一变多,而是一变零"。她说:"失掉特色、失掉自我,是比单纯活着不清楚要变丰富变精致可贵和美丽更可怕的事情。单纯,单一,甚至单调,至少是种存在,是种宣告。强迫自己去习惯不合口味的食物,本来就是反人性的……"我欣慰,这可能会是陈瑞日后成为科学家或作家的根和源。

陈瑞的作品,无论是诗还是散文随笔,语言都没有所谓的"老道"和"娴熟",充满了稚气。可也正因为这稚气成了文坛一道亮丽的风景。这稚气浸透了纯洁,洋溢着青春气息,饱蕴着青年人的本真和锐气。我之所以把她的作品称为晨曦初露,是因为我把她的才气、思想和语言看成是与现实世界诸如老成、世俗、机巧之类彻底对立的完全崭新的世界,祈望她和许多同她一样的青年的才气、思想和文字缓缓地渲染开来,浸淫出一个诗意满满的世界,祈望她和他们这些新一代的诗人和作家用自己的才气、思想和文字创造出纯洁斑斓的作品和生活,为我们的社会为整个人类增添清的芬芳、纯的气息、美的意境。

陈瑞的书出版了,也许这是她青春期写作一个结集,一个记录,从此进入她心之所衷的科学迷宫,终生不返,也许使她从此耕耘在文学的沃野一发不可收拾。鲁迅是学医的最后成了文学家,孙中山是学医的最后成了政治家,郭沫若是学医的最后成了诗人、剧作家和历史学家。因此说,陈瑞现在学医,也许日后成为作家。人生走向,最初的不等于最终的。我想陈瑞可以既当医学家,也当作家。林徽因不既是建筑师,又是诗人吗?北大走出来的詹克明不既是核物理学家,又是作家吗?当然,一切皆由陈瑞的才气和意愿而定。

晨曦的未来,是朝霞满天,花光灿烂;小树的未来,是碧绿葱葱,高耸云霄。正值青春年华的陈瑞呢?我期待。

一半是寒水,一半是暖阳
——怡霖其人其文

五年前的一天,突然一行行字,从她手机屏幕里浮现出来,像沉在水里的精灵,冲破水面。

那一行行字,组成一座浓荫如盖的小院簇拥着她,环绕着她。从此,她一发不可收拾,再也没有走出这座文字的小院,无论寒风还是夜雨,无论欢乐还是痛苦,她都默默地、静静地,在这座小院子度过。

在这里,她用文字作展板和乳汁展示、滋养自己的灵魂,她用文字作壁垒抵御俗风来袭和浩大无边的庸常。

从发表第一篇散文始,她的大脑如核反应堆,引起一系列爆炸,在她以手机为稿纸的屏幕上,总是有精美的文字超速闪出。此后,她抱着沉甸甸的四本散文集,加入中国文学天空的雁阵,成为中国作家协会会员。

从未拿过笔,在人生文学创作发令之枪响了很久,许许多多同龄人抢在她前面跑了很远很远,她才起步,甚至是毫无准备,赤着脚起跑,怎么会表现如此卓异?

写作最深最直接的根源,是作家内心深处有话要说。而这种强烈的要诉说出来的愿望,成为作家最初拿笔写作的原动力。换句话说,一个作家写作的源头在于自己同这个世界之间的矛盾焦点上,这个焦点就是文学创作之母。而每个作家所面对的世界焦点都不同,所以每个作家在作品中表现的喜怒哀乐也就各不相同。其哀必有因,其鸣必有缘。每个人都是鸣其所要鸣,哀其所要哀,诉其所要诉,不平于所不平。而怡霖写作的最初原动力和文学创作之母是什么?

她的家庭关系非常复杂。其母亲八岁作为养女来到祖母家。其父亲作为上门女婿,同母亲结的婚。之后,生了她和姐姐。祖父胃癌绝别尘世,无亲生子孙送终,生性要强的祖母觉得脸上无光,硬要母亲再生第三胎。可是父亲却独自决定做了绝育手术。因为断绝祖母抱孙的愿望,就使本来不和谐的母子关系加剧白热化,祖母时不时怨骂父亲。父亲因手术不顺留下炎症,急需休养与治疗。家里没有男劳力,母亲就不得不承担生产队的重体力劳动多赚工分,同时还要承担砍柴挑水等全部家务,还要赚钱为父亲看病。后来父亲病情稍有好转,为赚工分养家,就坚持上山干活。行船偏遇顶头风。在一次砍伐山林时,腿被倒下的树压断了。父亲就彻底失去了劳动能力。原来清贫的家庭,为承受父亲不断的医药费而进一步陷入了困境。从此,父亲只能拄着拐杖走路。一时想不通的父亲绝望自杀。这下全家如同塌了天。祖母和母亲都悲痛欲绝。更让人想不到的是,同祖母一向不和的邻居状告祖母和母亲谋杀父亲。祖母和母亲被监禁起来。好胜的祖母不堪其辱而崩溃,在关押期小便失禁,瘫痪不起。家里仅剩下六岁的怡霖和十岁的姐姐,无人照料。全家笼罩着黑暗与恐怖。几番验尸,法医给出公道鉴定,才将祖母和母亲无罪释放。

父亲离世,祖母长年瘫痪卧床,家中的一切担子都压在瘦弱的母亲肩上。孤苦可怜的母亲日夜奔忙,每天天不亮就起床干自留地活、煮饭、喂猪,然后安顿祖母吃饭,最后一边手里握着一条地瓜吃,一边匆匆奔向生产队去干活。就这样,母亲从三十三岁时父亲去世一直到五十八岁死于车轮下,长达二十五年一直守寡,照顾祖母,领着孩子,艰难度日。其间的磨难无以名状。

父亲离世,她才六岁。看到妈妈的艰难,看到十岁的姐姐为了支撑这个家断然辍学,她常常感到揪心的痛。于是幼小的还该在妈妈怀抱里撒娇的她,就学着提水做饭,照顾卧病在床的祖母,为了多赚点工分,还帮助生产队割草放牛。无论狂风,无论暴雨,无论烈日,无论雪天,几乎都能在山野中看到她弱小的身影。有几次放牛于山野,割草于山崖,险丧小命。瘦弱的她,竟然常常用麻袋装着草,一步一步翻越一个山坡又一个山坡往回挑。她说,她那时盼望自己快快长大的心就像紫菜浸水一样骤然膨胀,想帮助家里摆脱困境,让家人不被欺凌。后来,在极艰难的生活中,她上了小学上了初中。早熟的怡霖常常夜不能寐,呆呆地望着明月沉思,一想到因操劳在脸上刻下沧桑的母亲,一想到卧床不起的祖母,一想到瘦弱劳作的姐姐,她就锥心地疼痛,她就迫不及待渴望长着翅膀飞翔出去。

十六岁那年初中毕业,她毅然决然出去独闯天下。虽然做好了面对一切困难的准备,可是当真正一个人面对陌生的世界时,她还是被孤独和恐惧袭击得不知所措。望着城市里的万家灯火,她想融入城市,成为城市里的一员,在城里找到容身之所。但是,对于一个十六岁的从来没有见过世面的瘦弱的小女孩,该有多少艰难的路要走啊!

此后,她在武义、在杭州、在义乌、在漳州、在厦门、在广州,总是不停地行走,不停地转移,从这座城市到另一座城市,或给人打工,或自买自卖,推着车子,走街串巷,或自己当小老板,风里来雨里去,四处穿梭。这些岁月里,她心里的痛苦、精神的折磨、思想的迷茫、身体的疲惫,岂能用口说尽,用笔写完?!这里常人无法体味其艰难于万一。

这就是怡霖和她的家庭长卷的缩写。怡霖是苦难中开出的艳丽的花朵。读她的经历、她的家庭,我的心一直在不停地颤抖。怡霖从幼年开始,一直在冰雪之中艰难度日,她的心一直被寒冷侵袭着,一直在冰冷的寒水中浸泡。这种寒水浸透她的心肺,浸透她的骨髓,她比一般人更痛彻心扉地知道什么叫穷困、艰难、被欺凌,什么叫被人瞧不起、被人踩在脚下,什么叫底层更底层人的生活。所以,她写出了《祖母》《父劫》《母亲》《姐姐》之类读之让人肝肠寸断的散文。这里让我看到作者在过往岁月中一次又一次以泪洗面,这些散文比一部长篇小说都厚重,都更有价值。这些散文是她铭心刻骨的艰难生存的记录,是她真实的生命的体验,是她梦魇经历的独特的内心感受,是残酷命运威慑下她和家人走投无路的灵魂磨难和肉体磨难的本真再现,是无情的现实和命运对一个人一个家庭残酷的挤压和决绝的冷漠。这让我想起歌唱家科恩说的话:"悲观主义者站在那里担心下雨,我却早就淋得全身湿透。"怡霖早就被悲伤的大雨"淋得全身湿透"了,而且一直未干。令人仰视的是她始终昂然挺立着。

　　了解怡霖的人,都知道她的善良。这固然由天性所致,但也有后天阳光雨露的滋养。公社陈书记在她全家蒙难的关头,以一个人民公仆的责任心,澄清事实,还她祖母和母亲以清白,使得她们全家免遭灭顶之灾。这在幼小的怡霖心灵里埋下了是非分明的种子。她背着一捆苎麻去供销社卖,年已花甲的收购员朱伯伯和朱姨看着瘦弱的素不相识的她又渴又饿,给她几个热腾腾的苎麻糕充饥。这几个苎麻糕一直温暖她的心灵,给她播下善的种子。祖母虽然生性好强,脾气暴烈,但乐善好施,为乡邻称道。她懂得一些药方,就专门在自留地种上一片草药,乡里乡亲小病小疾,不去诊所,多向祖母求药,祖母从来分文不收。外地一对穷困夫妻时常来家门乞讨,祖母总是毫不犹豫地将饭菜施与,还将一间闲置的空房容留这一对乞讨夫妻暂住。这又给幼小的怡霖心中植入高尚、同情、无私、善良的品质。她不能忘记父亲去世后母亲只身撑起苦难重重的家,母亲每天拖着沉重的身体出门,然后又拖着更加疲惫的身体回家,雨中打猪草、雪中去砍柴,夜深了还在做针线活,天刚蒙蒙亮就起床,提水做饭,又照顾卧病在床的祖母,毫无怨尤地奉献自己美丽的青春和生命。她忘不了可爱的姐姐。姐姐知道知识是改变命运的希望。可是为了减轻母亲的负担,为了让自己能上学,她毅然决然辍学。姐姐当时才十来岁啊!十岁是无忧无虑、坐在课堂的年龄,可她放弃了,一下子跳过了这个年龄,以娇弱的身躯挑起了成年人的担子,她牵着自己的手,把自己送进了学校,然后同母亲天天没日没夜地干活。自己在上学期间得了肺病,给本就艰难的家又蒙上了阴影,姐姐不忍心自己病体受煎熬,出外打工。姐姐知道去陌生环境比贫穷更可怕。但为了给自己治病,为了安定这个风雨飘摇的家,还是背起背包流着泪离开了家……

时间流逝,但这一切却在怡霖心田扎了根开了花。凡是这类散文她都写得蓝田日暖,良玉生烟,读了之后,让人倍感温暖不忍放下。如果说苦难磨炼了她的意志,而这一切却培养了她善良、正直、纯洁、无私、崇高的心灵。如果说苦难对怡霖是一片冰冷的苦海,而这一切对怡霖,则是一抹永远的暖阳。直到二十三年后的春节除夕前,滴水之恩必当涌泉相报的怡霖专门驱车一百四十余公里,去看望已八十高龄的朱伯伯夫妇。可惜她来到朱伯伯夫妻当年留给她的地址时,那个原来的旧址古街低檐瓦房早已不见,变成林立的高楼,朱伯伯夫妇已不知去向,唯有兰江滔滔发出悠远的回声。

天性善良和后天滋养,让怡霖有着超于常人的胸襟。曾经一直同祖母不和,后来状告祖母和母亲谋杀父亲的一个太太,老了瘫痪在床,尽管生养多个子女却无人尽心侍候。怡霖不念旧恶,不忍心看着老太婆挨饿,特地拿着蛋糕前去看望。她推门而入,掩鼻进入里间,满屋臭气熏天。怡霖突然到来,老太太一脸木然。她已经不认识眼前站着的出落如芙蓉的姑娘是自己曾经陷害的老太太的孙女。如果知之,她会怎样地无地自容,羞愧难当,无言面对。人与人之间不应以怨对怨,以仇对仇。怡霖此举,可昭日月,虽是小事一桩,却可以让许许多多人在她面前自惭形秽。

有人在磨难后,一旦翻身,两眼朝天,目中无人,会变得特别傲慢,甚至恶毒和冷酷。而苦难煎熬却让怡霖变得更善良,更纯洁,更真诚。生活中,她把一个女人轻柔温存的善意之光尽其所能地洒在苦难中的人们身上。《卖鸡胎的阿婆》中记载:一个风雨交加的晚上,有一位阿婆叫着卖鸡胎。她跑到楼下看见阿婆瘦弱的身体裹着一件单薄的衣服瑟瑟地站在屋檐下,一股酸楚涌上心头,随即买了六只鸡胎,一边付钱,一边对阿婆说:"您等我一会儿。"她转身上楼拿了一件衣服,送给阿婆。阿婆感动地告诉她,曾有唯一的女儿与她年龄仿佛,可是多年前患了白血病,变卖了所有家里值钱的东西,都没有留住,走了。丈夫得了肺痨重疾,仅靠卖鸡胎度日。从此以后,她就天天去阿婆那里买六只鸡胎,即使吃腻了也依旧买,数年之中,从未间断。直至有一晚,她如往常一样缓步走到窗台等候阿婆的叫卖声,可是直到夜深人静,阿婆的叫卖声也没有出现。从那晚开始,阿婆颤巍巍的身影再也没有出现在楼下,阿婆沙哑低微的叫卖声也似乎从这个世界上消失了。这是灰尘般的小事啊!可这小事却包含了常人难以逾越的品质!如果大家都做到"勿以善小而不为,勿以恶小而为之",这个世界将会变成何等美好的人间!还有她不顾夜黑风高到郊外打工棚去看休学的红,也不顾自己日子紧手而抽出钱来,给无亲无故的红买衣服,买日用品,帮助红重返学校。这也是芝麻粒大的小事,可这轻轻的援手,水滴大的爱意,却在红的心海掀起波澜,点起生和爱的火焰,至少这雪中送炭比锦上添花高尚、纯洁!

先贤有言:天之道,损有余以补不足;地之道,损不足以补有余。如今谁还坚持天之道呢?——怡霖。她虽然只是一滴水,但她是一滴纯洁的水。把这一滴水同一塘污水比,她自然渺小得不能再渺小,可她却又珍贵得不能再珍贵。因为这代表人类文明和人性发展的方向。

她的灵魂并不是温暾暾的。相反,她刚烈、顽强和不屈。不然,她不会历经万难而活到今天,还活出这等风范。多少篇文章几乎异口同声地证明怡霖的文字是暖色调,而几乎又同时忽略了她文字里透着的冷色调,至少她的分量最重的那部分散文是冷色调。这多少让人觉得怡霖只会写柔情曼软之调的闲适文字,只会莫名发点小小的浅浅的哀怨。其实,她不是只能写白色炊烟的村姑,也不是城里只能跟随街道流行色走的写手。评家们忽略了她文字的机智和锋利。她的高明在于常把尖利、深刻的含义蕴藏在平静的叙述中。而这种叙述常常有一种不可测量的内在深度。我在她的文字中还发现她有时用整段或干脆用整篇锐剑般的文字拨动人的灵魂和神经。细心的读者一定会在她的文字中看出她始终关注人、人性、人的灵魂,看出她娇弱的身体负载着救赎人性、人的灵魂的重荷。

一直以来,她柔弱的肩膀挑着生存的重担,在悬崖上艰难、顽强地走着。苦难像夏天的暴雨、冬天的大雪一样不断地降临到她的头上,让她不得摆脱。好在天堂就在她心中。苦难,没有使她滑入万丈深渊,反而使她一步步走上了精神的高地。一路鲜花走过来的人无法懂得,正是磨难为她的诗文添了强硬的翅膀。命运之魔给她制造的罪恶,让她敲开了另一扇门,让她的全部智慧迸发出来,让她的生命散发出奇异的光彩。她散文中的天堂之语,给人阳光和乳汁的语言,全来自艰难生活的深泉中。

怡霖像清风一样活着,她从纷繁富丽的物质世界逃离,来到最深邃、最浩渺、最静雅、最活跃、最近又最无间的文字世界,建筑属于自己的心灵唯一寺院。她在自制的真空里抽去世俗的空气,日夜拖着一个疲惫不堪的身躯写作。这让身为同道者的我倍感欣慰。她的文学空间以惊人的速度向四周延伸。但她知道要真正爬上文学最高殿堂,就必须让自己的创作和灵魂真正涅槃,必须超常地一天天飞快地越过自己不断加高的横杆,必须始终保持真正的作家姿态,如鲁迅躲进小楼,如莫言扎根高密。

无论从年龄从生活还是从才气,怡霖都有继续高飞的足够理由。《圣歌》里有这样一句歌词:"撞钟吧,趁你还能撞钟,别去想完美的祭品,每样东西都有裂缝,光就从裂缝洒进。"我祝愿怡霖出更多的作品,喷射出更多的光,在中国文学的雁阵中,随着文学的气流上升再上升,直至那无垠的天边。

人在高处
——郜峰其人其文

认识郜峰十一年了,但只有两次晤面。第一次是 2011 年应丁一先生相邀参加太湖笔会。当天晚上,我同北京的剑锋与郜峰在宾馆相叙。三人边品茶边聊文坛江湖。初次相见,郜峰开始有些拘束,后来无话不谈,但声音很低,语速很缓,总是一板一眼,不快不慢。说到开心处,他常常抬起头,轻轻一笑,笑得很坦然,浅浅的。他戴着一副深度眼镜,伴着说话特殊的声调和语言,显得很斯文,与到处喧嚣、好逞爱诿的文坛叫卖者完全不是一路人。他送了我一本散文集。我拜读后,感觉文章与他的五官和说话一样,非常平和,语言就像平原的小河静静地流淌。读之,生动简练,自然流畅,雅俗共赏,亦庄亦谐,时有幽默映入眼帘,耐人咀嚼。文章偶露文言古意,想必是长期在书斋里浸染的结晶。

从此,郜峰不张扬,不显摆,不喜喧哗,从容自然的印象烙印到我的心底。一晃几年过去,在又一次太湖笔会上,我们又见面了,他还是老样子,穿着朴素的西装,戴着深度眼镜,好像度数又加深了。见了我,他自然又不失亲切地寒暄几句,声音还是那么低,语速依旧那么缓,不像有些文人见面那么虚假客套,旁若无人地谝和炫。

我喜欢郜峰的文风,也爱他的做派。据说,他现在依然如故,闲下了,独自到自然中去,听听风在说什么,云在说什么,松竹在说什么,在一缕晨风,或一抹余晖之中,恢复个人的本性和个人世界的丰富性;有时或同一二相投友人,去郊野兜兜风,抑或步入竹林,几人围坐,饮一杯清茶,聆唱一首轻歌,换个气场,跳出市井不洁且沉闷的视角,让时间轻缓滑过,让心情爽丽起来。

世界永远是人的世界,而且这个世界是很阔很阔的,是很清新很亮丽的,以至无际无涯,无可比拟地朗丽和洁净。所以,我们不要为世俗的,诸如权力、名气、金钱、美女等各种欲望而束缚乃至囚禁在狭小的如牢狱般的范围内,让世界变得狭小而且污浊。

前几月,我突然收到郜峰惠寄的一本新著《我的2020年》。一了解,这些年来,郜峰不断有大作问世,除曾经出的《郜峰散文集》,又有《伴读斋随笔》《椅子集》《烟水集》《胡氏三杰与天上村前》《小报记者》等出版问世。

打开新著,一股清新的气息扑面而来,风格依旧,仍然流溢着本真,他不刻意掩盖什么,也不巧饰什么。他在书中写了不少自己的经历,多以回忆的形式捧到读者面前。

郜峰坚持写作,从不停歇。我明白,散文是他的生活,带给了他日日夜夜体味不尽的慰藉,托撑起他追求岁月的永久大梦,所以才有了他的这种专注,才有了他抵御一切艰难和诱惑的深厚屏障,也才有了他坚持最初和现在以至以后岁月的前后一贯、永不回头的决绝。

我想,他一定明白,在生命里,有形的物质的世俗的东西占有的越多,无形的精神的高洁的东西失去的就会越多。他知道许时光一份静好,守住一颗宁静的心,轻挽一袭流年的安然、怡然、静然,在风起雨落的季节静待花开,享受清风给自己纳凉的清爽,接受阳光给自己抚慰的快乐,静闻岁月的暗香,诗意地栖居。

一卷"薇语"慰风尘

好像有人说过,每个人都是潜在的音乐家,都是潜在的诗人。在我的思想和情感里,常有远游及返程的瞬间精彩和浪漫,也有接受邀约的激动和兴奋,还有拒绝的果断和严厉,更有抵御虚无的勇敢和归于虚无的无奈,有时不经意间眼前浮现一片妙不可言的景象或不可思议的故事,有时大脑突现天外之思或远古之念。可我就是不能像诗人那样"笼天地于形内,挫万物于笔端",把这些思想和情感跳动的琴弦变成五线谱,变成诗和歌。

自己虽然不是诗人,但喜欢读诗,遇到好的诗,会立马喜不自禁。忽一日,我在网上读到一首词《扬州慢》:

料峭春寒,雨飞断续,连绵数日无休。
更风来片片,似轻痕淡愁。
望庭外,梅花一树,孤芳素影,寂寞难收。
却何时,浅红新绿,同醉香楼?

诗书卷卷,略翻些,抛与床头。
任缕缕青丝,指间缠绕,凌乱因由。
几载流年飞过,天涯处,怎写温柔?
叹此时此际,琴音一曲空流。

我惊讶,这是一首不让宋人的词作。全词因景生情,层层递进,以景作衬托引发情的波澜,以景做铺垫筑起情的高峰。料峭春寒杂带连绵不断的风雨和冷寂凄清的环境,勾起独坐、空守的女主人心中久蓄的离怨别愁,痴望院中梅树,形单影只,素妆孤芳,自己更是寂寞难抑,黯然神伤。想曾经海棠亭畔,红杏枝头,相偎相依;想曾经春阳映照,烟柳桥边,执子之手;想曾经两情相悦,海誓山盟,"同醉香楼",是怎样开心欢乐!看如今江枫渐老,汀蕙半凋,却人去楼空,满目败红衰翠,断续残阳,却不知人在何乡!面对冷雨寒风,苍凉晚景,只能隔万里烟水,念曾经风情。"回首青春春已住。倚遍阑干,不见归时路。片片尘波休与诉⋯⋯我在轮回烟雨处,春风梦里朝朝暮。"(《蝶恋花》)春天一年一年地来,青春却一年一年地去,来的还在来,去的却永不回。"年年岁岁花相似,岁岁年年人不同"了。曾经的青春渐行渐远,而曾经的美好在哪里?曾经的恋人在哪里?在春风里,在秋阳下,在黄昏里,在睡梦中,朝朝暮暮,盼复盼,念复念,然而"几载流年飞过",在一轮又一轮尘世烟波中望眼欲穿,可等到的都是失望。又一个初春来了,料峭春寒风雨中,勾起心中的悲苦愁绪。寂寞难安,想拿起书看,静不下心哈,只好"抛与床头","任缕缕青丝,指间缠绕",弹一首心曲吧,远方的人儿愿意听,又能听到吗?

我相信这种超越俗世的表达爱意的诗篇定会融入读者的灵魂。

此时,我才注意到作者。原来又是徐静(风雨薇),我经常在平台上见到她的身影。这使我想到她另一首词《临江仙·孤树》:

伫立平芜衔四野,风吹傲骨相迎。
雨来繁叶更青青。
寒冬无所惧,飞雪共春生。
尘世纷飞如露散,悠闲一树啼莺。
有花有月不伶仃。

> 淡然身外事，我自独峥嵘。

名曰写孤树，实是写诗人自己或社会上有孤树品质的人。孤树在广阔无垠的平芜四野，一直巍然挺立，不寻所依，不求所援，狂风扑来傲骨更铮铮，暴雨倾泻枝叶更青葱，寒雪弥天始终不低头。树焉？人焉？树不正是人乎！细想想，天寒地冻，大雪纷飞，四野空旷，万物枯寂，远山皑皑，大地苍茫，耀眼的繁华褪尽了，蓬勃的生命不见了，它依然笑傲天地，超然物外，独自峥嵘。待得严寒消散，春意阑珊，百花盛开，它依然我行我素，傲然挺立，不爱繁华，不凑热闹，泰然沐着日辉，安然浴着月华，任凭尘事纷纷聚散，我自悠闲淡然，屹立于天地之间。这同超然于俗世浊事之外，不因名利得之而喜、失之而忧的圣洁之人，何其相似乃尔！

我猜想，诗人为了安静一点，清洁一些，远离俗世的聒噪和浊气，在有意创造世界的另一端，让自己生活于别处，就自觉筑起一面隔离墙，让自己在与俗世相反的墙那一面建造自己独享的世界。在与世俗对立的另一端创造个人怡然自得的空间，让自己独立、丰富而充满诗意的灵魂有处可栖。

自由是人应该向往的圣境。但是，有多少人为世俗的种种樊篱所囚囿呢？又有多少人在束缚人压抑人扼杀人的传统笼子里生活却自得其乐呢？所以，寻求人的解放，为人争取自由是诗人的天职，挣脱束缚人精神的锁链、追求和向往自由是诗人的天性。

徐静有一首五言诗《蝉》这样写道：

> 静夜遥相对，沉吟未有时。
> 尘风心在野，烟露梦如丝。
> 明月栏边绣，秋声菊下痴。
> 今年闲意远，不问立何枝。

蝉是自由的，阔大的旷野，深深的夏夜，到处都能听到蝉的鸣叫。它们无拘无束,既不需要看别人脸色、献媚于别人、求别人赏识、让别人鼓掌,也不需要选择地点场合、遵守什么规则、听从别人的口令,考虑是否有碍什么俗规,树上、草丛、田间、河畔,都任意鸣叫,想什么时候鸣叫就什么时候鸣叫,想鸣叫多长时间就鸣叫多长时间,想什么时候停止鸣叫就什么时停止鸣叫,也不管是大声鸣叫还是小声鸣叫,是正儿八经、中规中矩、有板有眼地鸣叫,还是愤怒地抑或诙谐地讽刺地鸣叫,都全看自己的心情。

诗人在这里也许是就蝉说蝉,但更多的是就蝉说人抑或就蝉说自己。这都不重要,重要的值得珍视的是这首诗向往和追求的内涵,是追求自为、自主、自在的精神之境。人的一切言行大都被世俗的传统规范制约,由于这一切的世代遗传和浸透,人们都被囚禁着,充其量只做些挣扎。所以,自由是人对社会对自己的永恒提醒和追问。追求自由是人广博的精神自我的要求和呈现。在各种旧的樊篱迫压和围剿中,追求自由会是一种至悲,也会享受到至乐。遗憾,在各种观念密密麻麻,严严实实,似无数绳索在捆绑着窒息着人的现实中,有几个人有勇气承受追求自由所带来的至悲呢?

早些年,徐静写过一首《水龙吟·自题》:

一山碧月闲风,化成数卷纷飞字,
清词格调,红香案上,不由沉醉。
荏苒之中,回眸彼岸,依稀花事。
任素弦红袖,轻弹思绪,新茶处,屏窗里。

纵是其中寂寞,若无心,何知三昧。
流年旧梦,推敲细解,难抛痴意。
哪管江湖,秋寒霜影,情伤珠泪。
且沉吟点墨,添来灵秀,道春波媚。

我们从这首优秀的词作中,听到徐静低诉的感人心语。一直以来,新茶屏窗,红香书案,耕耘砚田,描摹心笺,驰而不息,实可羡也。

然而,能如此从一而终,心无旁骛,又谈何容易!没有磐石般不可移转的定力和高蹈独善的精神境界,是做不到的。写庸俗小说,能扬名,也能赚钱;写吹捧文学,能扬名,也能赚钱;写低俗的诗,能扬名,也能赚钱。徐静弃之。她始终如一,用纯净的心灵写纯净的诗。

我认为,诗是灵魂的显现、情感的呼吸、生存的记录、生命的体验,是精神、情感、思想、心灵留影的"晶盐"。而徐静笔下的诗,无论写春夏秋冬四季之景,还是写生活中的喜怒哀乐,写自己的哲思和心灵感受,也无论用什么语言和词汇,都深透着典雅、清灵、高贵和纯洁的气息,在她那透明而又不易穿透的语言和诗句背后,我们能感觉到生命的盎然、精神的澄澈,以及生活的真纯之美。

如此,我祝徐静且行且努力,且行且珍惜。

心香一瓣

又是人间秋色了,在这个纬度上,秋高气爽的日子尤为短暂,当人们刚刚留意时,已不知不觉地转为萧瑟或初冬了。这样的情景很让人感伤。常常午睡过后,我看着风动窗帘,寒意逼近,再听屋后树上黄叶飘落的沙沙声,一种人生紧迫感不禁涌上心头。

忽一日,四年未见的老友耿阁推门来访。四年时间转瞬即逝,但在耿阁身上却明显看到岁月的风霜留下的重重痕迹。他抱着自己写的一部诗稿给我看。我怎么也想不到,四年前那个看上去文弱的书生,今天竟能写出这等满纸都透着人生、岁月、历史和社会沧桑的诗来。他人到中年,按说,中年如日升中天,是一首壮歌,但在他的笔下流溢出来的却大都是酸楚的悲歌,当然其中也不乏慷慨之气。

"人都想/将生命延长/然则我/却害怕空间宽敞/……生惭报国无计/活愧于民有伤/情彷徨/心凄凉/怎奈得痴笑一场/莫如亡……"(《时光曲》)

全诗充满了英雄失路、万绪悲凉之气。作者必定经历了许多对人难以说清的磨难。年轻时很想横空出世,结果命运捉弄了他,使他心理极度失衡。读着这首诗,我眼前浮现出一个硕大无比的天平。天平的一端放着人的生命,另一端则是永恒。生命的一端高高翘起,仿佛空无一物。这景象让人惊心动魄,难以承受。"人生不满百,常怀千岁忧。""寄蜉蝣于天地,渺沧海之一粟。"在永恒的时间之流里,人不过朝生而暮死,即使叱咤历史、震撼世界的风云人物,不是也逃不出一抔黄土的结局吗?面对这种命运,身为万物灵长的人,怎能不"望天地之悠悠,独怆然而涕下"!想通了,也就没啥了。但对作者这样有才气的烈性男子来说,他想不通,他不能没有啥,他承受不了这生命之轻。他同他的一个个同龄人,在宇宙天平上比较,别人奇重,自己奇轻,别人如彗星放射出强烈的光辉,但自己却暗暗淡淡、平平凡凡,所以他才发出"莫如亡"的慨叹。但作者不是英雄气短之人。他在别一首诗中说:"……苍天啊/我要向你祈祷/愿你把时间的分秒/变为天天/化作月月/铸成年年/让其岁月却步/将那份虚度的光阴乞讨/再创那从未有过的自豪。"(《愿岁月却步》)作者那珍惜时间,发奋向上之情跃然纸上。他企求让有限的时间无限延长,把时间的分秒变成天、变成月、变成年,甚至让其停步,以弥补过去失去的光阴,创造那人生的辉煌。这颇有"鬓微霜,又何妨!……会挽雕弓如满月,西北望,射天狼",一展雄风,实现报国之志的气概!

"不论是庸夫智士/还是士兵元帅/也不论平民百姓/还是权威总裁/都可能惹得你有意设置障碍/都可能被你挑唆得顺顺乖乖/万事万物与你有牵挂/万情万理似乎出你胎/……"(《金赋》)

这是什么?金钱!在人生和社会舞台上还有什么东西能导演出如此充满诱惑、充满血腥、惊心动魄的千种事变、万种风骚。人们正是从这里看到,黄金的枷锁是最重的。耿阁正是在这首诗里给人们发出警示,人还有比身外之物更高的尊严,人不能被存在淹死。我们只有正身明志,固本培元,淡泊自守,才能目厌绮丽,耳厌笙歌,如松之盛,似竹之洁。

耿阁是个有思想有个性的人,这同时又给他带来了固执、激烈、不驯之类的东西。人活在世,有人如鲲鹏,平步青云,扶摇直上,有人则一生平平,但也不失逍遥快乐。老实说,人之可敬可赞不在名大位高权重。我们翻阅历史和现实的书页看看,被称为伟大的人未必真伟大,被认为渺小的人未必真渺小。一个人一生选择自己心之所钟、才之所及的事,认真做了无愧于生就足矣。什么都让咱占着,天下哪有这等便宜事?你看岳飞的诗词和书法写得多么好,他是有卓越文才的,但他最后只成了一代名将。辛弃疾是有超群武才的,但南宋小朝廷不用他,他只能"醉里挑灯看剑,梦回吹角连营","可怜白发生",最后成了南宋豪放派代表词人。世间好些事岂能尽如人意!人生有时捉摸不定,本来应该走到这间屋里的,结果事与愿违,走到另一间屋去了。不过也无妨,人在这方面埋没了,而在另一方面冒出来,是常有的事。这也许就叫"天生我材必有用"吧!人生各有所得,脚踏两只船的命运总是不好的。你打你的三三见九,我打我的二五一十,各有千秋,彼此彼此。如果人的生命分轻与重,这至少也算打个平手啊!

可不是吗?耿阁失志之后,在学问上终于崭露头角。一部三十万字的《周易谜解》出来了。现在,乱花迷空,物欲横流,许多人因受不了文学被空前地冷落而改换门庭,到别样的屋檐下做窝栖息去了。他在这个时候,来到这个文学园地里,也算是他找到了又一个用武的处所呀!

就艺术而言,耿阁的许多诗可谓平淡,然而细悟之后,却觉这平中而藏奇异,淡中而含醇厚。耿阁是有才气的,他的诗含天趣于常物,蕴高雅于凡事。不论是人间世事,还是鬼蜮神殿,在他的笔下都可成为耐人体味的诗篇。如《乞儿坐标》《梦幻天使》《夜》《笔》《女孩名洁月》《金赋》《愿岁月却步》《生活絮语》《盼》《庄周叹骷髅》……如果说还有什么不足,那就是我读后总感到这些诗写得有些仓促和直白。写诗确实需要夸父追日般的步履,但是写完之后还是沉淀一段时间或多用点金匠制作首饰一样的打磨功夫为好。诗是需要含蓄的。太直白了,那就不叫诗了。赤裸裸的说教,是写诗的大忌。诗是高级的艺术。而艺术的玄机,不是那么容易化解的。艺术女神并不是那么容易与人结亲的。无论怎么努力,都让人感到她非近非远,若即若离。昨夜长风中觉得有些灵气扑来,似乎接近了她,今晨花落时发觉她离自己依旧遥远。对她,总有雾里看花的飘忽不定、水中捞月的不可企及。你说是吗?

诗不可绝天地间
——读刘向民的散文诗集《守望岁月》

我一直想,诗不可绝天地间。世上如果没有诗,就像汪洋大海没有岛屿和帆船一样单调,就像黑夜里行走不见村落、不闻犬吠一样孤旷和死寂。人类文明需要诗,人活着需要诗。假使文明世间还有一件事最不该忘记,最使人欲罢不能、欲说还休的,那就是诗。

人都说,怨生吹箫,狂来舞剑。实际上怨生狂来可读诗。读诗,既是补偿,又是宣泄。兴之所至,情不自禁,无拘无束,率意吟诵,可以同诗人一起放浪形骸,纵情游逸,何其自在!

这,是我读刘向民的《守望岁月》后又一次生出的感慨。

《守望岁月》中那守望田园抑或民间烟火,瞭望或者追求永远的乡村淳朴的散文诗,那行走天涯抑或远山近水,浸润或者感受人文与自然的质朴理念的散文诗,那浅唱低吟抑或岁月凝眸,回望或者感悟沧桑和世事的青铜质地的散文诗,都让我读之不倦。目之所触,心就随之进入空旷的大野、高远的山峦,和流淌着安详与寂静的乡村……于是,脑袋中郁积的世俗之念,心中堆淤的生活烦闷,立刻被清洗一尽,不由得神清气爽起来。

有的人刚离开乡村走到城市,笔下流溢出的就全是城市的色彩和欢歌。而刘向民先生沿着家乡那条弯弯曲曲的泥泞小路走到城市那么久了,还始终没有忘记父辈和祖上的麦田和玉米地。他的心魂、他的思念之舟始终在农村停泊。他始终怀着一颗虔诚和朝圣的心,描写泥土、种子、野菜、家具、阳光、雨、棉花、槐花、牛、老屋、炊烟、故乡、马车、桃花、麻雀、燕子、小河、玉米、高粱、春、夏、秋、冬……农村的一切风物,永远根植在他的心土之中啊!

"麦子,你是我至亲至爱的兄弟,我一直守望着你。"(《麦子》)"我始终相信,麻雀是村子的一部分……它们是我过去、现在和未来的亲人。"(《麻雀》)"娘将棉花缝进棉袄,花朵就盛开在我的身上,温暖的阳光,温暖了我的整个冬天。"(《棉花》)真乃"情景虽有在心在物之分,而景生情,情生景,哀乐之融,荣悴之迎,互藏其宅"(王夫之《薑斋诗话》)。向民这情景交融的诗句,处处流露出他同农村命脉相通,根系相连。

诗是天国的召唤,是仙界的语言,是文字变成的音乐,是语言长出的鲜花。向民先生的散文诗不只是精神之高蹈、思想之洁净、情感之真纯,仅语言之形象生动,也为不少同道所不及。"一场雨在赶路,越过一座山,越过一条河,越过一个村庄又一个村庄。"(《雨脚》)"风展天空,一株株玉米排成一阵阵潮汐。"(《玉米》)"少女回眸一笑,整个乡村都荡漾着美丽和春天。"(《春天的景致》)"桃花便是一个靓丽的乡村妹子,照亮我的眼睛,我才知道眼睛也会在黑暗中发亮。"(《桃花》)多么真实!多么生动!多么形象!

我很欣赏向民的《春天组章》:"春天的阳光,暖暖地洒在柔柔的土地上,照耀着一棵棵尖尖的小草、一片片嫩绿的树叶上,发出细碎的光芒,似一只只扑扑飞翔的小鸟,发出清脆的鸣叫。这是阳光发出的声音。"这让我想起了朱自清的经典修辞"微风过处,送来缕缕清香,仿佛高楼上渺茫的歌声似的"。朱自清用远处高楼上飘来渺茫歌声的时断时续、隐隐约约,来品味微风送来的时有时无、如丝如缕的荷花散发的清香,唤起人内心微妙的情感。而向民在此处以听觉来丰富视觉,把视觉的美即阳光的颜色和质感,写出了有声音的听觉美,与朱自清先生所写的嗅觉与听觉的通感,有异曲同工之妙。

读了向民的散文诗,我心中受到不小的震撼。他于20世纪80年代中期开始散文诗创作,始终固守乡村题材的写作方向。这是需要超级定力和骨头硬度的。不少具有才华、能写出好诗的诗人,被这欲望横流的时代,摇撼起来,软化下去。相比之下,向民真是值得我们脱帽致敬。

"他听到了另一种鼓点"

——读《不朽的神话——长征三部曲》随想（代序）

社会的巨变引起人的行为标尺不断调整变动，各种职业的人不断聚合分散。以木桶为家的古希腊哲人第欧根尼，对前来探望的亚历山大皇帝的唯一要求，是"不要挡住我的阳光"。当代语言分析学派哲学家维特根斯坦放弃巨额的家族财产，因为它们妨碍他进行哲学思考。

这些人在常人眼里是异类。他们竟能在举世滔滔皆为名利享受而趋奔中，执着地坚持自己的标尺不变。梭罗说得最到位："如果谁没有跟随队伍的步伐，很可能因为他听到了另一种鼓点。"越是大人格者，越是能偏离流俗，虔诚和持久地守着自己的善念。

这是由好友周恒告诉我王善廉先生写《不朽的神话——长征三部曲》想到的。

当时，我真的不相信。如今，诗歌的空气越来越沉重。人们已没有沉静的心，去手按横笛，听清远的韵律悠悠地飘散，也不愿在洒满月光的土地上，去谛听黑鸟迟缓地震碎夜空的沉寂，不愿在小小的房间里，用音乐将自己深深地锁住。当然更没有心思去读诗，去读那诗中的湖水和月落。更何况去写诗呢？这时，王善廉先生却毅然决然地举起诗的火炬，向日渐沉寂荒芜的诗的圣地走来。他不仅写诗，而且写的还是人们常写的长征题材的长篇叙事史诗。我想，没有第二种解释，就是"他听到了另一种鼓点"，即诗应该存在和诗应有尊严，就如第欧根尼不理会亚历山大皇帝、维特根斯坦放弃巨额家产,因听到了哲学的鼓点一样。

难以想象一个过了耳顺之年的老先生,哪来这么大决绝的勇气!写诗是需要纯净的心灵和纯净的空间的。心灵不纯净,很难写出好诗。空间不纯净,很难出好的诗人。除非诗人有超人的意志,抵抗得住不纯净的空间,且能使自己纯净的心灵不受玷污。但现实生活时时逼迫人,让人很难安静地走自己的路。平常的日子里,光是汹涌而来的俗常琐事就能将人淹没,耗去一大半生命。苦命的丹麦王子说过:既有肉身,就注定要承受与生俱来的千般惊忧。在如此环境下,王善廉先生却出色地超脱了。

他神态清癯,足音悄静,踽踽独行,卓然一格,终日沉浸在诗的海洋中,默默地、吃力而又快乐地翻耕着属于他的诗的土地。整整五年,他那俭朴的生命始终如一地行进在无人喝彩的路上。在朝圣途中,他把诗的世界之外的世态万象全然抛弃。我仿佛能看到他向前跋涉、匍匐的身影,终日里无觥筹之交错,有心血之耗损,无丝竹之灌耳,有案牍之劳形,一厌桌,一支烟,苦雨寒窗,灯书伴影,用志不分。世俗的喧嚣,终究没有吞噬他。

善廉先生的执着,即卡内蒂在1981年诺贝尔文学奖获奖演说中所说的"耐心的冒险行为"。"这种耐心的冒险行为要以非人道的不屈不挠的顽强精神为前提",有时需要"花几十年光阴而不去计较作品最终能否如愿以偿完成"。善廉先生对自己的冒险行为如此耐心、静心、专心,是当代罕见的背影。他的这种耐心、静心、专心,有种圣徒式的淳厚和清澈,有一种世俗的刀剑和死亡的大军逼在头顶仍像那个古希腊圣哲化解数学迷宫而不顾一切的意味。这种超凡的定力、对至美的恪守,足以叫人久久敬慕和沉吟。

长征是在中国大地上发生的震惊世界的伟大事件。无论过去的人还是将来的人,东方的人还是西方的人,朋友还是敌人,都会仰慕和赞叹它。这是一部由超级的智慧、胆略、意志和二十多万将士的鲜血凝聚而成的不朽史诗。它将同毛泽东军事思想共存,同中国同地球共存,它是一座永恒的丰碑,是一部伟大的军事经典,永远放射充满魅力的光辉,是作家诗人永恒的创作题材。遗憾的是,我们过去虽然出了许多有关长征的小说、电影、电视剧,但没有哪一部可以称得上史诗。在诗歌作品中,只有肖华的《长征组歌》长期独步天下,但远不是史诗,其他零零碎碎的诗作更是乏善可陈。但是,我们期待已久的史诗终于出现了,它就是王善廉的《不朽的神话——长征三部曲》。

我是以一种朝圣的心态品读这部汉语盛宴般的史诗的。全书四十二章,五万七千二百行,概括了长征的全貌,所有的事件和战役都历历在目,从士兵到统帅,都得到真实再现。他们个个都是民族之英、军人之雄。一路上,他们涉急流大河,过雪山草地,忍受饥饿寒冷,抵抗疲劳疾病,不停地浴血奋战。两万五千里长征处处是战场,处处是墓地,哪里有仗哪里打,哪里战死哪里埋。仗一场比一场打得惨烈,但他们"带长剑兮挟秦弓,首身离兮心不惩。诚既勇兮又以武,终刚强兮不可凌。身既死兮神以灵,子魂魄兮为鬼雄"!他们人可杀,心绝不能屈,做鬼也为雄。两万五千里长征的每一寸土地都渗透了红军将士的鲜血,哪怕仅仅抓起一把土,都能捏出一部英雄悲歌。这是一场怎样的腥风血雨!长征路上埋葬了二十多万将士的英灵。他们一个个壮烈地走了,但他们把荣耀和形象永远定格在这座历史丰碑上。他们杀敌的呐喊声离我们越来越远,但他们的故事永远不老,沉默的长征路会把这一缕缕忠骨军魂输入中华民族的精血里,使我们更具雄性,更加强大。这就是善廉先生在这部史诗中告诉我们的。相信这部史诗会如一眼甘甜的井,让读了它的人们心灵朗润起来、灿烂起来。

这部史诗,从头到尾,浩浩荡荡,气势如虹,完整、谨严、宏大、磅礴。诗篇内蕴着无限的生命潮水。有的章节如丰厚的植被之下的泉瀑,汩汩流动;有的章节如坚硬地壳下的火焰,能让人触摸到它外在的形状或烈度;有的章节又似黄河奔涛,波浪翻滚,狂卷而去,读来觉得它自然、亲切、灵透、醇厚、盎然,同时又感到它博大、雄浑、高迈,有史诗的深度和广度。诗中讲究语言的纯形、纯音、本根、本态及弹性。不难看出,为了捍卫汉语的尊严、圣洁、灵动和美丽,作者在尽力拆除世俗庸常语言的樊篱,试图对现实语言进行突破和重建,努力在尘世语言的雾霭和丛林中寻找诗意的表达。当然,整部诗作在内容和形式上还存在程度不同的瑕疵，在叙事抒情的把握上，有时处理得不够得当，有些地方还有散文化的倾向。

最后我想说的是：浮躁的人，懒惰的人，灵巧的人，翻不动这部史诗。但历史会翻动它，时间会翻动它。

说说"家庭"

——读吴永的家庭诗

说到家庭,几乎人人熟悉,人人又陌生,人人需要,人人又厌烦。家庭,是一部永远读不完的书,是一曲永远听不尽的歌,是一道永远解不准的方程,是一个永远化不掉的情结,是一种永远不息的战场。看家庭,犹如雾中看花、水中望月,是一个永远看不清楚的世界。世上有哪位哲人又能解释得清清楚楚?!而吴永在他的这首短诗《家庭》中回答得好巧妙好深刻啊!——

"家庭,一座没有高墙的狱舍/她无形的链铐着你/使你难以从中挣脱/家庭,一座没有佛像的殿堂/不朝拜,你也得低头/你永远只能是她的信徒/家庭,一个可以自由的地方/但却又有许多的承诺/你必须遵循这无字的契约。"

这首诗是艺术的,又是真实的。说它是艺术的,因为它是诗;说它是真实的,因为它是中国式家庭的缩影和概括。在它的诗句里隐含着一部永远写不完的长篇小说,一曲永远演奏不完的喜怒哀乐交响乐。

你是元帅又怎么样?!你是总统又怎么样?!还不是常常在家庭的千种瓜葛、万般关系面前束手无策,一筹莫展?君不见,多少叱咤风云的将军,在人们面前,他们威风凛凛,不可一世;在家庭中,他们老实得常常像一只小猫。所以,吴永说:"家庭,一座没有佛像的殿堂/不朝拜,你也得低头。"仅仅几字,尽得风流。

世世、代代、人人，都需要家庭，这放之四海而皆准。但有几人认识到家庭是座"狱舍"？

没有俗气的家庭是不多的，而有俗气的家庭是很难出英雄的。真英雄大都不受家庭的束缚，大都热恋大千世界，并是大千世界锻造出来的。这是有血性、有追求精神、讲究生活内在质量的吴永之所以写出这首诗的自然本能所在。离开艺术，回到现实来说，吴永热爱和珍视他的家庭，但他更热爱和珍视属于他的益于展示身手的世界，或是铁马冰河的世界，或是万里荒原的世界，或是西风残照的世界，或是大江东去的世界。

男人只要没有什么外界的阻难可以征服时便烦闷。男人是发明家，他倘能用一架机器把宇宙改变了便幸福。男人的思想是飞腾的，它会发现无垠的天际。唤醒男人的最高感应，是把它引向崇高的活动。这一切，才是男人的本质和主体。一个男人，如果他的情欲胜过了这一切，那他就不成其为男人了。英国作家毛姆就说："把爱情当作世界上的头等大事"的男人，"是一些索然寡味的人；即便对爱情感到无限兴趣的女人，对这类男人也不太看得起。女人会被这样的男人吸引，会被他们奉承得心花怒放，但是心里却免不了有一种不安的感觉——这些人是一种可怜的生物"。

真正的英雄是不停地闯荡外面的世界的。他们不会过分留恋自己的"窝"，把"窝"当成他们的生之舞台。他们把家庭当作人生不停追寻中的驿站。

吴永一面呼喊要"挣脱""没有高墙的狱舍"的家庭，另一面又盛赞"家庭，一个可以自由的地方"。反对"狱舍"式的家庭，珍爱真情"自由"的家庭，在吴永的诗里得到了统一。

大凡真男子，都是至诚至性之人。英雄并非一天二十四小时都是英雄啊！他们无一不喜爱心地善良、和蔼可亲的女性，无一不是在茶点时间回家穿起软底鞋，体味他夫人的爱娇，在女性的宇宙里去宽松宽松。因为，在一定意义上说，女子的温柔对男子是刀枪不入的襁褓。男子的灵魂浸泡在女子温柔的情怀里，更能经得起风浪险境的锻打。

吴永诗中所向往的"自由"的家庭，是一种更高意义更高层次上的家庭。这样的家庭，岁月的犁铧每耕过一轮春秋，其感情的储蓄便滋生出一份丰厚的润息，滋生出一个又一个更美丽更动人更有内容的故事。锁在笼子里的鸟儿总向往外边的世界，而自由的鸟儿呢，却总寻那温暖的巢穴，一次次出走，一次次盼归，因此，才出现《走西口》那么好的民歌。

亚当和夏娃既是伴侣，又是对手。每一个家庭都有隐藏的戏剧。每一个家庭都有一些挫顿和遗憾，但这并不妨碍它们成为幸福自由的家庭。这恰如一对男女演的二重奏，一个偏爱 C 大调的早晨，明亮、鲜活，一个欣赏 D 小调的月夜，朦胧、悠远，但配起来的，仍然是和弦。这或许正是吴永心之所钟的吧！

说诗歌

一

诗歌,是由血与肉,即人的生命铸成的。汉语言资源虽然丰富,但毕竟有限。如果每一个字不是包含着深刻的生命体验,不是从灵魂深处流淌出来的,一定浅薄无味。诗歌也可以担当重任,有的时候能推动社会运动的狂飙,让人血脉偾张、心海澎湃,推动人的精神飞升,有时又能安定人的心智,成为人类灵魂得以净化、安居的栖所。

二

我记不得这是谁说的:"诗解决哲学和宗教无能为力的事情,诗表达泪的成因和血的流向,诗把人的纯粹精神物质化了。……诗作为一种物质化的精神,理应是生命原野上最本质的植物。生命以泥土为根基,亲近泥土并以一种宗教方式礼赞这生命的根基,使聪明的诗人在生命的探幽中流连忘返……世上只有泥土不朽。而不朽的诗倘不承袭泥土的精魂,那生命却真真的要在无常的沼泽中不可自拔了。生命只有在诗歌中臻于完美和永恒并且熠熠生辉。诗歌是一种精妙的果实,可以照耀人们逾越死亡并且在生与死之间与泥土促膝攀谈。母土意识,对于任何种族的诗人都不是奢侈品。母土,是诗人最本质的乳娘。母土中有禅悟不尽的诗的因子,守候母土便是守候诗魂。"

这段话是足以盖过一本诗歌教科书的。

肮脏的皇冠
——读许辉长篇历史小说《王》

> 这是一部有重要价值的小说,内涵非常丰富。古人云:"作者用一致之思,读者各以其情而自得。人情之游也无涯,而各以其情遇。"在此,我撷取自己的"情遇"和"自得",以求明慧者指谬尔。
>
> ——题记

皇冠者,皇帝的帽子而已。这东西之所以比济公的破帽夺人眼球,搅人心魂,不只在它为黄金制作,且镶嵌着耀眼的宝石,看上去熠熠生辉,华丽气派,更在于它是象征身份的代表物,代表一个国家顶峰的权力,戴上它显得威严正大、气势逼人。无论谁得到它,即便是一头猪、一只猴子顶在头上,往龙椅上一蹲或一躺,都可以唯我独尊,傲视一切,堂皇地号令天下,为所欲为。

为此,几千年来绵延不绝地上演着充满血腥的保护和抢夺这顶帽子的戏码。参与者不仅有皇族爷们哥们娘们和子孙,也有做梦都想"彼可取而代之"的武夫、流氓、恶棍和讨饭花子。许辉的长篇历史小说《王》,写的就是戴、失、抢这顶帽子的真实故事。

太甲是商汤嫡孙,他由伊尹扶上王位,称为王太甲。自从戴上王冠这顶帽子后,他就不知道自己是谁了,任性胡为,对外不停出兵四方,耗尽国力,使军队损失大半;对内实行酷刑,"轻者剁去手指,重者剜去膝盖,再重者砍去双脚,再重者割去性器,再重者分尸八块"。平常,他不理政事,"通宵达旦""饮酒听歌与美女周旋",使宫中"一直浸淫在轻靡的气氛里"。

眼见着江山颓废,国将不国。伊尹利用商汤临终任命他为"统领百官的大宰和推举君王的元圣"的权力,罢免了太甲的君王职务,把他放逐到边远的草滩进行七年劳动改造,以观后效。

太甲来到荒凉的草滩,虽然腹诽多多,但不敢发作,装出低头认命,毫无怨尤的样子,使得任何人都看不出他失去王位的痛苦。春夏开荒种地,秋天收获后,他穿上软鞋,踏荒远游,到树林里听鸟鸣,听树叶最后落下的声音,冬天就同农人在熊熊火堆旁,在暖暖的房子里娓娓交谈奇闻逸事。

更多的时候,他一个人蹲在河边钓鱼,有时什么也不做,只是静静地观水。他真的玩物丧志,淡漠了王位?如此行为,骗了世人,也包括大宰和新君王。

他看到水有的时候徐徐而流,有物挡道,总是避之而行,总是向低处流去,可以说是世间最卑弱之物了;而有的时候又怒而奔流,汹涌狂泻,任何物也不能阻之,阻之则立被摧毁冲走,又可以说世间凶悍者,无过于水了。

人处炎势和处失势,同水虽殊,但理实一贯。他明白,欲达高峰,必忍其痛,欲安思命,必避其凶。眼下万万不可露峥嵘、明叫板。手中无权,即便自己舌灿莲花,也无人听从和响应,仅凭个人之力又势单力薄,能奈几何?大凡阴谋家和政客他们知道什么时候当老虎,什么时候当猫,什么时候气冲斗牛,什么时候把腰弯得最好看。

于是,太甲极尽心思向伊尹报告自己思想改造的心得体会,一再表示大宰对他的处理决定英明、伟大、正确,发誓自己一定要悔过自新,进行脱胎换骨的改造,而且永不翻案。

甜蜜的话语和拍着胸膛的发誓,挠得大宰心里痒痒的,对他满意极啦!于是,他又借机向伊尹请求,在草滩给他划出相当的土地,允诺他建一个草滩王国。伊尹喜出望外,觉得太甲自愿经营建设一个部落,完全放下君王的架子,真的不计较失去的王位了,就依了他。

他撒的这些迷魂药,不仅迷住了伊尹和新君王的眼睛和心魂,消息像音波一样传开,也让商都亳城和天下人点赞称道,都认为他已经放弃君王的地位了。

殊不知他在草滩这边正咬牙切齿,磨刀霍霍,暗中蓄势。其实,这盘重夺王冠的局,他在被放逐开始的途中就开始下了。这时,他把先后招收的九种人,按其所能,进行分工。他把无家可归的、怀才不遇的、生性孤僻的、衣衫褴褛的人全部组织起来,让他们搞经济和建设;把偏激冲动的人组织起来当军事骨干,在森林中秘密训练,留待打仗时当"敢死队员";把游手好闲的人组织成宣传网络,让他们当"宣传部长"和人形喇叭,到商国首都亳城和各王国部落制造舆论,散布搞乱商都的谣言;将知恩不报的冷血之人组成间谍集团,渗透到商国高层和各部落的权力机构,给他们发足钱财,通过行贿,钻进权力心脏,取得信任,关键时反戈一击,致主人死命;把麻木冷漠的人组织起来,教他们行刺技能,必要时充当刺客。同时又让这些人收集各种情报及时向他汇报,便于他及时掌握商国首都及各王国的信息。

他得知商国君主决定迁都的消息后,觉得是自己翻身复位的绝佳机会,立即命令他安插在各地的人形喇叭,摇唇鼓舌,煽风点火,散布各种蛊惑人心的奇谈怪论。说迁都既有害官员,又有害百姓,让大家永远失去家园和财产,失去特权和优越感,失去挣钱和生活门路……接着,又在商都亳城各处点火,然后大肆宣扬迁都惹得上天发怒,又唆使广大百姓上访,跪在王宫前请愿,同时又煽动百姓暴乱和各地军队反叛。

迁都那天,全国人心惶惶。君王李中(盘庚)乘车前行,其驭手正是太甲派的刺客尤同。他有意打马狂奔,左拐右窜,越沟跨涧,在一次腾空中车子撞飞,使得君王立即毙命。

此时心里燃着急切复位大火的太甲,得此消息,狂喜跪地,感谢上苍帮助自己复位成功。

未承想,伊尹立即任命对稳定人心、镇压反叛军队有功的管谷当新的君王。

听此消息,太甲大失所望,怒火中烧。本来他想立即整好衣饰,带上佩剑,命令助手集合队伍,发兵商都,直接夺取王位,可又想仅靠自己一支部队难有胜算。再说,自己是逊位君王,师出名不正、言不顺,还会暴露野心。

小不忍则乱大谋。他只好强按内心的怒火,对伊尹飞马发信表示服从,自己定当沉下心来洗心革面,修身养性。赌徒一旦下注是不会回头的。他同时派人飞马向隐藏在新君王管谷身边的刺客下了死命令,让新君王没坐热龙椅就暴尸王宫。这个刺客叫王仲,他果然在管谷上位不到四天就把一把锋利的刀刺进了管谷的心脏。

太甲连续杀害接替商国王位的人后,逼迫伊尹重新起用了他。他对伊尹感激涕零,十分忠顺地接受伊尹的训词。

正式复位,他先不知廉耻地夸自己通过放逐修养,浑身充满了芳香,然后像所有的统治者一样给天下百姓许下一片光明的未来,声言"我的功德将光照天地"。

大树特树了自己的光辉形象后,他立即带领王宫御林军,锦旗飘飘,浩浩荡荡,巡视天下。他要告知天下人,我复位重掌天下大权了,我是天下之王,是天下王中之王,你们都要跟我走,听我的话,照我的指示办事。

接着,他调集70万军队围猎。其中商国直属军队40万,各王国和部落所属军队共30万。名曰围猎动物,实为壮自己声威,消灭异己。当时各王国中唯有灰古王盖先和符离王江让的军队最为强大。为了各个击破,他命令符离王出兵5万,让灰古王只出兵2万,他怕他们两人联合对抗他。符离王不知有诈,如数调出了自己的主力军参加。果然,围猎一开始,太甲就把矛头对准符离王。65万对5万,符离王国迅即被灭。此一举而震天下,让各王国和部落头目魂飞魄散,强大如灰古王盖先也要时不时摸摸自己的脑袋。

此后,他带领部队以迅雷不及掩耳之势飞回商都亳城。他怕伊尹看出他的嘴脸,再生变布告天下废除他的王位。他之前之所以把商国直属精锐部队调出参加国猎,就是怕伊尹手中握有能对抗他的军队。他突然回到亳城时,大宰知大势已去,要求告老还乡,太甲连伊尹想寿终正寝的机会都不给,当场逼迫伊尹喝下毒汤死去,绝了后患。

至此,太甲由上位、逊位、复位,完成了由炎势、失势、蓄势、窥势、造势、借势到炎势的循环。这一次他要坐稳王位了,无论怎么任性胡为,也受不到任何抗衡和制约了。

读了这个故事,我们想到什么又看到什么呢?

在权势上最成功的人,未必就是好人。他们表面上给世人看到的都是正派、仁义、光大、纯洁、忠厚,实际上可能是阴险狡诈、残暴无情、诡计多端的小人。他们头戴的王冠(皇冠)金碧辉煌,光彩照人,实际上内里丑陋肮脏,渗透了污血,是由无数白骨铸成的。谁也估量不出,他们为得到这项王冠(皇冠)用了多少阴谋,犯下多少罪恶。

历史的真相是随时间的迁流逐步显现的,发生的当时都是被得势的阴谋家政客们严严实实遮蔽了的。试想,太甲复位,商朝国都亳城几天几夜万人空巷,人们都拥到大街、广场、王宫门前,欢呼雀跃,狂呼"王太甲万岁万万岁"的时候,万分真诚地掏心掏肺地表示坚决拥护王太甲、紧跟王太甲的时候,有几人知道太甲为夺取王位而在背后所使用的卑鄙手段、所犯下的累累罪恶?

人是管不了人的,尤其是手握天下大权的人,谁也奈何不了他。商汤虽然任命伊尹为能够随时随地更换君王的"元圣",想法很美妙,但实际上等于让他与虎为伍。没有铁铸的笼子困着老虎,管老虎的人随时都可能成为老虎的口中之食。伊尹是也!

字须立纸上
——周恒长篇小说《汴山》的语言特色

周恒的长篇小说《汴山》的语言很有特色。读之,那山那水那花草那树木那人物,纷繁斑驳,各呈其色,各有其姿,各具其神,引人入胜。

"老汉就伸手去裤腰子上摸,穿的是大腰棉裤,抓出来一个凹腰葫芦,经常乘坐他的船的人都知道那里头装的是烈性白酒,就扬手朝嘴里一竖,又伸手朝怀里摸,穿的是破棉袄,左边个肩膀头子和右边个胳膊弯子烂了两个窟窿,露出来两团灰白的棉花团子。于是从怀里的衣兜里捏出来几个红尖椒子,朝嘴里一塞,鼓巴鼓巴嚼了几下,接着,两条箩筐腿就歪巴歪巴地朝拴在河边子的那条大木船走去了。""老汉撑船的那套动作非常像汴水里觅食的大草虾,特别是从他那破草帽子顶上炸裂了两个窟窿缝里钻出来的两束灰白的长头发,真的就像大草虾头顶上两根长须子。"

老汉何许人也?朱小狗。这是活跃在《汴山》里的一个重要人物。周恒通过对朱小狗的刻画,塑造了穷困潦倒、憨厚朴实、执着爱情的雨果笔下卡西莫多式的人物。他穿着大腰棉裤,破棉袄的肩膀头和胳膊子烂得露着棉花,可见他穷;从那破草帽子顶上炸裂了两个窟窿缝里钻出来的两束灰白的长头发,像大草虾的两根长须子,可见他老;从两条箩筐腿,走路歪巴歪巴,可见他丑……就这样一个家穷人丑又没有社会地位的人,却有着绅士们所不及的正义感和对爱情的执着精神。他在上学的时候就悄悄爱上同班同学崔嫚嫚。他明白这是结不成果实的悲剧，但他"一心只抱着一个死猪头啃"，"不要老婆，宁可打光棍儿一辈子"。他默默地爱着她，像保护鲜花一样不让任何风雨摧残她。为此，他多次冒险去救被侮辱的崔嫚嫚。这极像《巴黎圣母院》里那个心地极美、外形极丑的敲钟怪人卡西莫多对美丽而不幸的卖艺女爱斯梅拉达的爱情。想想他为了保护崔嫚嫚而杀死了邪恶的黎镇长，从此孤身天涯，不由得让人心头漫上缕缕凄凉。

"乖，这晚子不知道怎么啦，哪怕是被苍蝇弹了一蹄子，只要去医院里瞧，什么拍摄片子啦，化验啦，给你吊水啦，还有……"苍蝇只有细如发丝的腿，何能称得上蹄子！人被这细如发丝的腿怎么踢，也不可能致病。周恒用这种极端的形象语言鲜明地揭露出一些医院过度医疗的行为。这种行为让本来就很穷困的农民怎么承受得了？

还有对那个生着"筐头子似的大嘴巴"、镶着"几颗腻歪人"的大假牙的黎镇长眼神的描写："崔嫚嫚害怕看见黎镇长的那两只黄鼠狼给鸡拜年的眼睛……她感觉他的那两只又大又圆的眼睛比高倍的 X 光机子还要厉害，总是把她从上到下透射好几遍，尤其是在她的胸部停留的时间最长，最长。"这里作者通过被侮辱被侵犯的人物的眼，透射出那个时时想侮辱人侵犯人的人的丑恶灵魂和形象。

馨乡的孩子"喜欢清早到山坡上放猪，他们手里拿着小鞭，有的是小树枝枝，每人赶着一头老母猪和一窝小猪子，悄悄地走出村子，来到汴山的山坡上。老母猪就呵护着一窝小猪子，它们有滋有味地用长嘴巴、小嘴巴拱土，香香地嚼着野菜。于是，通溜溜红的太阳就从东边个升起来，愈升愈高，愈升愈高"。

由此，我们可以想见，因为夜里下了露水，山坡上、小路上到处湿漉漉的，连红彤彤的太阳也显得湿漉漉的。这时，满山遍野的花呀草呀，都顶着水珠儿。汴山的山头上罩着一层淡淡的雾，绕着山头，绕着山沟，轻轻地飘荡。山边下,山坡上,山窝里,散落着一群一群小猪,它们有的用长嘴巴在有滋有味地拱土,有的伸着头在香香地嚼着野菜。放猪的孩子们时不时抽响手中的小鞭,口里哼着动听的皖北乡间小调。这该是怎样一幅极富农村生活情趣的画面!这类鲜活逼真的描写,既有秀丽美,又有朴实美。

"在馨乡,经常能遇见身着简陋的佝偻着身子的老头子和老妈妈,他们用草粪箕子背着很重的石头,从坑里边佝偻着身子往坑上边走着,头低得很低很低,几乎快要沾着地面了。然后再沿着湖里通向村子里去的乡间小路,佝偻着身子一步一步地挪动着两条弯曲的腿,太阳把老人的影子拉得很长,很长……"

"身着简陋",穷困貌。"佝偻着身子",老朽貌。"用草粪箕子背"石头,落后貌。"从坑里边佝偻着身子往坑上"爬,吃力貌。"头低得很低很低,几乎快要沾着地面了","佝偻着身子一步一步地挪动着两条弯曲的腿",一个"低"字,一个"沾"字,一个"挪"字,足见其背负之重、行走之艰。短短的一段描写,世世代代脸朝黄土背朝天的农民形象跃然纸上。

无论诗、散文、小说,总须字立纸上,不可字卧纸上。字立纸上即生动。

陀思妥耶夫斯基把"五库必克的铜币沿着地面滚过去了"改为"五库必克的铜币沿着地面响着跳着滚过去了",加了四个字,就生动多了。

周恒《汴山》也不乏类似的精彩语言:和尚"秃头顶上有两行滴溜溜圆的疤,乍一看,就像刚漏出来的一个个的小绿豆饼子"。小老头子"满脸黑皱巴叽的,让人联想到雨后太阳暴晒过的那个陈旧了的核桃壳"。"一股烟雾正在从尚医师黑窟窿似的嘴巴里和鼻孔里悄悄地冒出来,慢慢地在肉乎乎的脑袋瓜子上升腾着,弯弯地散发着。""狗日的是个不跟别人剥一根葱的角色!""一把攥着两头不冒。""眼睛再不敢互相遛门子喽。"如此这般,读了让人如临其境,如见其人,特别新鲜、生动。

最为生动的是小说中那些朴实有趣的皖北方言。"听说上天还好好的咧",指"头天";"赶明儿个俺们走着瞧",指"以后";"人家又没白了俺",指"没亏待咱";"石体有怪好几个窟窿眼",本来"有好几个"就行了,但加个"怪"字就显出地域特点了;"一天头午",指"中午"前;"朱小狗一小就没有了娘",指"从小";"你看可管",指"行不行";"前天好晌午",指"将近中午"。还有许多诸如"往年子"指"从前","那晚子"指"那时候","这晚子"指"现如今"。《汴山》中用的最多的是"剋"字。"一家子平时啥都舍不得剋。""晚上擀一顿麦面条子剋","有饱剋","到饭店使劲剋一顿","好好地剋两盅","好好地剋"。这里的"剋"有的指"吃",如吃饭;有的指"喝",如喝酒;有的指干,如干活。

文艺评论家唐弢曾说:"我曾经将一位成名作家作品的语言做过统计,他经常用的词语不过四五百个。可想而知,要用这样贫乏的词语写小说是写不好的,它无法表达复杂、丰富、生动的社会生活,无法描写各种人物的内心活动。"

唐弢的话是至理真言。我想周恒应永远铭记,在自己的小说语言上更下功夫,让自己小说的语言更加形象、鲜明、逼真、生动、丰富、独特。

藻耀而高翔
——读薛志耘翁的花鸟画

志耘翁同人相处,安详亲和,谦恭温良,言谈尾尾,很少作激昂态。但他作起画来,却目骛八极,心游万仞,放笔即来笔底,状物如在目前。纵笔处如飞瀑之悬匡庐,收笔处如鸿声之断衡浦。恣情欲狂,闳肆至极,处处洋溢跃马揽辔、奔逸天岸的豪纵之情。

在他笔下,春光潋滟,秋风萧瑟,灼灼其华,凛凛其气,均充满了生命流转的动势丰韵、万物枯荣的逸态神姿。小鸟的侧首举臂,荷枝的豪宕舒展,寒梅的傲骨烈魂,丰腴皓洁的鹅在碧玉似的清波里浮游,健翮抖擞的鹰在飒飒作响的风中,极目辽天,虫儿迎风自由自在地鸣叫,为大自然清绝的乐章平添诗意的和声……均通过他渗透灵魂的笔墨自然超妙地再现出来。

画家的灵魂在这里找到了栖息的锚地。他信意落笔,在春夏秋冬,阴晴晨昏,四时流转,雨雪日月,花鸟虫鱼,万物枯荣中,吟唱着温婉动人的歌。读他的画,人们会感到,他不是在作画,而是在怦然心动地叙述着自然和人生的故事。"子非鱼,安之鱼之乐?"那都是画家自己心情的投放罢了。

"少陵翰墨无形画,韩干丹青不语诗。"诗乃无形的画,画乃有形的诗。志耘翁不是诗人,但他的画就是诗,就是耐品的诗。

翻开他的画集,荷之作多矣,幅幅都是有形的诗。

瑟瑟秋风,一塘《残荷》错落有致,枝干高挺,浸透着生命的高贵气息,即使红颜褪去,青春不再,荷依旧活得清高。

一方野塘,水明花暗,几枝《秋荷》,独放异彩。明暗色彩的强烈对此,显现了污浊之中,自有高洁者一尘不染。

一池印着墨云的水面,隐约觉得它很宽很广。风终于没有一直孤独下去,几星雨滴悄无声息地滑入了这一池欲睡的塘,零零散散地溅起点点的水花,轻轻荡漾,又铺张开去。从《雨荷》中似乎能听到雨滴滑落的声音,曼妙迷离,仿佛已逝的烟火。雨后的天变得更高更远更静。

他画荷,取象外之象、韵外之韵。有时勾花不着荷,有时着叶不勾花,还有时叶败而枝挺,但都漫溢着缕缕来自他心底的荷韵馨香。那一幅幅倔强如净臣、孤冷如老衲、清逸如神仙的荷,实乃画家心中之荷的外化和升华。

他的作品,之所以自成高格,首推意境卓然。那清新俊逸的,那天籁爽发的,那温婉淳厚的,那澄如秋水的……"举头忽看不似画,低头静听疑有声。"(白居易)全由意境出。

《潇湘晓月》,神秘、高远、辽阔,把读者拉入"独上江楼思渺然,月光如水水如天"的境域。这清如水的夜,幽如夜的月,该见证了上古湘妃寻夫到湘沅那一夜的眼泪吧。这不,湘妃的泪滴落在翠竹上,还留着斑斑泪痕和温热呢!

《暗香浮动月黄昏》,暮色,来得特别轻,特别静,特别温婉。向树的空隙望去,能看到被风轻抚得绵绵浮动的黑暗,泛起粼粼的光,又伸向被黑暗隐没了的远方,月光款款地照下来。此时,将栖的小鸟,刚健的梅枝,淡淡的月光,沉沉的暮霭,这一片景致,给人留下怎样寂然耐寻的空间!

《静远》,一只雄鹰凌霄突兀,极目苍天。宏大的静止由这渐次向渊深的天幕扩展。这静止,委婉而含蓄,消隐而凄清,一切艺术的元语言都在静止中构筑和萌动。"玄高而思静,知天而识地。"在这静止的浓凝点上,层次过渡着,色泽变幻着,从中能感到画家自己的思绪在颤悸着。

人们常见的花鸟画,多是小摆设,是小家碧玉。可志耘翁却别开洞天。

他的花鸟画,笔致如大江奔涌,纵横捭阖,境阔意深,气势磅礴。同时,在纵横之外有冲和,恣肆之外有内敛,淡然祥和,富有理趣和禅意,有自然造化之妙。这全因他心连广宇,视及大千,纳天地于襟抱,拓万古于心胸,有一种博大渊深、玲珑清澈、自由超迈的人生境界。

他用笔似日月星辰之巡天,江河流泉之行地,无痕、圆融、臻于化境,让人疑其下笔如有神助。每有所用,笔走墨行,如风行水上,笔随意转,圆融飘举又骨力劲健。每笔每画如曲铁银钩,但又淋漓酣畅,内力充盈,跌宕奇幻。《八月葡萄飘洒酒香》,就是靠笔的运行表现的节奏美和韵律美。那盘根错节的葡萄藤蔓,枝须纷披交错,若舞若蹈,飞动的线条,交织成一个充满无限生机的自然界,弥漫着令人心神飞越的壮美。

他用墨用色单纯淡雅,但错落有致,淋漓纷披,又幻化灵变,超越象外。笔飞色扬处,逸迈不肯让人,一般作手不能望其项背。当然,他的画也不乏色泽绚烂者。这是在告诉我们,淡雅当要,华彩也不该拒绝。雅表现的是气质高雅、心志超迈,但不是水净墨纯就是雅,繁彩丽色就是俗。他长于别人的是笔与墨、墨与色、水与墨之间,法度与自由之间,理性与直觉之间,都被富含着强烈穿透力的流动的生命气息所贯通。因此,他无论怎么用笔用墨用色,作品的气与韵、意与境都相谐相融,浑然一体。

如今有些画家是附在乔木上的攀藤。他们终日背着囚枷,"克隆"别人。而志耘翁却始终在艺术的山道上孜孜不倦地走自己的路。他的那些作品,件件戛戛独造,突兀群伦,那境之高致、线之精妙、墨之酣畅,灵性溢满一纸,少有人能与之比肩。所以,我确信,他终有一天会举世驰骛,万流腾誉,大行天下。

过去,每每见到他的画,我总是驻足仰视,但始终未写一字。因为禅家有偈云:"说个佛字,拖泥带水;说个禅字,满面羞愧。"志耘翁的作品藻耀而高翔,我觉得任何分析都近乎多余。现在虽然写了,但我依然担心这些文字言不及义,害怕志耘翁的作品得到的是平庸的诠释和赞誉。

心灵的放飞
——读武作岭先生的花鸟画

一棵果树,当人们看到它硕果挂满枝头之时,其实它已经在大地上生根成长了许久,经历了许多春秋风霜雨雪的锻打磨炼。一个人的成功总是要比人们想象和渴望滞后漫长的时光。当他头戴光彩夺目的桂冠,人们对他鼓掌欢呼羡慕崇拜时,却很少想到他已经为今天的成功苦苦挣扎奋斗了许久许久。

不知从哪一天,作岭心中出现一条用画展示和放飞自己心灵的梦想之路,据他回忆,这念头萌芽于他九岁那年。就是从这年开始,他沿着这条路走啊走,从不知累,从不倦怠。绘画成为他心里唱出的最美的歌声,绘画照亮他人生高原的风景,构成他内在生命的支撑。

俄罗斯语云:"不管你爷爷多高,你还要靠自己长大。"艺术都要人亲力亲为,都要靠自己努力完成。换一个人又要从头再来。不然,齐白石、黄宾虹、李可染之类大师们都不要招门生了,他们只传给子女就行了。可实际上呢?艺术只可借鉴,不能遗传。欧洲绘画大师毕加索最大的孩子只能为他开汽车,其余孩子有的做首饰,有的做香水之类的生意。武作岭是深知此理的。他并不去投名家权威,只在实践中同艺术对话。作岭现年届不惑,过去,他一年又一年朝朝暮暮从不停,一天又一天三更灯火五更鸡。他在平常生活的日子里淡泊明志,涵虚养心,俯仰天地,体察万物,恰如深山一眼石泉,毫不介怀于名利得失。尘世间的花开花落,水涨水枯,都无碍于他寻山望瀑,写叶描花。当那眼心泉积累得盈腔,凝聚成冷目净苦,便会化为笔墨,形成远离俗气和浮躁的佳作。

他的墨竹图:老节挺拔而不乏潇洒之致,枝叶稀疏而不减朗秀之姿,深得刚柔相济之妙用,阴阳相得之至理。非特具功力者,实难有此佳境。

他的松鹰图:鹰踞高松,顾盼自雄,有掇身欲飞之势。但见爪痕杈丫而生姿,墨迹枯癯而有神,点染古拙而精气弥漫。

他的长卷牡丹图:洁净超脱,纯净质朴,构图大气磅礴,笔墨苍润清秀,叶、花、枝、浓淡交织,疏密适宜。展卷似有缕缕清香扑面而来,顿时把人心灵淘洗得活蹦鲜亮。那绿牡丹,花瓣重重叠叠,色呈青绿,显得瑰丽夺目,姿色绝伦,一阵轻风吹来,暗香浮动,沁人心脾;那黑牡丹,一片绿叶捧托着一朵盘大的花,花瓣层层,黑中泛紫,油润明亮;那高茎且直的花王姚黄,鹤立鸡群,独傲不俗,花朵硕大,瓣叶白里泛黄,密卷如绢,仪态万方……画面上的每一朵牡丹都形神备至,风姿绰约。每一株牡丹都好似散出一种独特的芳香,观之让人沉入花和花香的梦幻之中。

令人叫绝的还有他的四季图——

《春》,有艳红的牡丹、鲜嫩的兰草、飞翔的小鸟……这幅画,用笔纵放,线条优美,气韵充沛。看后能给人以无限遐想:经过冬的洗礼,春通体透亮,皮肤红润,此时已甜甜地睡在柔和的阳光里,她那如兰的呼吸,还带着一种母亲体温的暖烘烘的味儿,掺入透明的风,溶解于纯净的空气,大团大团地在低空游弋,蒸腾扩散;自然万物都在春风中晃动着,鸟儿飞来飞去,不停地歌唱,那悠扬、圆润、激越的歌声,穿越林间,在天空回荡;一看就知春在努力地孕育着生命,春拥有生命成长的冲动和朝气,人们在春的感召下,执着地追求自己的精神和梦想。

《夏》,那其状如伞的荷叶,亭亭玉立的荷花,翩然飞舞的彩蝶……交汇出主体的画面。整幅画,充实而不壅塞,虚灵而不空疏,有匀整处,有洒落处,有稠密实落处,有取势虚引处,有意到笔不到处,真乃神妙。你若观赏作岭这幅《夏》,你就仿佛进入一座绿色的宫殿,呼吸沁人心脾的清香。放眼四望,时光从万里晴空洒落,放纵地插入万物生灵的肉体,茂盛的野性植物,和谐而热烈地拥抱共处。那平原、河流、山峰,到处都是血肉丰富,情感逼人的生命。此时,你会不禁惊叹:啊! 夏,是一首浪漫的诗;夏,充满着野性的美。

《冬》,肆虐的雪片在天空中超然微笑,寒风怒吼着像高速行驶的坦克,在每一寸土地上推进,践踏、吞噬一切。这时大地没有了曾经的繁华和喧闹,一片沉寂,一片洁白,偶然在雪地上发现鸟的足迹。那美丽的符号,点染着氛围,叙述着一个生命的流浪。在这洁白、博大、寂寞的冬之世界里,唯有梅花铁干横枝,昂然盛开,朵朵红花,溢香吐艳。作岭在四季图中唯有这幅画面弥漫着模糊的气氛,物影的似是而非,处于水墨交破的浑然状态,意境显得幽曲隐晦。其实这正是画家的用心所在。"模糊"是一种语言,也是一种境界。大物大象反映在绘画中并不一定要浩浩荡荡、笔笔清楚、一目了然,所谓"惚兮恍兮","景愈藏而境愈深"。凡能得大寂之处听大音,"模糊"之中见大象之画道者,便能以笔墨的少少许,表现出大千世界的多多许。

以简见繁,笔墨淋漓,意境幽深,作岭对此的追求已臻佳境。《牵牛花》:细楚儿上,挑起几朵小花,并不妖艳,却很鲜活有神。画面简单,却有象外之致,没画天空,可看见碧空高远;没画太阳,可看见阳光灿烂;没画土地,可看见地平线在远远的天边;更没画人,但分明有一个小男孩短衣赤足,皮肤红黑,脸上有几分稚拙,几分天真,许是牧羊归来,正走在旁边,深情地看着这红颜只向农夫笑,喇叭吹给牧童听的花,顷刻间,就要走进画面,和花儿亲近。听琴要听弦外之音,赏画要赏画外之境,一幅画没有画外之境自然属于下品。

作岭慈眉善目,面若朗月,一副平和宽厚的神态。他的画同他的人一样,自然、从容、平和、大气。他平常作画,不卖弄,不故作高深,不故弄玄虚,不装样子吓人;也从不像有些人只知皮毛,就不知天高地厚,到处炫耀,到处胡涂乱抹,以"大师""创新派"的面目唬人。他知道天下自有不盲之人。真金必有人识。所以,他不凑热闹,不走门子,靠艺术功力立世。

纷纷攘攘,热热闹闹,是做不了大艺术的。没有宁静,不可能深入致远,没有沉寂更难见真见性。真正不朽的荣耀,焉能轻易获得？它要以生命的长期燃烧为代价,那烧不尽的东西才结晶为舍利子。艺术的最高殿堂正在远方放着令人敬慕的光芒。祝愿作岭在艺术道路上永远不停地向前行进。

"芳菲菲兮袭余"
——读蔡白先生的花鸟画

一日,独坐窗前,任随初夏的风悠悠飘来,我为自己沏上茶,自斟自饮。闻着绕鼻的茶香,纷乱的心绪,便渐渐地舒展开来。在这难得的悠然中,我品赏着蔡白新近出版的两本画集。

这是两本耐品的艺术作品。嘴里品着茶香,眼里品着画香,很是兴奋。不知不觉间,感到有点微醺了。

生活中的蔡白,率真、质朴、淡然。他的画近似他的人,清新、淡雅、天真。

他画竹,着叶不多而疏密有致,绰约多姿,生意盎然。他崇尚简略,阔笔放纵,但又穷竹之变。稚壮枯老之容,被折偃仰之势,尽在笔下。那潇洒劲秀,那朴拙自然,那含蓄奔放,那茂密清幽,都各有韵致。最惹人眼的是他的《夏日修竹》,或浓或淡的几竿墨竹,劲挺、静穆。枝干的穿插,叶的折旋向背,季候的风晴雨露,描绘得既婀娜多姿又秀雅文静。他笔下的竹子,茂而不骄,瘦而不弱,群居不倚,独立不屈。"其翛然也有儒者之意,其温然也有王孙之贵,其颓然也有茅檐之味,其俨然也有玉堂之气。"

他的梅花,章法严谨,笔墨精练,格调高雅。梅花未开、半开、盛开、将残,异态纷呈。画老枝,行笔多顿挫转折,背阴处浓墨粗笔,向阳处淡墨细线,枝干立体感极强。画嫩枝,圆润秀挺,枝枝竞发,尽显天然生机。淡墨圈花,浓墨点萼点蕊,虽着墨不多,却神采焕然。整体布局开朗,境界开阔,疏瘦清妍,宁静婉丽,奇古、傲岸,瘦硬如铁。我亲见他画《岭上梅开大地春》,梅立悬崖,树干枝条或浓或淡,或干或湿,互相穿插,挺健秀美,而又弯曲多姿。朵朵梅花,迎寒开放,晶莹如玉,疏密相宜,极耐品赏。

他的兰草,疏密、主次、虚实、穿插,既各得其妙,又气脉通连,互为一体。画兰主在画叶。长与短,大与小,粗与细,弯与折,仰与俯,在他的笔下各逞其姿,各显其秀。瞧这《凝香》,几株兰花立于空谷崖石之上,虽无人,但芳香依旧。石头用墨浓淡干湿,层次变化极为丰富。他用双勾画法,中锋用笔,线条转折跳动,如舞春风。笔法老健,撇出的叶片,爽劲挺拔,刚利如剑。花朵偃仰有致,藏露得当,尽显其真其色其态其韵。作品中的兰虽生于石间,但它根实叶茂,吐幽香于深山之中,表现出顽强的生命力。他画兰乃胸中有兰,而后信笔画去,随意为之,从无刻画之迹,常常是率尔意到而精灵奔,兰的洒脱飘逸、清冷绝俗的风致跃然纸上。

他的画,体物一微,形具神生,朴实自然,丰润含情。他画每一幅作品时都用生命去体悟,把自己满腔之情,静静地注入他的作品中去。所以,凡忧愁而得之者,则枝疏而槁,花惨而寒;感慨而得之者,枝曲而劲,花逸而迈;愤怒而得之者,枝古而怪,花狂而大……画因情而生动,因情而感人。品他的画能荡涤人骨髓,作新人心目,拔之于污浊之中,置之于风尘之表,使之飘然欲仙。

一般人很难抵抗得了世俗的喧嚣和熙攘。那个法海和尚,老得白胡子一大把,都没能彻底圆通。他老人家总是喜欢纠缠白娘子和许仙的婚姻之事不放。我们艺术家中有不少是法海和尚,不好好修身,专去掺和闲事。蔡白的可贵在于与众不同。他知道,如今画坛上吃得开的,常常靠的不是盖世绝学,独门武功,而是混迹者的生存技巧,但他不屑于此。有的画家对世俗的风景趋之若鹜,可着劲儿去凑热闹,而他却安之若素,守护着自己的初衷不变。每日里安静地读书,安静地作画,静得从容,静得深邃。他是艺术的圣徒,画画是他的唯一,是他心中的佛。

我想,我们每个人都像一缕风、一丝雨,来去匆匆,但只盼活着的时候,有着属于自己的生命时空,并且能持之以恒地守护它。蔡白可为我等之楷模也。

蔡白久居斗室,可以说其人其画乃藏在深闺人未识。余独识独享而不敢擅专,特速记于此,以飨未知者和想知者。

沉醉山水间
——读陈曦先生的山水画

忽一日,不期而遇陈曦先生的山水画集,我刹那间受到的震撼真是难以尽述。瞬间古今山水画大师排闼而来:顾恺之、吴道子、赵伯驹、范宽、石涛、黄宾虹、傅抱石、张大千……陈曦先生像他们吗?像!但更像他自己。读他的画,感到有一种绝世的旷美,沁入灵魂。他用那奇妙的画笔把宇宙间亿万年造就的千峰万壑的雄秀苍茫、无穷意蕴,定格在画纸上,让我们心驰神往,凝视不已。

人物画看神,山水画观势。陈曦先生腕下的山水造势极妙。有的自山下而仰山巅,造高远之势,显得清明、宏阔、突兀;有的自山前而窥山后,造深远之势,显得深沉重晦、叠幽;有的自近山而望远山,显得明晦交替,冲和而缥缥缈缈。瞧那《流畅千古》,人们自山下而仰山巅,奇峰峻拔,绝壁万仞,石体坚凝,色若精铁,气象森森,不通人迹。再瞧《雨洗江山净无尘》,先近后远,咫尺千里,一派明丽、浩远、壮阔之象。全图大雨方歇,云散雨霁。近处,千峰万壑,陡峭耸峙,雄奇秀逸,树木蓊郁,飞瀑湍湍;远处,云雾轻荡,峰峦隐没,诡谲多姿,辽远阔大,与天相连。整幅观之,让人精骛八极,心游万仞,感觉荡胸涤怀,神融意适,清雄绝俗,超妙入神。

神品山水,观之情满于山情动于水,心灵搏动起伏,受到或抚慰或洗涤或震撼或升华。你看《峡江放舟》,青山如黛,层林尽染,一江涌流,澎湃不息,吟啸而来,奔腾而去,前不见头,后不见尾,波光闪烁,盘旋不已,似透明的翡翠,从大山之间穿行,闯过狭窄,走向宽阔。江中数舟轻扬,飘然而过,真乃"两岸猿声啼不住,轻舟已过万重山"。倘坐舟中,那如钩的心绪,定会自然而然随着那山那水飘然而逝,获得一身的清爽和恬静。再看那《高居图》:群峰相拥,高与云齐,山崖苍松茂盛,浓郁青葱,气贯云天,山间气象森森,烟云阵阵,静寂幽深。身居其中,上突危峰,乱石峥嵘;下瞰深谷,杂草丰茂,听鸟语,闻花香,赏飞瀑,观日升月隐,汲天地精华,日子不知不觉间在春花秋月中经过,向更深的空阔里荡去,何其悠哉。这一卷山光水色,这一卷古韵遗风,足够酩酊心灵,况味一生了。

绘画不难于写形而难于写意造境。所以人们才说,有意境者为上品,无意境者为下品。"草木敷荣,不待丹绿之彩,云雪飞扬,不待铅粉而白。"造意境不是艳妆女郎胡抹乱涂,弄得满脸白粉满嘴口红。阴阳陶蒸,万象错布,只有把"万象""错布"得巧妙适宜,方能造出令人品赏不已的意境。青山绿水,红花碧竹,在陈曦先生腕下,洗净铅华,脱彩留影。《万里雪霁》:近处,一片寒林,老硬苍劲,林后绝壁千仞,飞瀑高挂;远处,群峰浩莽,嵯峨起伏,苍茫壮阔;瑞雪满山,晶莹剔透,物态严凝,俨然三冬在目。《幽泉声声》:全画笔力遒劲,水墨交融,丰神滋润。山石既有刚劲坚挺的质感,又有秀媚灵逸的韵味。树木盘曲高耸,含风摇曳,山间林际,薄雾凄迷。幽深曲折的山中山泉,汩汩涌流,淙淙有声,颇有"泉声咽危石,日色冷清松"之境。陈曦先生的山无论是莽莽雄浑还是突兀奇峭,水无论是荡荡浩渺还是潺潺涓涓,在蓝天白云青岚笼罩的萦绕中所显示的都是一种整体和谐的意境,达到"真境逼而神境生"。

陈曦先生构图或苍茫沉郁,或简洁疏朗,或纵横跌宕,或势极深远,或幽深恬静,都各极其致;连具体画面如溪流环绕,风帆溯流,烟云弥漫,怪石崩岸,苍老的古树,缥缈的行云,都曲尽其妙。

"象物必在于形似,形似须全其骨气,骨气形似,皆本于立意而归于用笔。"陈曦腕下的峰、石,有气势,有骨力,有生机,全赖于他用笔之妙。他的笔迹劲爽,笔意清润,笔墨雅丽。正因为迹、意、墨三者合一,才使他的山水画元气淋漓,气韵俱盛。他尤其擅长墨法巧变,或挥或扫,或浓或淡,随其形状,为山为石,为云为水,为风为雾,为雨为雪,应手随意,悠忽造化,宛若神工。

　　陈曦的许多山水画似有奔腾和成长之势,水在向前,树在勃发,雾在旋转,山在张扬,雨在冲动,风在疾走,千山万壑,跳跃腾挪,携手共进,百折不挠。我揣度这里饱含着画家本人,从中我们看到陈先生为进入那顶尖绘画人物方阵而不停行进的身影。

一路虔诚
——画家陈光林先生散记

我与陈光林神遇,最早是在已故的国画家梅纯一先生府上。一日,我拜见梅老,走进他的南屋画室,第一眼就看见挂在东墙上的一幅钟馗画和一个年轻人同梅老的合影。梅老告诉我,同他合影的叫陈光林,灵璧县三中教师,此子笃志勤学,专画钟馗,日渐长进。窃以为梅老如此垂爱,日后必有所成,当验之异日也。

匆匆十余载过去,而光林果如梅老所言,已卓然成家。翻阅光林的钟馗画集及简历,我清晰地看到,他一路虔诚地走来留下的执着的脚印。

他生在灵璧县娄子镇陈家庄。这个村庄隐没在国家的版图中,史无文典武范,历朝历代统治者都不晓得他的疆土上有这个村子。这个村子的人,世世代代没有向往,木然地生存。但生于斯长于斯的光林却不同于他的父辈,他是一只雏鹰,无数次日升日落,望着平旷的荒野,渴望飞翔。

20世纪70年代末,他应征入伍,带着追寻梦想的希冀,舒展着青春的翅膀飞翔了。那一天,他唱着"长亭外,古道边,芳草碧连天"那首歌,只唱到一半,就已泪流满面了。因为初次飞翔,他为不可知的前程而感到迷茫。尽管他全家都是行伍出身,父亲参加抗美援朝,母亲曾随军南下,两个弟弟也相继戎装在身,但他内心迸发着的激情却指引给他的是瑰丽的绘画殿堂,军旅终究不是他的归宿。因此他后来身在部队而心却沉浸在艺术之海中。

青春在风中一点一点飘逝。光林内心的激情始终在燃烧着。他毅然脱下戎装,又重新回到他那千年不变的家乡。他在自己家那低矮的茅屋,昏暗的灯下,开始自己梦寐以求的追寻。第二年,他顺利考上了安师大滁州分校美术专业。

"杏花疏影里,吹笛到明天。"在美术系里,他如饥似渴地汲取绘画艺术的营养。他日夜不停地同古今中外美术大家进行对话,他虚心地坚持不懈地求教于老师,他认真地严肃地同同学进行艺术交流和碰撞。为了他日的灿烂,为了在天空和大地之间抖出一片辉煌,他竭尽全力、始终不倦地储备着创造的知识和能量。

走出安师大的大门,他就跨进灵璧三中,一待就是十五年。从艺术的历练上说,这十五年是最值得他记忆的。如果说在安师大深造为他走上美术殿堂铺上了坚实的基石,那么在三中的十五年则为他同美术殿堂之间缩短了极大的距离。这十五年是一段长长的不可言状的长跑。

人们不会忘记他是怎么在那间床连着画桌的小屋里度过的。

白天,他带一个班又一个班的学生,晚上的时光就都是他的了。不管是夏日的蚊叮虫咬、汗流浃背,还是冬日的风雪打窗、墨冻砚池,他都始终默默耕耘,在探索中攀登。

早晨,阳光执拗地透过门窗,把一把把碎金洒在斗室之内,他立马神清气爽,感到全世界的美景都聚拢而来。他搂着美景,美景也拥着他。于是,他拿起画笔又情不自禁地泼洒起来。

假日里,他常常把自己禁锢在小屋里。"结庐在人境,而无车马喧。"他自己是自己的风景,他成为自己门上一把好久没有打开的生锈的锁。他在寂寞的时光里,采撷艺术原野上的美景。他深深感到,艺术是需要寂寞的,只有这时心灵才显得圣洁、纯真、深邃,灵感和情思才能源源不断地涌来,才能听到心中艺术之泉在汩汩地流淌。

时光在不停地流逝着,光林不敢稍有懈怠,总是紧紧地向前追寻着。他在他那间斗室稍感疲劳和迟钝,就马上出走,走向旷野、走向大山、走向大海、走向都市,呼吸外界的新鲜空气,让大自然的生机和灵性感染、激活自己,让外界的新思潮冲击、洗涤、丰富自己。那荷塘的云影,那舟上的明月,那湖泊的涛声,那园林的清香,那草原的幽绿,那大山的起伏和雄伟,那大海的深邃和博大,曾给光林心中带来多少可喜的碰撞和启迪!

有一个哲人说,你拿一个苹果去换对方一个苹果,彼此得到的还是一个苹果,若拿自己一个思想去同对方交换一个思想,彼此就有了两个思想。光林似飞鸟、骏马和游鱼一样,纵情自由地飞翔、奔腾和游弋。在这当中,他同外界经历了无数次思想和艺术的碰撞,在这一次次同他山之石的碰撞中,他使自己逐渐深邃起来、丰富起来,从而使自己的艺术得到提纯、得到升华。

蒲松龄说过:"性痴则其志凝。故书痴者文必工,艺痴者技必良。"任何成功都离不开专一、离不开痴。痴,专一,才能铆足劲,心无旁骛,全身心投入。铆足劲,心无旁骛,全身心投入,才能走得快,走得远。

由于少时的沉迷,大学的锻造,在三中十五年的执着,一路虔诚地追寻,光林终于在钟馗画上形成自己的面貌。他的钟馗画既有别家的精奥,又有自己的慧心。他那凝练的线条、豪放的笔墨、古朴的章法、恢宏的气势,使他的作品在各家钟馗画中傲然独立。由此可知,梅纯一老人生前青睐之不失耶。

知其以往而证诸之今日,然则知其今日则可预知之将来。我对光林是有期待的。愿光林一如既往地虔诚下去,愈走愈好,倾其全部生命华彩创造出更多的斑斓。届时,余深为画坛庆。

其妙难以与君说

我读韩飞,不知不觉进到一个丰富而又独特的世界。在这个世界里,我看到韩飞那步履坚实而又匆匆的身影。当岁月拓开了他心灵上的那片混沌,他青春的热情就开始发酵、骚动、澎湃,生命的狂流犹如黄河飞瀑恣肆激荡。其父凭借敏锐的眼光将他指向摄影之路。于是,他从大泽故乡延伸出来的那条弯弯曲曲的泥泞小路走上了追寻之旅。从此,这条斗折蛇行、荆棘丛生、没有尽头的路,永远系着他的一颗心,系着他生命的全部音韵。

从广袤的黄淮平原出发,一路上,一幅幅画面掠过,一首首音乐飘过,一排排诗行扑来,他手中的相机不停地举起放下,放下举起,不敢稍有懈怠。于是那一张张同自己心灵相契合,充满生命意识,又引人深思的佳作不断地涌出。

这是《春韵》:阳春三月,柳树吐出一枚枚绿色的音符,翠竹喷着一束束绿色的火焰,花朵婀娜蓄满春的丰韵。春风吹拂,那一望无际的麦田起起伏伏,似碧绿的海浪。一俏丽女子,轻握横笛,吹奏着一缕缕让人陶醉的歌儿。她的身材曲线曼妙,容颜千娇百媚,表情温柔婉转,她那飘逸的裙裾荡漾着天真无邪的旋律。那清脆、清纯、轻柔、悠长的笛声由她那富有弹性的肌肤向外渗出,踏着麦浪,穿越时空,慢慢地缓缓地向四周散发。田野里飘溢的清香,轻笼着笛声的节奏,无始无终地应和着天空中的鸟鸣和吹笛丽人的心音。春风轻扬,在丽人四周旋着迷蒙的色彩,好似在为笛声感动而不忍离去。哦,是的。她那微微翘起的漂亮嘴唇吐出的每个音符都有迷人的磁性,或激越欢快或低回绵长的笛声,似乎融进了佳人无穷无尽的思念、爱恋和向往。听来让人震颤,温情弥漫,好似清明如天使、纯洁如阳光的天堂之乐。

这是《江南秋意》:天空,高远、清澈、洁净、绚丽、浪漫;山地林木,满目夕阳,淡黄、翠黄、鹅黄、金黄,似在轻轻地流淌着、漫溢着,平静无波又温存平和。一匹烈马温顺得出奇,它悠闲轻松、无拘无束、自由自在。马难道也喜欢清纯静谧的环境?温存平和真的能改造狂放和烦躁?这里美绝、静绝、幽绝、柔绝。若非身临,如何领会世间竟有此洗涤灵魂的胜境,如何相信它令人感动得心醉心悸,无法自持。

韩飞是抒情的,他是一个热爱大自然的"歌手",以手中的相机进行深情而独特的演唱;同时他也是纪实的,他用手中的相机将我们民族许多即将逝去的古老而又苍凉的历史留住、古老而又优秀的文化背影留住。当今是一个提倡奔跑、崇拜速度,且又喜新厌旧的时代,人们关注的是现在与未来,谁还有暇顾及和注视遥远的过去。也许要不了多久,在我们这以生命意识著称的土地上还存在的人文生活景观,将从我们的视野中消失得无影无踪,仿佛风中的一缕轻烟。而韩飞以一个摄影家的敏锐的慧眼为我们也为后人留下了一组组具有特殊意义和历史文物价值的镜头。

眼前的这《老街》,看上去很有年代了,无法猜测它默默地走过多少世纪了。它绵长,好像即将干涸的小溪,在悠悠岁月中,艰难地流淌。街道似幽幽的又窄又小的峡谷,繁衍于此的人们世代乘着生命之舟进进出出。它的两侧簇拥着错落有致的小楼。那黑漆剥落的门楣,斑驳破旧的窗棂,生着片片青苔的砖墙和檐前抖落几茎衰草的瓦顶,都给人一种隔了几世的真实而又遥远的感觉。若置身于街道中央仰视,那浩瀚无际的天宇在这里竟被挤成一条悠长的细细的蓝色飘带。当黄昏一抹金色的余晖慢慢隐去,这飘带被沉沉的暮色笼罩时,尤让人感到它的缥缈、苍凉、幽邃和神秘。这老街虽破旧衰败,但它色调和谐而浑厚,建筑布局极为考究。可它是风烛残年的老人了,谁还有心去看一眼呢?说不定哪一天被那些一心追求美国式生活的疯子用炸药和铲车将它夷为平地。无论我们民族如何发展，这都不该被风吹雨打去的。它是一段文明史的记录呀！

翻阅着韩飞的作品，我不期然《走进古茶镇》：这是个具有四万多人，饱经三千年历史风雨侵蚀的古镇。它叫临涣，其茶文化自明代起作为遗风代代相传，已延续了六百多年。清澈透明的浍河横穿小镇东西，又有龙须泉在小镇南端飞珠溅玉，水质纯净、甘甜。这泉水泡制出的香茗清热解毒，健脾利湿。小镇一公里多长的主街上，十六家茶馆鳞次栉比，每家平均每天接待茶客二三百人次。有五里、十里外进镇的本土人，也有外地过路的商贾游客，更有本镇的熟面孔、老茶客。一时间，小镇便充溢着幽幽清香。你只需花上两角钱，就能买到满满一大壶。闻着白玉般的壶流出来的茶的醇香，一种温馨、惬意的气氛柔柔地轻拥着你。你可随意地喝，轻呷细品，美美地享用，品得气顺脉畅、筋骨酥软，油然而生飘飘如仙之感。随着茶香飘荡，还能生出满腹的故事和无穷的想象哩！"茶博士"会不断地给你添水，而茶叶仍然婀娜玲珑，幽绿幽绿的。你可与同桌或隔桌的茶客们大发宏论或低声细语。国事、家事，街巷逸闻，乡野民俗，嬉笑怒骂皆在此中。不时爆发出一阵阵开怀大笑，笑出了小镇的静谧、悠然、安详和舒心。每天都有说书艺人在这里客串。他们可以一天唱到晚，唱得月亮从东边悠悠地升起，唱得团团萤火虫从树荫里缓缓飞出。茶客凝神去听，那神情仿佛朝臣聆听圣旨。其实书里的故事，早已烂熟，但他们觉得听书如同吃茶，须细细地品。于是听到桃园结义或长坂坡，便啧啧赞叹，便手舞足蹈，不慎踢翻茶壶，茶水流淌一地，也不在意。若听五丈原或玄德痛哭于白帝城，众人落泪的落泪、摇头的摇头、叹息的叹息，场面甚为动人。就这样，古茶镇载着一代一代南来北往的茶客飘过有滋有味的岁月。

沿着脚下的路，韩飞一走就是二十多年。一路走来，云遮雾障，草封林掩，葛藤缠绊，蟒蛇横路，野兽突奔，千仞绝望，万丈深渊，严寒酷暑，凄风苦雨，饥饿难耐，极度疲惫，孤独无援，一切不堪忍受的境遇，一切不可逾越的障碍，他都遇到过，但他都没有退缩。路给了他永不蹀躞的意志。他心底认定,世上没有轻而易举的成功和唾手可得的收获。要成就事业,必须有至死不回的豪情。他有一颗不安分的灵魂,不追求,毋宁死。所以,他尽情地享用大自然恩赐的阳光、色彩和灵感,勇于接受大自然和生活给予的千般磨难万种锻打。

韩飞的不懈追求和慷慨付出,获得令人炫目的成功。他先后在《中国摄影报》《人民摄影》《大众摄影》《人民日报》等几十家报刊上发表了两千多幅上乘之作。他在省和国家摄影展览中获奖一百六十余次,还有两次获得国际大奖呢!这每一幅作品都动人心魄,耐人寻味,都是一首优美的诗、一幅绝妙的画、一首动听的歌、一篇至真至纯的散文,甚至蕴藏一个古老而又美丽的故事。

他没有在成功的酒杯中醉倒。他知道命运常常给人一只盛满陶醉的杯子,然后又会迅速地将它打碎。一种追寻者的神圣意识攫住了他,使他始终处在追寻的亢奋和激动中。这不,他在心里唱着"昨天所有的荣誉都成了遥远的回忆",默默告别成功,又义无反顾地豪迈地上路了。

谁说人去楼空？
——读李百忍先生的书法

他，李百忍在人意想不到的时候，没有干扰和惊动任何人，悄无声息地化作远方天穹中的一抹云彩飘逝了。他是带着极大的遗憾离开这个世界的。他虽然以自己令人叫绝的书作蜚声中外，为书坛推重，但他并不满足，他是具有傲视百代胸怀和气度的人，他还要攀登更高更绝的书法高峰，他还有七本书法理论书要写啊：他能不抱憾吗?！但是，当我默默地穿行于中国书法史的册页间，寻访各代大师，探索中国书法史痕迹的时候，我听到李百忍以他书作的胜概英风留下耐人品味的华彩乐章。

在昏黄的灯光下，我伏案展阅他依然带着墨香的书作，品读他那掷地有声的书法理论，依稀看见了灯火阑珊处他那绰约的身影，借此悄悄走近他，走近他的书法艺术世界，走近他书法中显现的内心宇宙。

中国书法艺术姚黄魏紫，风格万殊，各呈异彩。有的婉约，如董其昌的行书，仿佛妙龄女郎在轻启樱唇，手拍红牙板，曼声吟唱；有的飘逸，如王羲之的行书，飘若浮云，矫若惊龙，内蕴缥缈，温雅洒脱；有的厚重，如颜真卿的楷书，质朴粗犷，恭谨庄严，厚实古朴；而李百忍的书法则完全是另外一种气象：雄丽奔放，仿佛关西大汉，弹着钢琵琶，敲着铁绰板，扬声高唱，充满急剧强烈的韵律和纵横恣肆的壮美。他的草书"海酿千钟酒，山栽万仞葱"，心手合一，默契无痕，体骨雄健，点画传神，奇正相补，疾涩相生。其撇捺如手足，伸缩自如，变化多端，更如鱼翅鸟翼，大有朗朗启得之状。笔势大气磅礴，洒脱中见奇峻,有势来不可遏止之感。他的行书"疾风知劲草,板荡识诚臣",其发于笔翰,则刚毅雄健,凝重厚实,体严法备,呈龙虎风云、振衣千仞的浩大气象,为忠臣义士,正色立朝,临大节而不可夺也。他每一幅书作都寓存着与众不同的情怀,都在一派天机中透露他的大胸怀、大境界、大气魄。

先生每书皆兴会挥运,再造天地。他书写的草书《黄鹤楼送孟浩然之广陵》通篇心随手追,娓娓情生,飘逸流畅,恰好暗合了正当年轻快意时李白真实的精神世界。"故人西辞黄鹤楼"的"辞"字最后一竖拉得特长。这一笔别有深意,突出了李白和孟浩然这两位风流潇洒的诗人,依依不舍的离别情景。"烟花三月下扬州"这一"千古丽句",先生写得蓝田日暖,良玉生烟,璀璨烂漫,轻快飘逸。诗人在"三月"上加"烟花"二字,把送别环境中那种诗的气氛涂抹得尤为浓郁。烟花者,烟雾迷蒙,繁花似锦也,给人的感觉是看不尽、看不透的大片阳春烟景,也透露出当时正处开元盛世的时代气氛,此时在年轻的李白眼里,世界几乎像黄金一般美好。先生这轻快飘逸的书写把诗人李白当时溢于言表的快意心情抒发得淋漓尽致。"孤帆远影碧空尽,唯见长江天际流。"诗绝,先生书写的也绝。他把"孤帆"二字写得让人如临其境,如见其人。"孤"字的"子"旁写成一个面向江边招手的活灵活现的人,"孤"字右边的"瓜"用墨点代替,看上去就像李白站在江边面对滔滔东去的江水,痴痴地看着孟浩然乘坐的帆船随风顺水远去,帆儿渐渐地模糊,消失在天水相连的碧空尽头。那个"影"和"尽"用墨较淡而又写得小且模糊,而"碧"字用墨较重而又写得大且醒目,先生意在通过笔墨画出当时"帆影"远了,消失尽了,留在诗人眼中的只是一碧蓝天,以表诗人目送时间之长,激动的心海平静之慢。接着先生用轻重参差之笔,欹侧错落之法写出"唯见长江天际流"。这时还在翘首凝望的李白,才注意到一江春水在浩浩荡荡地流向远远的水天交接之处。全篇行笔舒润朗达,俊迈跌宕,轻重分明,疾徐有致,好似纸上优美的舞蹈,旋转,跳跃,摆动,飞升,墨香飘飘,思绪漫漫。整篇格调清新亮丽,脱俗高洁;形态宛似芳树,润如春风;行迹似环佩相衔,且又灵秀鲜活。全幅作品再也不是字字独立,而是音节蝉联,委婉曲折,或顾盼或牵连,浑然一体,蕴含飘逸不群的韵致。

他书写的李白《行路难》(一),全诗一共十四行,八十二个字,但经过诗人情感和诗之意境同自己的灵魂碰撞渗透之后,他写得跳荡纵横,百步九折,逼真地揭示了诗人感情的激荡起伏和复杂变化。诗的开头"金樽美酒""玉盘珍馐",让人感觉似乎是一个欢乐的宴会,所以先生书写得心平气和,从容不迫,节奏明快。可是紧接着便按捺不住郁愤的情思和表现自己的冲动,纵横狂舞起来。为何?因为诗人在诗中的情绪发生急剧变化。诗人想到受召入京却不被重用,感到痛苦难抑,前途暗淡,"欲渡黄河冰塞川,将登太行雪满山",于是"停杯投箸不能食,拔剑四顾心茫然"。接着诗人想到吕尚、伊尹由微贱而忽然得到君主重用,又增强了用世信心,可是诗人的心思回到现实,又不知前途在哪,连连发出"行路难,行路难,多歧路,今安在?"的拷问。希望与失望交替,追求与抑郁纠缠。所以先生书写的字时而大时而小,笔势时而断时而连,结体一会儿正一会儿斜,用墨一时浓一时淡。来不可止,去不可遏,奔腾起伏,千态万状,让人触摸到书写者无法平静的激情,使人联想到奇峰的突兀、江河的奔腾、云涛的开合、游龙的翻飞。情从心出,只有郁闷忧愤久积于胸,并又把自己的郁闷忧愤的心魂熔铸于书写的对象之中,才能出现这般壮阔多姿的笔底风光。百忍先生生前命途多舛,历尽坎坷,他在这里分明不仅在写字,而且在用自己的心灵进行表白、倾诉、抒情和宣泄。他要用他的笔,负载苦难的重压,进行生命的呐喊。经过前面的反复回旋以后,诗人再次摆脱歧路彷徨的苦闷,唱出"长风破浪会有时,直挂云帆济沧海"的高歌。百忍先生依据诗人的情绪,境界顿开,把这两句写得奔放豪迈,奇姿绝俗,状若游龙,气冲霄汉。全篇由茫然转豁然,又由豁然转茫然,最后由茫然转为充满自信,因此,他行笔大起大落,忽张忽弛,如大河奔流,有气势,亦有曲折,纵横捭阖,开合有致,深远宕逸,雄奇多姿,具有震撼人心的力量。

成功的高峰是由艰难、痛苦、意志和汗水铸造起来的。李百忍先生少小从那荒芜偏僻的老汪湖走出来,一路坎坷,风雨相伴,其艰难困苦难与人说。

一个肺被切除大半的人,依然一管笔,一碗水,几块砖,笔摇三九,墨转中伏,几十年如一日,坚持不辍,且又不求闻达,何其难得。这使我想起,一个大师之所以成为大师,大概离不了人文环境、个人禀赋、学养、思想、胆识,但还要大智若愚,能守着初衷,耐得了寂寞和清苦。尼采说得好:谁要声震人间,谁就须长期缄默。只有久久地沉默,才会有光耀天地的爆发。百忍先生少小学书,近六十岁才搞书展,一下轰动书坛,这给人多少启示啊!

他一生的时光都消磨在一杆笔上。他的生命行为,整个儿地应和着笔墨在挥洒,挥洒……他生命岁月一天一天消逝,生命色调一年一年凋落,心血一点一滴耗尽,终于完成了书法苦旅中精神的涅槃。他那光彩夺目的缕缕墨痕,使当代多少书家仰头而不能望其项背。他从张旭、怀素的圆笔图形和张瑞图的大肩方形中演创出自己的圆笔方折,中锋多变,三角支撑,重心向上,塔式结构,可以说独创一体,冠绝古今。他的书法"不是小桥流水的精致,月夜泛舟的悠闲,田园归隐的静穆,而是骏马的奔腾,猛虎的长啸,瀑布的飞泻,急流的东去,带有枯藤老树的苍劲"。他每书皆纵横挥泼,弥漫着逼人的才情,狂奔的力量,放纵的气势,似弩射千里,如天马脱衔,全是一种桀骜不驯狂放不羁的恣肆。他的一生可以不朽了。他的生命凝结于这些线条的时空之中,必将让人永远记住他的存在,记住他的音容笑貌,衣衫步履,谈吐行止。他那铁画银钩般的墨痕,将永远镌刻史册,岁月不能使之漫漶,蠹虫无法使之被蚀,灰尘同样也不能遮其光芒。李百忍先生的书法不仅是当代书坛一面猎猎飘扬的旗帜,而且必定会随斗转星移而放射独有的光辉。一百年后,再回头看看当今趾高气扬的富豪,不可一世的政客,威风八面的俗人及其冠冕堂皇的宣言与语录,还会留存几许?但是李百忍先生,"此人虽已去,千载有余情",定然也!

飞凤翔龙响远音
——读赵琦先生的书法

余识赵琦先生久矣。他非高官显宦,但人谦和、质朴、冲淡、闲畅,又因我们同有赏墨染翰之趣,所以就常有来往。

他对书法艺术有着俗人难解的钟情和执着。斗室虽然简朴,但有墨香足矣。这里是他朝圣的通道。他每天从这里出发,怀着虔诚的心,去拜会一位位圣贤,聆听那些高贵灵魂的无声诉说,接受他们对自己思想和灵性的开启。

他在一座座篆、隶、真、行、草的瑰丽宫殿中苦苦地恭敬地寻访。有坦腹东床的王羲之,有大义凛然的颜真卿,有凄苦幽然的蔡文姬,有拜石为友的米芾,有嗜酒狂饮的怀素,有一生坎坷的苏轼……这是个大千世界呵,琳琅璀璨,让人目不暇接。有的似龙跳天门,虎卧凤阙;有的如高峰坠石,千里阵云;有的像雁足印沙,深渊鱼跃;有的又像云鹄游天,群鸥戏海……这里有少长咸集、茂林修竹的闲适;有巢倾卵覆,震撼心颜的悲怆;有夜半真无力,死灰吹不起的感伤;也有遒劲挺拔,雷霆走过的昂奋……他手捏着毛笔,紧追着这些圣贤,在宣纸上画出条条的墨道,看其流动、渗洇、交汇,他觉得那仿佛是自己的血脉在跳动,自己的生命在奔涌。心灵的长期被浸淫,使他沉醉在艺术和智慧的光芒之中,从而让单调枯燥的白纸黑墨升华出妙不可言的景象。

他常凝视铁杆横枝的苍松和娇艳妩媚的鲜花。他常沐浴氤氲柔和的月色和升腾滚动的红日。他常在山川观野溪潺潺,听林泉叮咚,攀悬崖绝壁,登万仞险峰,让自己思超神逸,独存素心,得大自在。他去过古朴沉雄的西安碑林,游过奇峰耸峙的西岳华山,到过奔腾咆哮的古老黄河……雄伟壮丽的山川和令人叹为观止的文人名胜,哺育着、滋补着他的心智和灵魂,融会贯通于他的字里行间,形成了他特有的章法布白,行笔气韵。

勤奋使他迎来了壮丽的日出。恒久地遍涉百家,食古而化,终使他兼擅众长,自成面目。他的楷书,由颜、柳脱化而出,笔笔遒劲,字字敦实。他的篆隶,古拙庄重,墨味盎然。他的草书,虚实相映,貌似圆转滋润,内含钢筋铁骨。而占其作品比例较大的行书,独字形神兼备者有之,通篇熔篆隶于一炉者也有之;或清雅俊逸,或气势磅礴。特别是行草,可为他的各种书作的上品。其结字造型,善于夸张变形,改变字中常规的构造关系,使字内形成强烈的虚实、黑白对比,计白当黑,极其空灵。许多字造险出奇,险绝如大厦将倾,但能化险为夷,且不散缓失态,奇正相扶。在体势上,端正、欹侧、丰满、清瘦、疏阔、紧密、狭长、短小、匀称、参差、静穆、飞动等随形布势,天真烂漫。章法布局上,他重实处,更重虚处,字距行距或宽疏或紧密,均依字形之大小、点画之长短生发出自然的参差错落、起伏跌宕。疏可走马,密不容针。他的用墨,既具积、缩、焦、破、浓、淡、渴,更善浓墨蘸水,淋漓滋润,观之尽得天趣之妙。

他均依书写内容而用笔而塑形而谋篇。屈原的《离骚》,司马迁的《报任安书》,他依其文其意,力透纸背,写尽了忧怨悲愤;《石头记》中数百字的《好了歌》,他一气呵成,淋漓出一派人生彻悟之象;一首《满江红》,他挥洒得气势磅礴,把岳飞一腔报国之情倾泻满纸……他的许多书作其微妙的顾盼朝揖犹如会说话的墨眸,传出百般风情。那纵横曲折,转换提按,欹侧变形,或轻或重之牵引,或大或小之起伏,犹如奇崛蔓延之山路,风光绮丽而迷人。那长画短点的组合,又犹如沉厚响亮之鼓点和委婉连绵二胡之交响,奏出人生社会之酸甜苦辣。他有些又通篇写得率然、闲然、天然、姿态横生,观之:"如品明清闲适之散文,散淡清逸,意味悠长。仿佛如拄杖信笔游走,自然而然中,已是重峦叠嶂,百草竞茂,忽开阔,忽狭隘,疑是悬崖绝路,却又山回路转,柳暗花明。是时也,早已不知是书是画,是碑是帖,惟任情性之流露耳?!"

由赵琦先生的话,我想到庄子的至理名言:"一尺之锤,日取其中,万世不竭。"中国古代书法艺术是一个伟大而永远不可穷竭的宝库。当然前人已耸立起无数高峰,要超越他们的确难之又难。

王羲之说:我法;王献之说:我法;智永说:我也法;欧阳询说:我还是法;褚遂良说:我依旧法;颜真卿说:我更是法;柳公权说:你们都法了,我还能不法吗?他们没有一个说,前人都法了,我就不能法、不该法,甚至不要法了。只能法与法不同,此法非彼法,今法非古法,我法非你法,就是不能没有法。所有看上去无法的都源于法,都是由法而法,最后发展到无法,无法为大法,无法还是有法。凡抛书法之基本,把裤头戴在头上称开创的人,统统都成不了气候!所以在时下我更敬重的是赵琦和赵琦们。

话扯得这么远,也该收笔了。但愿赵琦先生以先贤为永世之师,心慕手追,早日独步书坛。是时也,余必当大为快慰。

素心若雪，斯笔如琴
——读尹成启先生的书法

我心仪尹成启。成启神闲气清，素心若雪，默守清贫，沉迷翰墨。子曰："人不堪其忧，回也不改其乐。"成启是也。炎炎夏日，他紧闭门窗，挥汗如雨，一任情感在笔下流淌，无惨淡经营之苦，有书法与己之同乐。夜晚，清风朗月入砚池，他一灯萤然，悬腕于案，达其性情，形其哀乐。晨则闻鸡而起，清心绝虑，凝神展纸，喷射自己的情感和才华。三十多年来，他始终过着这静静的但充实的岁月。

这使我想起印象主义画派的大师高更。他年轻、聪明、富有，可他"对这个令人厌倦的文明世界深恶痛绝"，毅然决然漂洋过海，自我放逐到南太平洋一个土著人栖居的岛上，当一个难以糊口的职业画家。这样一个"人家喜欢看见天是蓝的，他却偏喜欢看见天是红的"之人，世间有几个？！

鱼和熊掌永远不可兼得。艺术永远不会同自己的敌人握手。这，"聪明人"永远不懂。谁付出多少，艺术之神就会给谁多少。各类能扩大点名声的场合，成启从不出头，在俗人看来，他失去了很多。其实呢？

不是亲眼所见，很难相信他的楷书写得那样娟秀精微，有着禅一般的宁静。一幅《滕王阁序》，庄重沉稳，清秀自然，骨涵其里，逸气弥漫。一路娓娓书来，云行水流，于不经意处见其涵养、性情和功夫，若岸边淡淡的青青的垂柳和着春天的微风轻轻拂动，似悠悠奏响的古琴，远离世间的浮华喧嚣，那一动一静、一开一合，皆含至情至性之美，毫无扭捏作态之嫌。在秀雅自然的线条、疏密有致的结体中，一股书卷气流露无遗。观之让人心旷神怡，看得出他书写时心灵的澄静。

　　他把行书和楷书融汇而成的行楷，最贴近魏晋风骨，最具醇古之气。《兰亭集序》绘竹只言其修而弃其绿，写水只言其清而弃其碧，三月江南，一切过于浓厚之色，在王羲之笔下都弃之不用。成启深得文章真谛，"崇山峻岭，茂林修竹"，写得生机盎然；"清流激湍，映带左右"，写得神采飞扬；"天朗气清，惠风和畅"，写得清新淡雅……观之，仿佛看到清波之上，一只只盛满旨酒的羽觞飘来；仿佛听到人们一阵阵畅叙怀抱的话语从胸中流出。全篇写得如闲庭信步般坦然和惬意，行文运笔气息纯正，字里行间流露出汩汩有如清澈泉水般的清冽。通篇意态灵秀，清气飘逸，超然拔俗，疏放妍妙，淳雅凝练，恬静、蕴藉、儒雅、精致、遒劲，其点、线、黑、灰、白、行距、字距，组成刚柔、虚实、动静、奇正、方圆、向背、疏密、枯润、轻重、缓急等别有意味的奏鸣。那圆润、净洁而又存骨力的线质，似带着丝弦般的音色，明亮而优雅，极富穿透力，交织成的奇而有趣的单字和委婉萧骚的章法，泠然有清风入怀的韵致。

　　成启熔北碑、晋帖、唐法、宋韵于一炉，经化合、淘酿、提炼而生发的行草，韵高清深，意气弥漫。尤让人推崇的是他书写的《归去来兮辞》。成启在运笔成书时，"含情调于纸上，穷变态于毫端"，任情恣性，乍疾乍缓，或挫或顿，且行且留，极尽参差错落、争避就让、伸缩俯仰、虚实明暗之妙。从"风飘飘""舟遥遥"的快风轻帆，从"恨晨光之熹微""问征夫以前路"的可笑情态，以及"载欣载奔"的异常举止，还有那阶前的菊色、松影，席间飘溢的酒香，家人的欢语浅酌，和诗人的忘形之态，他在那提按使转、盘旋缠绕、起伏跌宕的线条律动中，把诗人陶渊明那颗迫不及待、欢欣"骏奔"的跳荡之心，把陶渊明回家后亲情的氛围、和悦的情韵展现得淋漓尽致。通篇写得那般自然、适然、悦然、超然，那般潇洒、舒畅、澄清，看得出成启书写时的心境同诗人陶渊明归隐后的心境极为投合。观赏这样的书作，会使人的猥琐、平庸、狭隘如浮云般的荣辱得失荡然无存。

谁夸谁的草书时这样说:"起来向壁不停手,一行数字大如斗。""醉来把笔猛如虎,粉壁素屏不问主。"成启老实本分,作为从容,看上去似乎更适宜写行书、行楷,殊不知他的外柔内刚注定其行草也会写得光彩照人。"厚德载福"——朴茂沉雄,老辣苍茫,气格高古。"众志成城"——气贯长虹,澎湃豪宕,势不可遏。"刚直纯正"——大度雍容,雄强奇肆,气势磅礴。"清风明月"——风华婉转,意韵相合,逸气横溢。特别是"藏龙卧虎"四字,写得郁勃苍劲,气象峥嵘,观之若万岁枯藤,纵横龙盘。一首《观沧海》被他写得极富野性和狂放之气。"水何澹澹,山岛竦峙。树木丛生,百草丰茂。"——高古俊迈,潇洒出尘。"秋风萧瑟,洪波涌起。"——如舟舸进发,神骏奔驰。"日月之行,若出其中;星汉灿烂,若出其里。"——苍茫古淡,气势雄浑。全篇笔如飞镝,天矫连蜷,体势俊迈,纵横倜傥,展示了一代豪杰曹操的博大胸襟和慷慨之气,通篇既造意象而又见神采和骨气。

"夫夷以近则游者众,险以远则至者少。而世之奇伟、瑰怪、非常之观,常在于险远。"真心祝愿成启早日走到那奇伟、瑰怪的险远之境。

苍劲浑厚　雄健恣肆
——读冯维韬公的行草

冯维韬公的行草，苍劲浑厚，雄健恣肆，"爡如羿射九日落，矫如群帝骖龙翔。来如雷霆收震怒，罢如江海凝清光。"这是他几十年刻苦自励，殚精竭虑，心慕手追，吸收王羲之之洒脱，苏东坡之豪放，颜真卿之厚重，米南宫之遒劲，博采众长，参以己意，才有的卓然面貌。

每每打开他的书作，尤其是长卷，总有一种磅礴雄浑的气势扑面而来。熟悉他的人大都见过他书写的苏轼《念奴娇·赤壁怀古》。全幅从"大江东去，浪淘尽，千古风流人物"开始，到"一樽还酹江月"收笔，一气呵成，呈现一派磅礴恢宏的气势，他运用如椽巨笔洋洋挥洒，集跌宕恣肆、苍健雄浑于一身，字里行间洋溢着饱满炽烈的情感。人们观之好似亲临其境：陡峭的山崖散乱地高插云霄，汹涌的骇浪猛烈地搏击着江岸，滔滔的江流卷起千万堆澎湃的雪浪。置身这样一个奔马轰雷、惊心动魄的奇险境地，不禁心胸为之开阔，精神为之振奋。同时面对滚滚东流的长江，不由自主地把倾泻不尽的大江与名高累世的历史人物联系起来，在一个极为广阔而悠久的空间时间之中，既看到大江的汹涌奔腾，又想到风流人物的卓荦气概。

全幅书作画面广阔宏大，烘托出豪迈、激昂的气氛。布局疏密相兼，字体大小参差，笔力刚健苍劲，笔势开宕雄浑自然，纵而不散，逸而能收，欹正相生，险中见稳。运笔如骤雨旋风，应手万变，忽而中锋旋转，回翔自若，宛如游龙惊凤；忽而侧锋取势，纵横挥洒，雄若勇士舞剑。全篇跌宕有致，时而节奏缓慢,轻走徐行,时而节奏紧张,速若闪电,力过千钧。全篇用唐人孙过庭的话说,有"悬针垂露之异,奔雷坠石之奇,鸿飞兽骇之姿,鸾舞蛇惊之态,绝岸颓峰之势,临危据槁之形。或重若崩云,或轻如蝉翼;导之则泉注,顿之则山安;纤纤乎似初月之出天涯,落落乎犹众星之列河汉;同自然之妙有,非力运之能成"。

他每幅书作总是心随手追所书写的内容。譬如岳飞的《满江红》,他把"怒发冲冠"写得气盖山河,夺人心魄,正暗合诗人心中与金人不共戴天的深仇大恨。此仇此恨,愈思愈不可忍,不由得头发冲冠而起。所以,他对"怒"字重墨泼洒,力透纸背,"发"字向上竖起呈发散之势,"冲"字的左边两点苍劲有力,呈飞动之貌,右边"中"的一竖,粗长雄浑,力敌万钧。诗人写词的心情跃然纸上。紧接着"凭栏处,潇潇雨歇,抬望眼,仰天长啸,壮怀激烈"时,他随着诗人的情绪写得一波三折。诗人独上高楼,自倚阑干,纵目天地,俯仰六合,不禁满怀热血,激荡沸腾。当此之时,愁霖乍止,风烟澄静,光景自佳,正助郁勃之怀,于是仰天长啸,以抒其英雄之气。"凭栏处,潇潇雨歇",则写得从容自然,气氛宁静。当写到"仰天长啸,壮怀激烈",笔行则迅即翻飞,苍劲凝重。"仰天长啸"四字纵向取势,气贯天地,"壮怀激烈"四字横向取势,烈焰四射,恰好表现了诗人当时满腔的英雄之气。词到过半,"靖康耻,犹未雪,臣子恨,何时灭",要"餐胡虏肉",要"饮匈奴血",要"从头收拾旧山河"。诗人的一片壮怀,满腔悲愤,碧血丹心,肺腑倾出。而冯公在书写时,结体拗折郁勃,笔势紧涩幽峭,如急流下泻被咽,强化中轴线的变化和空间节奏,体势摇曳迟涩,但显得铿锵有力,苍劲健拔。还有的句子写得如长枪大戟,颤掣有致。这都恰好表现了诗人的情绪。

纵观全幅作品,他书写的每字每句每行,都紧随诗人词意的起伏而起伏,做到气合意符。其运笔如惊蛇入草,飞鸟出林,来不可止,去不可遏,行当于行,止当于止,行止有度,正到好处。字与字之间,行与行之间,宾主相顾,起伏相承,疏取风神,密取苍老。观之不能不击赏其笔力之沉雄、脉络之条畅、情致之深婉,实不同凡响也。

深刻的内涵,既是学识的积累,亦是人品的展现。行草当以"悦目"者为下,"应心"者为上,"畅神"者为上上。心与字涉,神与物游,于动静简泊中,获杳冥幽远之理。冯公的行草特重把心神诉诸笔下。他以清静坦然之襟怀,注淡泊劲爽之风骨,所以其笔不染纤毫之浊气,书之腾空与撇捺间,铸就其清骨之相。他书写杨慎的《临江仙》:"滚滚长江东逝水,浪花淘尽英雄。是非成败转头空。青山依旧在,几度夕阳红。白发渔樵江渚上,惯看秋月春风。一壶浊酒喜相逢。古今多少事,都付笑谈中。"从起始到终结,一路挥去,爽朗劲健,潇潇洒洒,散淡随和,不怨不怒,自然从容。观之若澄然秋潭,皎然春月,冥冥中透着一种冲和、清闲、恬淡的情怀,于萧散古朴中,显出悠悠然然、磊磊落落。那一派意态飞动的逸气,把人引入无声的古淡清醇的佳境。在这里心灵净化到仿佛岁月在倒流,红尘与外界在这词和书写的意境中被阻断了。那些遥远的生命符号,在我们的心扉中,犹如清泉白石、皎月疏风。冯公的行草再次告诉人们,一切上上等的书法,它不独要使我们得到美感的悦乐,而且能指引我们去参悟宇宙和人生的奥义。

　　德国哲人康德有言:线比色更艺术。中国书法是线的艺术。书法乃"线之舞蹈,气之流行,道之飞动",一黑一白,适是一阴一阳,笔歌墨舞中,存乾坤大气,寓宇宙之道!冯公行草的线条,深得古代书家之旨趣,既能沉着痛快,又能使转自如。因此,他的书作线条沉而不滞,逸而不飘,内在的气势绵延连贯,节奏跌宕起伏,情绪随着笔端的舞动荡溢而出。他书写的"兰风梅骨,剑胆琴心","壁立千仞,无欲则刚"……无一不朗然可观。有的线质飞白,犹如古松挺立;有的转折自然,如兰叶摇曳;有的环环相生,如青藤绕枝;有的欹斜造险,如宝剑在腰;有的疾追险劲,涩求凝重。总之,他的线条流畅奔放,苍劲有力,丰富多变,有质感,有力度,有弹性,如锥画沙,笔到意到,意到笔成,笔断意连,实在叫人击节称道。

　　冯公的行草,结构奇中求变,险中求变,奇险多姿。字与字之间正侧错落,或横以变直,或直以变横,或左高右低,或左低右高。通过变换、移动,生出逸放、昂扬、振奋之态,显出整幅作品的精神与活力,一扫沉闷、滞涩、呆板之气。他在字与字之间,常用两字呼应,上下相生。如《沁园春·雪》中的"千里""江山",《念奴娇·赤壁怀古》中的"淘尽""江月",因独字不稳,与下一字形成掎角之势,则化险为夷。为了全篇通灵透气,他多用中锋,用纵直的长笔画加以夸张贯气,如《沁园春·雪》中"山舞银蛇"的"舞","引无数英雄"的"引",《念奴娇·赤壁怀古》中"故国神游"的"神","卷起千堆雪"的"千"。

在每个字上,他又注意收放聚散,平直有致。以《沁园春·雪》为例,上下结构的字如"雪""素""思",写得俯仰得宜,配合得体,饶有意趣;左右结构的字,如"飘""蛇""骄",则又写得左右朝揖,顾盼有情,均衡适度。有的字收左放右,如"娆""欲";有的字收右放左,如"红""驰"。这样相辅相成,造成行气的左右盘曲,使一行中,直中有曲,曲中有直,以破行之板直。在字的行气中,由于收右放左,收左放右,加之大小参差,使行气多变、活泼、生趣、自然。有的字放上收下,有的字收上放下,这样,前者给人萧散开张之感,后者给人宏大开张之势。

冯公外表看上去随和柔弱,但骨子里的精神却非常强硬。冯公认为,历史是有澄明功能的,蹚浑水,扑腾一时,产生点声响,获得点人气,一旦水清明了,原形就现了。所以,岁岁年年,他似在幽谷中伴着青灯古刹守望秦砖汉瓦的老僧,默默地耕耘属于自己的一亩三分地,几多固执,几多矜持。在如此热闹、浮躁的书坛背景下,他始终守土有责,保持着清流品相,让我们不能不对他投以敬重的目光。

端庄杂流丽，刚健含婀娜
——朱绍俭先生的书法

我同朱绍俭先生，是先见其字，而后识其人的。记忆中，我最早见他的书作是两副对联。一副为"凝神静虑钟王意，放纵澄怀汉魏碑"，另一副为"清风正气警天地，铁面丹心照古今"。

两副都是魏碑体。前一副有参禅一般的宁静，看上去格高趣清，丰茂挺拔，圆润含蓄，体态端庄稳重，平正雄强，方劲俊雅。后一副沉着凝重，又妍润自然，洒脱圆畅，笔力刚健遒劲，结字宽博疏朗。风格清劲疏秀，超尘脱俗。诚可曰：骨气洞达，气格清远矣。

后来，我又见过他书写的古诗："寒雨连江夜入吴，平明送客楚山孤。洛阳亲友如相问，一片冰心在玉壶。"整幅作品，清正、质朴、空灵、端庄，流露着君子之风。厚重而不轻浮，浑朴而不板滞。从鲜活的字里行间能感受到苍劲与飘逸、激越与平和、古朴与隽美。精微之处更见其清丽之妙、平淡之趣、大雅之风及阴阳变化之奥。读后能闻到纯香之味，看到皎洁之容，荡涤五脏六腑的浊气。

总揽绍俭的魏碑，高古典雅，精致醇蔚，沉毅隽永，为人所叹。他重笔法，求形构，讲墨彩，擅变化，既有匠心独运之妙，又合自然险峭之趣。纯正、清逸、畅和、劲媚，萧散不颓靡，朴实不浮华，内敛沉凝，和谐骀荡。

绍俭先生的书作名声远播，不只在他的魏碑，还在他的行草。他的行草，融魏碑之刚劲，帖学之妍丽，有米芾之痛快，有王铎之气势，逸少之含蓄，别具风姿。无论大幅巨作还是咫尺小品，运思挥毫，都判之以心而得之以手，直抵灵府而勾魂摄魄，行笔迅疾有力，气势奔放，如疾风劲走，似蛟龙腾跃，回环映带，风卷云翻，且又从容不迫，彰显了作者胸次豁然，豪纵高迈。

我亲见绍俭先生书写毛泽东《沁园春·雪》。从"北国风光，千里冰封，万里雪飘"到"俱往矣，数风流人物，还看今朝"。整幅巨作，一气呵成，端庄流丽，气势磅礴。下笔伊始，便显神力，一路挥去，如利刃破竹，似尖凿穿石，既不见半笔滑痕，亦难得一点涩滞，流利、沉雄、遒劲。他用笔时，气足神全，心手相应，潇洒散落，闲逸随和，但锋藏笔底，力出字外。运行时，既如风樯阵马，虎跳熊奔，又如惊沙坐飞，孤蓬自振，不受羁约，率意起狂。其点，多以高崖坠石之势，自上而下掷笔出之，利落而贯气，有意到而笔不到之妙；其线，放纵飞动与收敛凝重结合，潇洒飘逸与凝重虚实结合，收与放、动与静、轻盈与沉雄、相辅相成。字行的搭配也多有讲究。字字相谐相生，映带生姿，一行中，字的大小、轻重、横直、正侧的变化，统一和谐，曲中求直，婀娜透迤，不断其气，天趣自然。行与行之间，正中相连，倾左右连，倾右左连，正侧相连，既注意每一行和行与行之间的平正、收放、错落变化，还注意其形神及字际结构、字行的搭配。整幅作品，自由舒展，器局广大，似奇反正，若断若连，上天入海，入木入石，而云雷随之，且又深得中和之妙。

书虽小道，情动形言，会天地之心，存风骚之意。字是作者心情投射的结果。苏东坡处事淡泊难掩豪放情怀，徐青藤圣操洁品滋养满纸苍茫。连食色皆空的怀素、智永也在作品中一露心性。露心性才有自家面貌，艺术的魅力永恒首在情感，只有情感才能震撼人的心灵。若说这也是绍俭先生书作的特点，应该不为过吧。观赏绍俭所有的书作，大都直演自然，满溢冲和淡雅之气，呈现着他心神的无累、闲散和清淳。

长期以来，绍俭先生在书法园地不停地燃烧着自己，日日月月年年坚持着耕耘。耕耘中他阅读着前人的足迹，感知着前人扑扑的脉动，认识他们的广博，探寻他们的深邃，把握他们的精髓，汲取着书法星空中那一个个大师的光束，任其淋漓地渗入自己的心田，然后不停地纠正着自己、提高着自己，创造着属于自己的书法艺术。这长期艰苦的埋头劳作,只有他自己知道。现在人们看到那一幅幅散发着他灵魂的气息的精妙作品,恐怕很难了然他的巨大努力和付出。

绍俭是沿着河流走向海洋的。那海天一色之处是他目光投向的终极。所以,虽然他不断获得成功,但他从不愿停止追寻的脚步。他已经从书法丛林的一端深入了腹地,可他还是执着地前行。我相信,绍俭如此痴迷忘返,假以时日,必定会登上令人羡慕的高峰。

永远的诱惑
——读黄泉先生的书法

认识黄泉先生,我印象最深的是他对书法渗入骨血的挚爱。书法是他与天地万物深情独处的舞台,是他使自己内心自由辽阔、自由放飞的田园。在这美丽而又宁静的世界里,他充满激情、充满诗意地倾听历史的涛声,倾听自然的天籁,倾听自己心灵同许多圣哲有滋有味的对话。

天地迢遥,时间漫漫。从少年、青年、中年,一路走来,无论到什么地方,在什么时候,他始终不能忘记的是书法艺术。风狂雨骤的夏夜,蚊叮虫咬,挥汗如雨,他把自己关在小屋里,静静地临摹。满天飞雪,滴水成冰的冬日,寒气逼人,冰凝黑墨,他依然立于案头,苦苦地临帖。长年累月,无论工作如何繁忙,他都不允许自己有丝毫怠惰,只要回到自己的斗室,就一头埋进书海,忘情地进行修炼。他也去许多不得不去的热闹场合,但他从不沉迷,总是在碰杯交盏、热闹一番之后,礼貌地退去,回到他的斗室,乘上他钟爱的书法小舟,在茫茫的书海中神游求索。有时一天工作太劳累了,晚上实在提不起笔来,他就静静地躺在床上,默读碑帖及先人的佳作杰构,或以手指在床上琢磨某个字的结构与形态。

生命是不是有太多的无法解释之处?世俗的世界,灯红酒绿,熙熙攘攘,无数的人为利拥来又为利争去,你方唱罢我登台,而黄泉先生却如此固执地守住他的初衷不变。没有钱,他不在乎;没有权,他不在乎;他最在乎的是书法艺术。他把书法艺术当成美丽去珍视,当成甜蜜去品尝。他认为,在寂静中神游于书法王国，心中翻滚着历史的波涛，沉浸于字的线条美、结构美、韵律美、墨色美中，是富有的物质不可替代的、难以言喻的享受。他十二分地喜欢在这个世界里生活着。他喜欢这种无声和静默，哪怕有些清苦和孤独。他习惯、热爱和离不开这种生活方式，如同他习惯、热爱、离不开阳光一样。只有在这个世界里，他才感到生命的自由和充实，才觉得生命有了一种超越世俗的尊严。

长期的苦修苦练，他终于使自己的书法有了独特的面貌。他的字朴拙端庄，骨坚气清，傲岸挺拔，雄肆秀丽，高古雅逸。如此之成功，首先赖于他巧妙地吸取诸体之神韵。每有创作总是寓篆寓隶，寓行寓楷，甚至甲骨笔意也偶散其间。那变幻莫测、自由驰骋的佳作，看似随意，却笔出有本，细究有源，可又笔笔有我，字字出新。

他的过人之处在用笔。不仅方圆相宜，而且中侧互用，连提按萦带，转折顿挫，也恰到好处。他尤擅中锋。大凡中锋过处，线条凝重，既有斩钉截铁、方正锐利的气息，又有婉转遒劲、刚柔相济的古厚格调。

他的书法中或舒缓、或激荡、或润畅、或凝重的字里行间，总是跃动着一种悦人眼目的韵味，字字行行，繁简适度，疏密相宜，疾徐互动，跌宕起伏，时而浓墨重笔，时而柔毫轻点，烘托出幽深、苍茫、恬淡等与书作内容和结字相得益彰的千般墨趣。他对留白独具匠心，计白当黑，疏密观照，白多黑少处浩渺旷远，黑多白少处厚重大气。黑白世界，两相呼应，铺设出了对比强烈的空间布白美。

他的每一幅作品都是激情的喷射。一书走马，笔势豪纵，摇曳多姿，让人叹为观止。"举足千岭低，回首万壑深"，全似神运，纯任天真，豁达之气油然奔涌，盘旋于字里行间，时而笔势险绝，有如惊蛇投水，渴骥奔泉；时而焦笔枯墨，如挽强弓，若奋若搏；时而笔致翩翩，秀逸之气，扑人眉宇。此皆发自他心灵深处之骨气、血气，清刚和浩瀚之气。

有的作品却又写得心沉气稳、平和劲健、超拔飘逸。"春眠不觉晓，处处闻啼鸟。夜来风雨声，花落知多少。"虽然全篇字字任笔为体，笔笔苍老镇纸,筋骨劲气内敛,但在用笔运行上却表现得心闲气定,腕正笔平,不激不厉,不浮不躁,整体气象则清秀圆润,萧散闲逸,姿媚婀娜,丰神含蓄,清新可人。

有的作品则笔挟风雷,墨和泪,歌与哭,淋漓尽致地融为一体。"沅湘流不尽,屈子怨何深……"最具代表性。他下笔斩钉截铁,笔锋挺劲矫健,笔身跃动转合,笔根正侧铺擦,在毛笔运行中,瞬间的调解转换,或长拉短驻,或雄伟飘逸,或细腻粗犷,或前呼后应,上下贯通,起伏跌宕,把满腹情感和悲愤,同屈原当时的不公平处境,浓缩于一纸之中。

在通往艺术殿堂这条路上,黄泉先生走了很久很长,也被戴上书法家的桂冠。但他没有满足,依然不停地向前走着。他一直以为"家"的称谓非同寻常,生怕自己的浅薄辱没了"家"的神圣。艺术没有止境啊!这或许是黄泉先生永远的诱惑。

书法浅语

弘一大师之所以名震天下而不衰，不只是在他"长亭外，古道边，芳草碧连天……"之类精妙的诗词，不只是在他出俗的传奇故事，还在于他是中国书法艺术这个绵延不断的山脉中一座令人仰视的奇峰。

书界公认，他的书法作品有一种庄严的静谧，字字笔笔安稳妥帖，不张牙舞爪，不狂怒乖张，不面目狰狞。现下的书坛，有多少书家为了夺人眼球，制造所谓冲击力，把书法作品写得龙飞凤舞，草上飞，水上滑，潦草浮飘，失姿失态。安静的心态，才能写出安静的字。弘一先生历尽繁华，由翩翩浊世佳公子，自愿皈依佛门，绚烂至极，归于平淡，彻底地纯粹，彻底地超然物外。所以他的书法作品才显得平稳冲淡、恬静自适，有一种肃然、寂然、泰然的气象。

弘一大师的书法作品讲究内蕴深厚。表面粗看他的书作文雅而无野气，其实内里藏着锐意。这内里的锐就是内功显出的野，是在全面审视和汲取传统上"野"出的自己特有的张力和新生。不是现在某人那种胆大妄为、为所欲为，拿着扫把在大地上狂写乱甩的野。有人说，弘一大师的书法写得文文雅雅。这是只看了皮相，而没有认真审视先生字的内在锐意。当今书界的书家们，有的"有华贵的庙堂气"，有的"有寒俭的山林气"，有的"有锋芒毕露的才子气"，有的"有伧父愚氓的痞子气"。这一切都为弘一大师所弃绝。

中国书法笔墨是讲究浓淡干湿的。这样才能使得书法作品整体呈现深与浅、枯与润、老与嫩的变化,产生多姿多色的视觉差别。而弘一大师的书作只求一味地润泽,来达到纯然混一之境。这其实很难。因为润往往易用墨太浓,太浓则招"黑猪"之消。可是,弘一大师字形瘦长,即便无一枯笔,无一飞白,墨浓如漆,也不嫌臃肿,他的字取上下之势,避免了饱满黑亮和忒浓肥腻的矛盾,这是才气加上心气才能达到的。有人说,"弘一书法,字字笔笔,皆真真切切,一丝不苟,笔画衔接都交代得清晰明白,仿佛稚拙,其实是烂漫的禅趣;每一字一画,都渗透着、灌注着他的虔敬心、朴素心"。此乃中肯之言。

有人重写形,作品被笔墨塞得满满的,不透气,实乃是一种失败之法,不可取。高明的书画家一定都是重写意者,在简单中求至美、至趣。弘一大师书法作品字字利索、简洁,一味润泽,不求变化,是简也。他的笔画精细得大致相同,不求中锋、偏锋对比以及笔画宽窄的对比,也是简也。他的笔画能省则省,如"雨"字四点简为两点。他有一对联就说:"一即是多多即一,文随于义义随文。"说的就是这个道理。他起笔无迹,不经酝酿,犹如横空出世,天籁,不以常法度之,还是简也。如他临死绝笔"悲欣交集"四个大字,意蕴丰赡又简练之至。妙峰曰:"弘一大师的作品没有火气,没有刀斧痕迹,字如其人,不显山,不露水,以'平民''布衣'泯迹于丛林之中。"诚哉斯言。

弘一大师书法是静谧安然和灵魂的生命张力的完美融合。自魏晋以来,我国书画艺术深受老庄、释家思想的熏陶和影响,形成了"虚静"之美的鲜活之魂。而到弘一大师这里,"虚静"之美得到最完美最鲜明的体现。

静默为禅,空灵如水,这是弘一大师书法的代名词。禅宗视自然万物为幻象,释家却在空山落叶的寂寞中打禅入静。这种心境在滚滚红尘中,嵌入艺术的心空石壁,豁显其和谐、自然、安泰与静谧。宋代画家米友仁也曾深有感触地说:"每静室僧趺,忘怀万虑,与碧虚寥廓同其流荡。"清代文学家刘熙载也说:"正书居静以治动,草书居动以治静。"他在这里为书家指明了动静的辩证关系。弘一大师对此运用进入化境,所以他的书法作品每一幅都呈现出恣意挥洒、顺其自然之态。

想让自己的书法作品出现虚与静的特殊气象非一日之功,一定要在临帖中思索,在出帖中感悟出新。

弘一大师的书作之所以有我们今天所见的高妙气象,非等闲而为之。滔滔江河起于点滴的汇聚,巍峨山峰起于撮土的积累。弘一大师书法达到高峰,是先生一步一步艰难实现的。他年轻时就刻苦临古。四十岁到五十岁之间,他就从临古中一步一步走出,悟得众家之长,形成自己的端严古朴、骨气深深的书体了。

在五十岁到六十岁间,弘一大师的书体呈宽博到竖长走向,笔的力量更加含蓄劲健。书法是生命精神外化的一种形态。古人云:"善笔力者多骨,不善笔力者多肉。多骨微肉者谓之筋书,多肉微骨者谓之墨猪。多力丰筋者圣,无力无筋者病。"书法是力的艺术,线条的艺术,力通过线来展现,以线立骨,以线传情,以虚掩实,以静示动。以此观之,多力丰筋,以线立骨传情、虚实动静结合而出类拔萃者,弘一大师也。

由此可见,书法艺术登上高峰,绝不是一蹴而就的,它是一种漫长修为的结果。不付出艰苦的努力,缺乏潜力探索的过程,而想一夜成名,或想通过炒作,或想从旁门左道,脱离艺术成长规律,寻得捷径,让世人认可,让书坛认可,只能是贻笑大方,只能是痴心妄想。

书法作为书写方式,承载了民族文化传承的重任。书法文化是中华文明的根和魂。举凡投机钻营,恶搞种种,都是践踏汉字的神圣和庄严,都是对民族文化的亵渎。

古代有个"三重楼喻"典故:一个富人见别人建三层楼,富丽豪华,心向往之,就叫来工匠,让人不要打地基,也不要一、二层,直接建第三层。为天下耻笑,说他无知,太想取巧,没有基础,也不建一、二层,何来三层焉!建楼如此,从事艺术亦是同理,不努力认真打好基础,绝对不能攀登到艺术的高峰去。"万丈高楼平地起",此之谓也。

弘一大师谆谆教诲我们:"心清闻妙香。""寡欲故静,有主则虚。"书法是心迹的展露。心修到一定境界才能升华,心中有杂念,为世俗的东西占满,怎么能静下心刻苦钻研？一心想投机取巧,只求一夜之间获得成功,不可能;只求胡乱恶搞进入书法殿堂,不可能;只求借别人的梯子诸如靠别人代替爬上去,也不可能。不要名的在默默苦练的,最后可能会得到名;而千方百计、绞尽脑汁要名的,最后却会臭名远扬。当历史的狂潮退下去之后,真正的朽木、浮沫、沙子都会不见踪影,而沉甸甸的闪着光芒的金子就会自然显现出来了。

身处凡尘之中,志在九霄之上,这是学子们第一境界,第二境界是要心入一念之内,意出三界之外。这二者缺一不可。

文学创作如用一根针挖一口井

想当作家,万万不能企求一夜之间登上昆仑,雄视天下,在文学的大河中掀起巨大的波澜,撞击出耀眼的浪花。

不知别人认可不认可,但我认为,文学创作就好似用一根针挖一口井。

一

用一根针挖一口井,会很慢很慢。文学创作也是这样。因为写作永远是一种孤独无助的活动,是局限性很大的个人化活动,是纯粹个人自由的、自我的精神活动和宣泄,永远也不可能集体化、标准化,组织一个大型工厂,召集许多工人,一条龙似的批量生产。当然,更不能复制。所以文学创作必须慢,肯定慢,就如用一根针谁能让它在很短时间内就能挖出一口井!好的文学作品都是"慢"出来的。罗曼·罗兰的《约翰·克利斯朵夫》写了十四年,雨果的《悲惨世界》写了十九年,托尔斯泰的《复活》《战争与和平》《安娜·卡列尼娜》写了三十年,歌德的《浮士德》前后写了六十年。

现在一切都在高速行驶,极少有人在羊肠小道上静静地向辉煌的山巅攀去。太快了,快得让人窒息,一切都在燃烧、奔腾、往前,没有缓步、停顿、喘息。而文学不行,它需要静心地观察,慢慢地咀嚼,入微地体验,不然就不能酿出甜美的文学之汁。正如旅行,如果行色匆匆,再美的景也不能留下深刻的印象;同样,读书一目十行,快速翻阅,在大脑里也很难留下较深的痕迹。

英国作家高尔斯华绥在短篇小说《品质》中写了一个鞋匠叫格斯拉。他把做鞋当成一门艺术,他做的鞋子非常美观合脚,在伦敦没有一个人可以做出比他更好的皮鞋。他接到一份订货后,不让任何人碰他的活儿,要费好长时间去做它。顾客不愿意等待,而且他做好的鞋子很久都穿不烂。结果他失去了所有的顾客,最后因慢性饥饿死去。

这虽是一个凄惨的故事,但是一个平凡的人,却用自己一丝不苟的手艺为自己保存了尊严。

二

用一根针挖一口井,会慢得让人生畏,让人动摇,让人因看不到何处是尽头而感到绝望。因此特需要坚持。文学需要信徒般的跪拜、虔诚,需要艰难而长久的孤旅。一株植物,能把根须深扎在一片土地里。它的专一是因为它而毫无选择。人则不行,人是能走的动物,有思维,有欲望,喜欢左顾右盼,所以容易动摇、转移,到处游弋,很难固守、专一。正因为这样,才尤其要强调坚定不移。特别是我们向写作的道路深走的时候,坚持会变得难以坚持。许多人走着走着就会偏离轨道的运行,尤其在用针日复一日挖不成一口井,见不到甘甜的泉水的时候,心灵宇宙容易崩溃,就会想挣脱固守挖一口井的绳索。还有一种,用一根针也坚持不停地挖井,稍微有一点成就就沾沾自喜,满足现状,再也不愿坚持深挖下去.这同样演了由坚持变得不再坚持的悲剧。

加拿大著名诗人、小说家、创作歌手科恩,对自己钟爱的文学坚持一生。为了加强自己的修养,他绝迹于人世,当了和尚,人们以为他不再从事文学创作了。是啊,"科恩是一个七年未出新碟的歌手,十六年未出新诗集的诗人,三十四年未出新作的小说家"。谁知,他还在坚持,在积累中坚持,在积累中创作。有一天长期沉默的他突然出山。1997年他出版诗画册《与我跳舞直到尽头》;2001年出版歌集《新歌十首》,登上畅销榜;2006年出版诗文集《想念之书》;2005年至2009年一直在欧美巡回演出。这时他已七十多岁了,如此高龄却是他一生艺术活动最活跃的十年,这个与年龄逆行的歌者,创造力达到新高峰。到八十岁了,他还坚持追求,说:"我总是很难找到通过一首歌的大门。""我们总是过重复的生活。要让这循环的生活新鲜且伟大很困难,和我们熟知的人们相处也会面临同样的问题.我们到底要怎样才能循另一条路抵达一首歌或者一个人的灵魂?"

　　一个作家一直坚持写下去,与半途改道,成就肯定不一样:一部作品在自己心中酝酿多年,同自己一时心血来潮仓促下笔,质量肯定不一样。我看重才气,我更看重坚持。坚持,滴水就能变成江河。坚持,细针就能挖出深井。

三

　　用一根细针去挖一口井,走的是一条极其漫长的道路,要保证在这条漫长的道路上一直走下去走下去,极需要闭目塞听,弃绝别念。文学含有雪域高原的精魂和气息。文学是尘世繁复的喧嚣过后的那一弯冷月散发的淡淡的静雅的祈祷之词,文学是仓央嘉措摇动转经筒与尘世作别的爱的生死咏叹。文学需要的是孤绝,静寂,万念归一,如痴似呆,全神贯注。要想用一根针挖出一口大深井,成为真正像样的有出息的作家,敢于坚持在精神的荒野里,自己跟自己对话,在精神黑暗的世界里,拿自己的笔当作燃烧的蜡烛,用这沸腾的火焰,照亮自己的心,坚持走自己的路,让自己的精神和思想扩散、放射到周围的土地,让它尽可能感染天空的颜色,空气的温度,浸透世人的脸孔。

　　所以,要想当一位有出息的作家,必须能承担一切忧患和痛苦,历经坎坷和艰难仍能踏踏实实地活着,踏踏实实地写作,有一种能咀嚼而且能消化苦难和能承受一切人生困厄的自信。既然要走作家的路,就应该准备九死不悔,百折不挠,视"险"如归,行在水里火里都如履平地,有一种既能背得起十字架也能放得下自怨自艾自恋的怪圈的大气,不单单能承受智慧的煎熬和困惑的痛苦,也拥有智慧的澄澈和超常的淡定。

四

每个人挖自己那口井,设计,挖法,付出,遇到的困难,整个过程,是不一样的,挖成自己的这口井同别人的那口井是不一样的。是啊,就应该不一样。

避免雷同化、平面化,枯燥单一,除去跳出思想的牢笼和语言的公式化,陈旧腐朽外,就是要选取个人化的素材,抒个人内心的情感,写个人史。个人史虽是个人的,也是社会的,是个人的写照和剖白,也是社会的投影和缩影。个人的悲欢离合,琐事和细节呈现的是个人的所言所行、所得所失,同时与社会是密不可分的,没有离开社会和群体的个人。

个人史看上去渺小,其实强大,正是一个个人的精神活动和生存史,充实丰富了时代和社会的历史。个人史的淹埋,会使时代和社会的历史缺失和空白。个人史的打捞、保存,会填补历史的空白,历史锈死的节点或断了的锁链会因此被连接、开启,从而更加亮丽。透过一代一代的一个一个的个人史可透视历史事件真相和古今之变的脉络和成因,故个人遭际和家庭伦常能为作家妙笔生花的素材,使作家写出独具个性的作品。

五

挖井的井口最好选在自己身边,也即是说写好身边的事。葡萄牙作冬费尔南多·佩索阿自称是一个"不动的旅行者"。因为他生活和写作的范围就是里斯本小城,他说:"聪明人把他的生活变得单调,以便使最小的故事都富有伟大的意义。……对于从来没有离开过里斯本的人来说,驾驶电车去一趟B区就像无终无止的远游,如果有一天让他探访S市,他也许会觉得去了火星。"他一生写了二十多本书,都没离开这一小片土地。他的语境未超出其住址二十五公里的范围外。胡杨在那缺雨的土地上扎根三十五米,照样生长得高大粗壮,寿命千年。同样,一个作家没有自己本土特有的魂魄和自己的语码,其作品难以存留,难以传播。

能掘出甜美井水的地方,常常就在我们的身边,我们的脚下。我们的身边有无穷的事可写。譬如饭局,这是人人常遇到、人人都头疼的事,可大家都司空见惯,熟视无睹,唯独贾平凹写出《辞宴书》。问题在于,我们要去多看身边的事,看了还要看清楚,看清楚还要看懂,看懂了还要看透看深,看透看深了还要争取更好地表达出来。做到这一切,就需要用心思了。

我愿与大家携手同行,坚持不懈地攀爬文学创作的弯曲山道。我们不要在乎十年前自己是谁,一年前自己是谁,甚至昨天自己是谁,这都不重要。重要的是我们今天自己是谁,明天自己将成为谁!

我们的成功,当然需要有能迎风飞翔的强劲翅膀,但更需要有持之以恒的意志和不畏风雨的灵魂。

散文是大可随便的

散文是什么？

当我们向远方的友人，遥寄一纸素笺、一封短简，常常使用的不是诗，不是小说，而是散文；当我们披着星光，蘸着热泪书写下一篇篇日记，常常使用的不是诗，不是小说，而是散文；当我们读完一首诗、一本小说，激情燃烧，掩卷振笔，记下深沉的感想，常常使用的不是诗，不是小说，还是散文。

散文是与民间话语联系最密切、最广泛的公共性的文体，是自由的存在，是社会公众浸润文化心情的共同空间。生活中，随时随地，到处生长着散文。散文存在于社会的每个角落，所有有人的地方，所有用文字写下的东西，都可能出现优秀的散文。许多普普通通的人，他们不是诗人，不是小说家，但是他们却自觉不自觉地在写着散文，有时是很重要的散文。

就文体而言，小说和戏剧是一种作家文体，是少数人的专业游戏，而诗歌和散文却具有民间功能，它可为一切人所使用。散文的民间功能较诗歌更甚。它们虽然同为最基本的写作，是一切写作的源头，但诗歌是"戴着镣铐的自由"，而散文则没有这种镣铐。

散文注定有极强的盛纳能力，大千世界，万事万物，都可收拢于笔端：可以抒写天地广宇，阐述安邦之道，作生命的沉思，行文化的苦旅，谈文说艺，赏花鸟虫鱼。可以是秋日湖边的从容漫步，黄昏中永远的森林公园，原野的辽阔和高远，自然的田园风光和恬适心态，或一盆文竹在心灵中折射的那种清雅。可以是诺贝尔文学奖获得者受奖演说词,也可以是先秦诸子的论辩和说理。可以是书斋里文人的心理情致,也可以是广阔社会生活的歌讴和咏叹。可以是对人类生存困境的反思,也可以是对历史人物的评判和对历史事件的洞察。可以写丑恶、冷酷、黑暗的一角,也可以写爱、温暖、光明,及天堂的美满和幸福,抑或写坚硬中的柔软,毁灭中的新生,冷漠中的希望,污泥中的莲花,沙漠中的清泉。生活的情致是散文,文化的情致是散文,心中的怦然一动也是散文,可能是极妙的散文。序跋是散文,政治家的演说,广告家的广告妙语,科学家的报告,医家的医案,生活中的便条,也可能就是好的散文。人们的回忆录和对物的咏诵自然也是散文。

散文,是希腊人说的"口语著述",是罗马人说的"无拘束的陈述",是信笔写来,无所不包,无所不容。贾平凹说:"散文是大而化之的,散文是大可随便的,散文就是一切文章。"他认为:"那种流行的,几乎渗透到许多人的显意识和潜意识中的对于散文的概念,范围是越来越小了,含义是越来越苍白了……"

贾宝泉曾就散文类型问题,在一所大学演讲中读了自己作的一篇《读庄子》:"说什么扶摇羊角,道几多蝶梦逍遥,方外隔膜人间事,且播下九畹蕙兰拥碧草。拈花微笑,尿里觅道,斯美斯丑两同好;鲸鱼碧海,翡翠兰苕,如何论至大至小?河伯海若,斥鷃大鸟,各人持守各人道——休笑,休笑!"

是的,什么不可以写成散文呢?又有谁能钦定什么不是散文呢?一切都可进入散文家的视野,落到散文家的笔下,怎么表现都行,只要美,有味,耐品,让人思索,让人愉悦,让人感到天地温暖、生命芬芳,就是散文,甚至是好散文。

文学的场域是开放的

鲍勃·迪伦在2016年12月11日诺贝尔文学奖颁奖礼上的书面演讲,这样说:

"我开始回想起威廉·莎士比亚这位伟大的文学人物。我估计他认为自己是一个剧作家。他正在写文学作品的这个想法不太可能进入他的脑子。我敢打赌,在莎士比亚的头脑中最不需要考虑的事情是:'这是文学吗?'"

不管他在这里是回敬那些对他获诺奖不满的,还是暗讽"文学圈"的僵化封闭,都从另一面向我们揭示:从来就不曾有一个纯而又纯、高大上、完美且永恒固定不变的"文学"。

鲍勃·迪伦虽然是借莎士比亚之口为自己张本。但谁能说他的话不无道理呢?岂止是莎士比亚,所有伟大作家开始创造伟大作品和文本的时候,"最不需要考虑的事情是:'这是文学?'"《金刚经》有言:"若菩萨有我相、人相、众人相、寿者相,即非菩萨。"文学艺术家创造力的自由迸发,不可能接受任何既成的理论概念的规则。

所以,文学的定义如果不是开放的,最后必定成为阻碍文学发展的陈词滥调,文学的场域如果不对文学创造的现实持开放的态度,给予充分的尊重和理解,总是固守自己的审美癖好和理念框架,那么这个既成的场域就会成为文学发展的桎梏。

让每个字缝都漏着美丽的月光

读一片或素美或艳丽的文字,就如置身桃花争艳、杏花闹春的境域,或如静听高山流水、春江花月夜的乐曲,让人目迷心醉。文字织成散文,散文泅渗读者,能生出难以名状的神妙之效。

文字之于散文家,就如色彩之于画家,曲谱之于音乐家,脚尖之于舞蹈家。文字是出发到归宿的神杖。散文家靠这根神杖,把自己的灵魂揉碎渗透进散文之中,使自己的散文蕴含着异样的色彩、旋律、节奏、乐音、滋味,让每个字缝都漏着美丽的月光,每个字中都显示着卓姿和丰韵。

于是,就有了拨草而行的清新之作、振聋发聩的警世之作、高古雄浑的豪放之作,于是,凝重庄严的、大气磅礴的、温柔缱绻的、荡气回肠的文字,在不同的散文家笔下就流淌了出来。读了她们,或如听到洪钟巨鼓发出的嗡鸣,或如敲击青铜方鼎传来的上古之音,或如置身秦淮河畔聆听倾城女子那穿透人心的浅吟低唱。这些散文如晶莹剔透的珍珠串起的珠链,亮丽耀眼,温润可人,浸心润肺,能历久弥香,持日月之恒。

优秀的散文家都把文字看得特别神圣,既不愿任何人对其亵渎,更不愿她在自己的笔下受到玷污。

萨特在自己的《文字生涯》中记下这样一件真实的事:

一天,他发现学校墙上写着一条标语,走近一瞧,上面写着:"巴罗老头是个狗屁。"他大惊失色,呆若木鸡地站着,心跳得几乎炸裂。这个叫巴罗的人,是他的老师,他感到这么写,这样骂人,太不文明了。他说:"'狗屁',这是多么丑恶的字眼啊!这是菌集在下等词语中的肮脏字眼。一个有教养的孩子不能与之打交道;这个短小而粗鲁的字眼像蛆虫那样面目可憎,看一眼就够叫人恶心的了。我绝不会念出声,哪怕轻声念也不行。这个钉在墙上的蟑螂,我不愿意它跳到我嘴里,化成黑色肉浆,咕噜咕噜地钻到我喉咙底下去……念出了亵渎神明的标语不就足以成为渎圣者的同谋吗?"(《萨特文集》第53页)

在萨特看来,"狗屁"是肮脏的,看了让人恶心的字眼,如臭水沟的蛆虫,如墙上的蟑螂,面目可憎。能说出这种话的,都是不可与之相交的、没有教养的孩子。孩子没教养,还可救药,大人尤其是作家是著名作家都没有教养,那就真的不可救药了,就更不可与之相交了。萨特在这里告诉我们,肮脏丑恶的文字,不可写标语,不可念出声,轻声念也是"亵渎神明","成为渎圣者的同谋",当然更不能写在文章中。因为写成标语只是给附近的人、经过的人看,而在文章中写了,流布天下,更是亵渎神明,罪莫大焉!

人类文明进化了才有文字。文字的出现是人类进入划时代文明的伟大而崭新的标志。先祖创造文字是为了更文明,为了更正确地表情达意,更好地规范人的行为,培养人的感情,概括人的思想,展示人的美丽,让人们走向更高尚更美好的境界。绝不是为了倒退,为了不文明,让人用来展示丑恶,表现肮脏、粗鄙和下流。

文字是一个有灵魂的世界,一个丰富多彩、美不胜收、妙不可言的世界,一个神圣的不容践踏和亵渎的世界。我们要珍爱这个世界,要对文字充满敬畏,在使用它的同时,不要忘记捍卫它。好的文字是纯净的、美丽的,是昂扬的、充满生机的。好的文字能洗涤人的灵魂,提升人的精神,人能从中呼吸到美的气息。因此,我们要让文字的世界成为不容玷污不容践踏的圣地,千万不要让其杂草丛生,成为沼泽地、垃圾场。

我们每一位作家,尤其是用文字直接表达感情和思想的散文家,更应是语言文字最坚决的守护神。既让语言文字充满活力,又让语言文字保持纯净,尽可能给读者精纯的、充满美感的语言,让美丽而纯洁的语言传承和光大民族文化,滋润和充实人的心灵和精神的空间,杜绝一切腥臭味、世俗味、低俗味对语言文字的污染——这是每一位作家责无旁贷的使命。

英国散文家卡莱尔说:"每一件事物都是同其他一切相结合的;一片在路上腐烂的叶子也是太阳系和星系的不可分割的部分;任何人的思想、言辞或行动都是出自所有的人,而且或迟或早,或被承认或不被承认地作用于所用人。"(《英雄和英雄崇拜》第169页)

"作用于所有人"。太深刻了。

写作就是把事物和人的情感与思想刻画在语言里,把这些活生生的东西禁锢在字里行间,经过词语搭配,就落入语言符号的网里,好的,孬的,永远固定在上面。所以,人们说文章是永不腐朽的实体,不管什么档次、什么境界的文章,写出来了就永远定格在那里,抹不去,也毁不掉。这是从物质的意义上说的。但从精神上说,每一篇文字都有活性、浸润性、生命力,它如种子一样能植根于人的心田。这一点就注定它如卡莱尔所说的能"作用于所有人"。什么种子长什么庄稼,什么花儿结什么果。还会有人怀疑吗?

好的文字能拂去飘落人心中的尘埃,扫除布满人心中的雾霾,让人活得优雅、安详、智慧、纯净而富有生机,引领读者回家,让人走向原本属于人的光明之处。

不好的文字,会使人的心灵遭受污染,慢慢结垢,以致精神萎靡,灵魂变质。肮脏的文字,就是通过眼睛渗入心田的毒药。带有毒素的垃圾文字比大烟更有害,比洪水更凶猛,比猛兽更可怕。其毒素的传播所造成的恶果与读者数量成正比。有多少读者,就会种下多少恶的因子。不只是刀枪能够杀人,文字也能杀人,而文字的杀人是慢慢死亡,是从精神上、心灵上糜烂,它不见血,不见伤口,但更残酷,它能让活着的人成为行尸走肉。

所以,当我们拿起笔要在纸上进行诉说的时候,一定要对文字怀有一颗敬畏和虔诚的心。自然不是每个人都能给世人制作出文化盛宴,但我们努力烹制出精美的文化小吃也行啊!

  语言文字,应是花园里的花,可看;应是蜜蜂酿的蜜,可尝;应是天堂里的福音书,可听。当然,语言文字可以嘲笑无赖、无耻,可以诅咒卑劣、歹毒,可以揭露肮脏、下流。但,绝对不是以无赖、无耻、卑劣、歹毒、肮脏、下流的语言,去嘲笑、去揭露、去诅咒。如果这样,我们笔下的语言文字就成为可诅咒、可嘲笑、可唾弃的到处传染人的毒菌了。

  语言文字是我们的至爱亲朋,是语言文字给予我们创作一切的神杖,没有语言文字,作家就失业了。是语言文字让我们成为作家,写出一篇篇一部部作品。正是这种文明符号,让我们汇聚成了文章,演绎出了感人的故事,结晶出闪烁着光芒的思想,形成了美极善极的乐章,唱出了我们心灵深处的绝响,让我们的心魂在思想、感情的世界里,在浊流滚滚的人世间,一次次自在地飞翔。我们要懂得感恩,千万不要作践、糟蹋、玷污她呀!

求真的艺术

一

文学即人学,人学就要讲人的真实的本性,人的真实的情感。文学本质上是求真的艺术。史学、哲学的本质是教人辨真识真,文学本质上说是通过文学的形式去说真,让人辨真识真。所以只有具备了"真"的,才是好作品。古希腊三大悲剧作家之一索福克勒斯有句名言:"真实的话永远是最好的。"

二

那个阿多诺曾说:如果哲学有任何界定的话,那就是一种努力,努力说出不可说的事物,努力表达不可界定的东西,尽管在表述的同时其实就给了它界定。

文学创作何尝不是这样!文学家的作品虽然不能等同于思想家的著作,但从揭示人性、社会本质,揭示历史的本来面目上说,应该是一样的。一个尽说世俗的、官场的、陈旧老套的语言,一个表达着、流露着、渲染着圆滑的俗不可耐且不堪的思想和精神的文学作品是无价值的!只有敢于"说出不可说的事物,努力表达不可界定的东西"的作品,才是有价值的甚至不朽的作品。

三

苏珊·桑塔格说:"作家的职责不是发表意见,而是讲出真相,以及拒绝成为谎言和假话的同谋,作家的职责是使人们不轻易听信于精神劫掠者……"(转引自2005年8月3日《中国文化报》)

作家如果不敢讲真相,那是失职;如果竭尽所能掩盖真相,那是失德;如果把假——说成真,成为谎言和假话的同谋、卫士,甚至参与祸国殃民,参与精神劫掠,那是犯罪。

四

文学虽然要虚构,但绝不是制造假象。

一切伟大的作家之所以伟大,首先体现在他们对自己、对别人、对社会、对时代都有一颗真诚的而不是虚假的心。他们从不造假,他们总是深刻地写出社会和时代的真实,给后人留下真知灼见。

一切不朽的文学作品之所以不朽,首先也在它的真,它再现和道破了特定时代的某些虚假和人的本性。

一切瞒和骗的作品都会速朽。

一切对时代、对社会、对历史不真诚和造假的作家,都会被时代、社会和历史所抛弃,无论他们当时如何走红,最终都免不了归到渺小一类去。

坏水浸泡的土地会使土地整体受到污染,很难说有哪一块土地能够拒绝渗透。

经过坏水浸泡过的土地长出的人类同样会带有土地所含有的毒素。其基因会不断遗传。

所以古希腊著名悲剧作家索福克勒斯借其作品中先知忒瑞西阿斯之口

说:"暴君所生的一族人却爱卑鄙的利益。"

五

如果文学成为泄欲的手段,文学成为富人开颜解颐的乳酪,文学成为迎世媚俗的仆人,充当了灵魂的麻醉师,文学不再启蒙,不再振聋发聩,文学成为政治的簧舌,不仅不去勇敢地说出真实,相反却充当了真实的化妆师,文学就会大面积萎缩,就会一步一步走向死亡。

六

弗兰西斯·培根几百年前就说:"在《荷马史诗》问世以来的两千五百年或更长的时间里,不曾有诗篇遗失,但却有太多的宫殿、庙宇、城堡、城市被焚毁了。"

人世间最高品位的东西是精神财富,它不会因时间的流逝而消失毁灭。也就是说,文学是永恒的,永远不会死亡,即使国家都消亡了,它也不会消亡。相反,世间任何耀眼的金钱,吓人的权势,华美的宫殿,都只能是一时之雄伟、之夺人、之繁华,都会随时间的迁移而被历史淹埋、被人们遗忘。

历史死了,而时间却活着,人不在了,而精神却长存于世。人世间只有精神是永恒的,只有精神能与时间同行。然而,如果文学不能真实而艺术地反映人真正的本性和社会前行中真正的本质,又怎么能奢望做到这一点呢?!

散文写作三题

要找寻迄今还没有找到的词

我们要敬畏文字,不要任性随意地对待她。文字是用来表情达意的,为此,要自己当自己使用文字的卫士和检察官,自己封杀自己的拉杂文字,杜绝漂亮话、套话、不贴题的俏皮话。

小说家福楼拜在《一词说》里这样说:你所谈的任何事物,都只有一个名词来称呼,只有一个动词来标志它的行动,只有一个形容词来形容它。因此,就应该去寻找迄今还没有找到的这个名词,这个动词和形容词,而绝不应满足于近似的,绝不应利用蒙混,甚至是高明的蒙混手法,不要利用语言的戏法来逃避困难。

作文,尤其是写散文要避免低下的比喻、拉杂的描写,不能用刺激诱惑人的词语,不能有意用夺人眼球的表述,用这样的方式展示才华,只能让人不舒服,甚至恶心。

文字是人类乃至一个民族文明的标志,是记载历史、人性,人类活动、时代兴衰、人的灵魂或升华、或挣扎、或泯灭和归属的工具。文字是民族的尊严,严肃对待和使用文字就是维护民族的尊严,我们应慎重使用,没有任何理由践踏和滥用。

文字是有重量的

别林斯基说:要做一个诗人,需要的不是表露衷肠的琐碎的愿望,不是闲散的想象的幻境,不是刻板的感情,不是无病呻吟的愁伤,他需要的是对现实的问题的强烈的兴趣。

作家肩负的重担是现实。关注现实是每一个时代作家义不容辞的责任。作家只有深入骨髓于现实之中写出的作品才有可能存在生命力。无论对历史时代负责,是对民族和读者负责,还是对作品生命力和作家声誉负责,作家都应秉笔直书。秉笔直书要求作家不仅要有忠诚的品格,还要有无畏的勇气,敢于孤身做时代的证人,更要有独立的深邃的思想,无论是写时代风云,还是写日常的故事,都一定要蕴含自己的思想。

布尔加科夫给斯大林写信,说自己是狼,任凭处置。斯大林叫他修改自己的作品,他硬是不从,宁死都不屈服,说作家若为私利写作太卑鄙。所以他终成文学大师。利季娅·楚科夫斯卡娅在大清洗时写出《索菲娅·彼得罗夫娜》,触到当局的痛处,被开除苏联作协,但她不屈从。五四时期的作品中从文字美上说不在鲁迅之下的作家有,但只有鲁迅的光芒最强烈,就是因为他的思想最深刻、精神最崇高、文风最纯正。

作家要保持自己身份赋予的尊严和骄傲。作家的职责是说明、透析和描述出社会的疾病或治疗精神疾病。为什么古今中外有的作品能流传久远?根子就在这。作家离开这些,专写迎合低俗、肮脏、浮华、浅薄的作品,永远也不可能有什么出息。

作家是一个时代精神景观的建设者,但是一个美好的精神景观要靠作家深刻的思想、纯正的精神和金石般的文字。

文字是有重量的,有的文字掂起来沉甸甸的如水底的珍珠既晶莹透亮,又厚重润泽,没有重量的文字如水上的浮萍,看起来很美,但经不起时间的销蚀,很快干枯死寂。

作家攀上最后的高峰,拼的就是深邃的思想和纯正的精神。你说三千多个常用汉字,凡是写了二十年三十年的作家,哪个运用得不透熟?!但在不同思想、精神和文风的作家手笔下却能出来迥然不同、天差地别的作品。

物皆着我之色彩

散文之魂是情,离开情所叙之事所写之景所言之理,都无所附丽。散文是灵魂的旅行,是属于作家自己的生命符号。散文蕴藏的无论是悲酸、是愤怒、是快乐、是羞愧、是哀怜,体现的都是作家自己的灵魂和生命。读着作家绝妙文笔下情渗满纸的散文,会让人感到通体透畅,心旌摇曳,灵魂颤动。

今夜林中月下的青山,无可比拟!仿佛万一,只能说是似娟娟的静女,虽是照人的明艳,却不飞扬妖冶;是低眉垂袖,璎珞矜严。

流动的光辉之中,一切都失了正色,树林是一片浓黑的,天空是莹白的,无边的雪地,竟是浅蓝色的了。这三色衬成的宇宙,充满了凝静、超逸与庄严;中间流溢着满腔幽哀的神意,一切言词文字都丧失了,几乎不容凝视,不容把握!

……

这是冰心先生写的《往事(二)》。她在留美期间,因病住进疗养院发生这样一幕:

在一个如梦如烟,一切寂然的冬夜,她倚卧病室透过窗扉,外面一片"仙境":幽静的夜,浓黑的林,莹白的月,浅蓝的雪,空旷的野,默默的青山如低眉垂袖,璎珞矜严且又明艳照人的娟娟静女。此时此境,清辉流动,雅寂凝穆,充满了静美、幽哀、冷艳、超逸和庄严的气氛。

于是,她以抒情的笔调铺排今夜的林中,"不宜于将军夜猎","不宜于燃枝野餐","不宜于爱友话别","不宜于高士徘徊,美人掩映"。因为那"朵朵的火燎,和生寒的铁甲,会缭乱静冷的月光";"踏月归去,数里相和的歌声,会叫破了这如怨如慕的诗的世界";"在一片光雾凄迷之中,只容意念回旋,不容人物点缀"。一切的一切,对这幽静的境界,都是大煞风景。那么最好的就是病中有倚枕女孩透窗看月静思遐想了。

"我倚枕百般回肠凝想,忽然一念回转,黯然神伤。"

物我情触,景情相谐。这幽静之景最易引出悠悠之情,对于身处异国之人,更会生出"如冰的客愁""如丝的乡梦","有万千种话"要说。于是作者思绪飞腾,在抒发病困客愁,旅思乡魂之中,进入幻境,生出翅膀,遨游天国,"泛入七宝莲池","参谒白玉帝座","有天上的重逢","有人间的留恋"。经历过"魂销目断""困弱道途"之后,流露出淡淡的哀愁,叹人生之多难,哀生命之短促,悲前途之渺茫。

这种凄楚迷离的情怀全因医院四周的景物引发的。作者以我观物,把自己丰富的想象和热烈的情感融进笔端,使景情相谐,物我无间,创造出一个勾人的意境。这应该说是散文创作中物我情触的范本。

强调情感,不是抛开景物。王夫之说得好:"夫景以情合,情以景生,初不相离,唯意所适。截分两橛,则情不足兴,而景非其景。"情不景不可割裂、对立。大凡千古的散文,都是所有景语皆情语,所有情语皆景语,景中有情,情中有景,情因景生,景随情移,情景相融,天然融汇,密不可分,但是"动人心者,莫先乎情"。既然散文是作家主观的产物,就不能不含有作家的感情。作家的情感在描写景物中表现是含蓄的,还是直露的,是浓烈的,还是轻淡的,是交错的,是并重的,还是别样的,均可,但就是不能无情。为景而景的散文,实在不足道之!

(此文是 2010 年华夏散文笔会的演讲,还有三节没有选入,文稿写于 2007 年或 2008 年)

为文最重心语

在文学的天幕上闪烁光辉的作品，都是作家有了深入骨髓的感触或震撼，用灵魂哭歌，用鲜血凝聚而成的。散文尤甚。我们读了那些或忧国忧民，或感时伤怀，或乡愁万里，或情意缠绵的散文，所以心灵震悚，无法释怀，冷，刺骨奇寒；热，滚烫灼人；哀，无法自拔；恨，痛心疾首；叹，永无尽期，就是因为它们渗透了作家的热血和灵魂。

尼采直言："一切文学，余爱以血书者。"一个作家只有心灵之海被炸翻，热血燃起烈焰，不可遏止地向外喷发，才能产生撼人心宇、动人魂魄的文字。只有这样的文字才能永存文学殿堂，放出让人深爱不已的不朽光芒。

文之为文最重心语。大至家国兴亡，千秋感慨，小至一花一草，一景一物，都要真实的东西浮于胸次，然后变成从容庄严的生命诉说。眼目往还，由心吐纳，物色之动，心旌摇曳而出焉，这才称得上文章。心如枯井，情感苍白，勉强为文，文必死寂、空洞、无聊。

散文唯重一"真情"，真情既失，必为伪态，必为矫情。虚与委蛇，敷衍酬酢之态，必出虚与委蛇、敷衍酬酢之文。苟空谈气质、神韵而忘其本真，舍真事物真感情，专事雕词凿句，空具华瞻之貌而失质实之本，是出不了好散文的。

散文自然需博大闳肆，需境界空灵，需奇谲瑰异，需语言精当。这均为风格和技巧。但无论是什么风格，怎样的技巧，如无真情灌注其间，全都废之为零。为闳肆者,必寄意高深;为空灵者,必胸次绵邈;为凄苦者,必自浸悲楚,摧残心肝;为博大者,则充塞天地而凌翔于万里;心游万载者,必情贯古今;满腔悲愤者,必悲凉渗透心肌,愤怒浸入骨髓。无论哪一种,读之都能直抵灵府,澡雪精神,让人心旌摇撼,或悲慨、或深思、或惊喜、或感奋不已。

写文章要胸无市尘交易之物欲,无人际钩心斗角之阴诈,才能真而不伪。识陋、恶德、矫情、虚伪之人,作品必是格低识浅意俗味庸。坦荡之心才能出坦荡之文。韩愈《祭十二郎文》所有胸次一览无余,全盘端出,说自己离家是为"求斗斛之禄",倘若换成别人,很可能闭口不说,至少不会这样直截了当,说不定还会安上一个什么报效国家之类冠冕堂皇的名目。韩愈倘若转弯为自己开脱,涂脂抹粉,文章的真情就没有了,随之品位也就变得低俗了。笔行纸上,一字一句,皆如天籁之自鸣,哭笑任之,随事随机随时感发,绝无矫饰,混沌状宛如天地之未开,其作品才能饱含芳馨与甘美。

有骨头之人才能写出有真情之文。清代郑燮说:"无胆则笔墨畏缩。""欲言而不能言,或能言而不敢言。"(《原诗》)鲁迅之所以能在《记念刘和珍君》中贯注着喑呜叱咤的怒吼,让敌人不寒而栗,全因鲁迅胆壮气豪,无所畏惧。要知道,鲁迅当时的处境是十分危险的。他同李大钊一样是列入组织学生抗议的四十八名"首领"之一而被通缉的。可是鲁迅站在"非人的世界"里,面对"淋漓的鲜血",面对"下劣凶残"的敌人,以连"眼珠都不转过去"的轻蔑态度,拿起"投枪"直刺反动势力和无耻文人的心脏。无胆者无豪气干云之文。鲁迅有胆,所以他能写出这不朽的悲剧性的史诗。

《中国散文家文库》丛书第二辑《总序》

中国散文的悠久、浩瀚,是世界上任何一个国家都不可匹敌的。在中国的文学史中,它如一条不息的长河,涌流了几千年,耸立起一座又一座瑰丽的山峰。近些年来,它随着传媒的发达而更加繁荣。为了共同筑起当代中国散文新的山峰,中国散文家协会和北京驰讯文化传媒组织出版了《中国散文家文库》丛书。这套丛书已出版了第一辑(10本),现在即将出版第二辑(10本),以后还会陆续出版第三辑(10本)、第四辑(10本)……

我们旨在把当代散文家排列到这座山峰上,把他们的思想、精神和文之华彩镌刻在这座山峰上。这种排列和镌刻,是一种具有恒久意义的集中性的收藏和展示。这无论对中国散文家协会、北京驰讯文化传媒,还是对每一个被排列被收藏的作家,都是一件意义非凡的事。这将是风吹不去,雨打不去,时间磨损不去的散文之碑。

谁都知道一本书的思想、精神之光和文之华彩是有限的。但是,积土成山,积水成渊,无数本书的思想、精神之光和文之华彩聚集一起就能形成巨大的光柱,放射出耀眼的光辉。到一定时候,我们被排列其中的作家,望着当代散文山峰放着恒久的光辉,会因自己已注入其中活在其中为其中做了贡献而愉悦而自豪。

这次出版的十本,依然是内容丰富,风格各异。读过之后,我感到全是作家经历、思想和情感的结晶。我喜欢宋璨的真诚,周草的委婉,陈雪梅的细腻,夏恩民的质朴,周云生的流畅,杨天斌的清新,田启礼的丰盈,汤建才的真挚,王友明的清雅,高斌的自由和畅达。

我不能说这些书就是经典,但我可以说,这是一些洗涤污浊、擦亮心灵之窗的书,是一些洞察社会和人生,让人快乐和智慧的书。它们是生命的雨点,能给人意想不到的滋润。读了这些书会有利于活在健康中,活在明朗中,活在思索中,活在追寻中,有利于提升人的境界、纯洁人的心灵、丰富人的生活、愉悦人的精神。这是我们应该向这十位作家表示敬谢的。

当前,确有一些作家被快餐文化的风潮所裹挟,把文学当成一只热狗加一杯冰激凌。他们不相信永恒,不相信纯洁和崇高,被复制化、标准化、网络化、庸俗化的大海所吞没,原创精神被消解,创作个性被削平。这是文学的悲剧,也是作家自己的悲剧。

然而,真正的作家应该坚信:固若金汤的王朝会轰然倒塌,堆积如山的钱财,也会一朝散去,但文学不会死亡,书籍不会被打败,它们会在历史的演进中放射出特有的光辉。希望我们真正的作家,一如既往地不在乎高堂华屋,一如既往地不在乎金钱财宝,只要飘着文字的书香,只要自己写出活色生香的文章。

文学写作,乃至一切文明、艺术和思想的创发,都是与世俗拔河。因为要登上更高的阶梯,希望能触及更美的境界,我们与世俗拔河的长绳比一般人更巨大更沉重,面对庸俗的社会,会遇到难以超越的拉力,所以我们作家要有一颗道心,无论苦乐,无论成败,无论得失,每天每月每年让书桌成为我们的供桌和净土,以笔焚香,抗拒俗世,苦中寻乐,以苦当乐,"终日矻矻,不遑他顾,夜以继日,绕以梦魂"。酿造精神之蜜,来供养世界,供养众生,供养一切的有情。

鲁迅告诫青年作者说:"要不断地努力一些,切勿想以一年半载,几篇文章和几本期刊便立了空前绝后的大勋业。"我愿与十位作家共勉。

且为序。

《中国散文家文库》丛书第三辑《总序》

文学是真正的作家命定的前世情人、今世恋人。她使我们短暂的生命更为昂然、更为快乐、更为畅达地飞翔,她让我们精神世界的火焰燃烧得更为烂漫、更为舒缓、更为自在。文学是照耀我们心灵的太阳,她放射的光芒化成缕缕温馨的阳光,融化我们一颗颗冰冷的心,让我们人生的枝叶更繁茂,生命的花朵更艳丽。文学是我们一个永远亲切的家,她让我们落寞苦难的人生有了灵魂安放的空间,让我们活得更充实,更纯净,更富生机。在磕磕碰碰的前行路上,文学与我们风雨相随,我们忘不了文学,文学也始终不离我们,彼此没有一丝许诺,但文学却成了我们生命中无法割舍的一部分。

正因为这样,又有十位散文家走到中国散文家协会、北京驰迅文化传媒公司联合编辑出版的丛书文库中来。他们让我们在现实世界之外看到了又一片如此精彩动人的文字构成的天地。在这透明得似乎一切都可以公开的世界,我们对人的内心了解却如云笼雾遮,这十位散文家则让我们走到他们心灵的入口处,看到他们本真的心灵,真实的自我。他们用独特的文字构筑和展示了自己的精神世界。我喜欢李幼谦的飘逸,肖建新的淳朴,梁俪千的清丽,罗迦玮的淡然,谈金声的白描,刘维嘉的真挚,于聚义的诚直,胡普江的平实,吴泊宁的简雅,李岩的轻灵。

从他们或俗或雅或深或浅的文字中,我有了感悟,也有了同他们交流的机缘。

子曰："朝闻道，夕死可矣。"令人不解，早上才懂了这个"道"，怎么晚上死了就甘心？古人活着讲究一种精神质量。人如果只是追求物质享受，不追求精神和智慧的提升，离动物还有多远！所以，我们一定要坚持往精神的高处远处大处纯处走，让自己的心智尽可能澄明、高远、阔大、深邃。真知灼见、高贵华美的文章，无不是出自心境澄明、高远、深邃、阔大和智识高慧的人之手。

齐白石七十岁时说：我才知道，自己不会画画。巴金老了时也说：我不会写作。这话让人觉得他们谦虚过了。其实，这是他们走向人生顶峰后的自然醒悟，是一种道地的坦诚之语。绝对不是我们常常遇到的那些内心狂傲无比，实际上没有真货色的人说的那种虚言假语。文章和绘画之道有多奥妙，齐白石和巴金老人走到人生顶峰时深切感悟到了。而我们呢？散文易写难工，万万不可轻率待之。

文学这条道拥挤的人太多，仅仅寄作品，可能会黄鹤一去，杳无音讯。要敲开编辑部的大门，仅仅靠作品的优秀是不够的，编辑的粗心、编辑的水平，都可能埋没和扼杀我们，并不是所有的金子都能发光。不过，现在终究有了转机，可以开博客，可以自费出书，谁的文学才华都不会被遮蔽。可因此又会使我们对自己写作的放纵和宽容，如痢疾一样不负责地排泄，随时制造垃圾。浩浩文坛，才子云集，谁也不能保证自己的文章不被历史的浪涛所淹没，但是我们尽可能少地制造垃圾还是可以做到的。

文学是寂寞的事业，尤其是散文，它不是迎合大众的快餐，很难被追捧，更寂寞。因此，我们不要满脸焦灼地、纵横捭阖地乱付浪情，挥霍才华。我们要安于寂寞，躲在静处写作，不要留恋和追求热闹与浮华。静处是作家走向成功的天堂。静处能摆脱虚荣的诱惑，抑制人欲的疯狂。静处能让我们听到嘈杂处的嘈杂、呜咽处的呜咽。热闹能让人昏头迷惘，过分聚焦的地方出不了大作家好作品。浮华是阉割作家良知和才情的利剑。没有花环比有这等东西，更有益于作家的创作。不择手段获得的各种花环，必定最后得不偿失。作家应比一般人活得端庄、自然、本色，更富有血性和尊严。

作品无论是写春天的纤纤细雨,还是写夏天的电闪雷鸣,还是……都应在"风声,雨声,读书声,家事,国事,天下事"的阔大境界里。当然,一只篮子,一盆文竹,一次小小的伤感,一点浅浅的记忆,都可以入文。但不可只停留在这上面。不然我们很难写出富有精魂和气度的文章,现在纤细、柔婉、平实、入俗甚至极为粗糙的散文多,而雄浑、犷悍、悲怆、超拔的散文少。我们多么希望看到这样的散文:思路开阔大气,意象丰赡奇瑰,行文廉悍伟丽,述情汪洋恣肆。

作家之路是崎岖的,充满艰辛和痛苦。既然走上了这条路,无论路有多远,如何曲折,有多大的风雨、怎样的闪电,都要不顾一切地朝前走,一直走下去。我愿与各位同道相伴。

为了最终的辉煌

人都羡慕别人走到辉煌的境域,渴盼有朝一日自己也置身那让人仰视的灯火阑珊处。

但是,达到这种极致,难矣!

人们开始向它走去,是个未知数,这可能是走向一个伟大的存在,一个令人炫目的现实,也可能最后获得的是一种虚无一种无望。

无疑,实现这个目标和承诺的过程复杂、艰难、恒久。什么颠簸,什么险阻,什么困苦,什么难以言说的诱惑、不可预知的失败和撕心裂肺的挫折都可能遇到。世间有多少人能承诺为了某一终极苦斗一生,把终极当归宿呢?又有多少人能不把心分成许多空间去游戏,而专心致志去投入可能是虚无和无望的前程呢?许多人开始也许本心本意想承诺,下决心去实现这个目标,但在困难面前,在乱花和俗世面前,终究还是承诺不起,承诺不了,终究还是不能对自己的承诺负起全部的责任,尤其不能负一辈子的责任,终究不得不转身离去。

世间就没有为一个辉煌的终极,一个可能是虚无是无望的目标,甘心情愿,不惜一切去追求的人吗?

有!这就是为心之所衷的事业而具有殉道精神的人。那个终极的辉煌,能带给他永不枯竭的力量,能带给他日日夜夜体味不尽的慰藉,能托撑起他全部追求岁月的永久大梦,能带给他抵御一切艰难曲折风风雨雨和各种诱惑的深厚屏障。

有了那个最终辉煌的朗照和招引,为了最终走到那个极致的辉煌境域,一切对他都无所谓了,他还会要什么呢?他还想要什么呢?他还怕遇到什么失去什么呢?无论狂风,无论暴雨,无论酷暑,无论冰雪,无论崎岖山路,无论泥泞小道,他都坚持最初和最后岁月的前后一贯,都坚持永不回头的决绝,都一如既往,决不动摇,决不后悔,决不退缩。受到阻碍,他前行;累得喘着粗气,他也前行;浑身是伤,打着趔趄,疼痛难耐,他还前行。其间,不管逆怎样多于顺,苦怎样多于甜,祸怎样多于福,无论经历多少难以言状不可忍受的艰难和困苦,无论离终极目标有多么遥远,哪怕由当初的满头乌发坚持到霜染双鬓,都始终如一,不变初衷,坚持前进。

为了最终的辉煌,他能永远心安理得于一种自我囚禁,日日月月年年木讷守拙,安分守责。不知哪里是边岸,不知哪里是驿站,不知啥时是终期,好似始终置身于无边的沙漠,无际的荒野,望不到头的山径小路,永远走不出山的包围、河的阻拦,他仍然信守最初的盟誓,以一种难得的古典品格使自己成为自己最终目标的彻底的附属者和追随者。他始终高昂头颅,目视前方,仰望终极处的那片辉煌,用一切热情迎接它,用一切精力追寻它、走近它。

一个充满诱惑的社会里,许许多多世俗的图景,都会极为饥渴和急迫地向追求者走去,它们无时无刻又无孔不入地向追求者进攻,对追求者进行压迫性围剿,企图迷乱追求者的心性,销蚀追求者的意志,让追求者泄气、罢手、停步。这些东西是专门为打倒和消灭追求崇高的人的,它们的进攻目标是追求崇高的人。但它们无法让以殉道精神追寻最终辉煌的人前功尽弃,半道改弦易辙。此时此刻,经过长途跋涉,克服无数艰难,付出无数血汗的人也许已经精疲力竭,身心受到严重摧残,但为了当初的信誓、最终的辉煌,他无论如何都不会使自己哪怕做稍微的停步、稍微的观望、稍微的奢侈,他会依然如故,以一单薄之躯去抵御一切世俗的热风寒流和风霜雨雪,抗拒一切世俗对自己的阻挠、消磨和盘剥。

近乎疯子的尼采曾说过一句不疯的话："一件东西的价值有时并不取决于你为它付出了多少代价。"我想，尼采是对的。有的人执着追求了一生可能没有得到相等同的回报，甚至可能是以失败而告终。但是，如果不付出就绝对不能得到一件有价值的东西，因为天上什么时候都不会自动掉下馅饼来。我想这也是对的。蜘蛛结网可能逮不到昆虫，但若不结网就更逮不到昆虫。人奋斗也可能留下失败的记录，但人若不奋斗则无论如何都得不到成功的果实。换句话说，人为了最终的辉煌去追求一生可能得到的是虚无，但是最终达到辉煌境域的一定是以殉道精神不惜一切执着追求的人。